拥抱土地

——来自扶贫一线的报告

李莉莉 / 主编
YONG BAO DA DI

中国书籍出版社
China Book Press

图书在版编目(CIP)数据

拥抱大地：来自扶贫一线的报告 / 李莉莉主编. -- 北京：中国书籍出版社，2021.3
ISBN 978-7-5068-8405-1

Ⅰ. ①拥… Ⅱ. ①李… Ⅲ. ①报告文学-作品集-中国-当代 Ⅳ. ①I25

中国版本图书馆 CIP 数据核字(2021)第 052025 号

拥抱大地：来自扶贫一线的报告

李莉莉　主编

责任编辑	李国永
责任印制	孙马飞　马　芝
出版发行	中国书籍出版社
地　　址	北京市丰台区三路居路 97 号(邮编:100073)
电　　话	(010)52257143(总编室)(010)52257140(发行部)
电子邮箱	eo@chinabp.com.cn
经　　销	全国新华书店
印　　刷	成都兴怡包装装潢有限公司
本　　开	787 毫米×1092 毫米　1/16
字　　数	245 千字
印　　张	14.5
版　　次	2021 年 3 月第 1 版　2021 年 3 月第 1 次印刷
书　　号	ISBN 978-7-5068-8405-1
定　　价	56.00 元

版权所有　翻印必究

《拥抱大地》编委会名单

主　编：李莉莉
副主编：姚　祥
撰　稿：(以姓氏笔画为序)

　　　　王玉洁　王　婷　王毅萍　白海燕
　　　　朱幸福　李莉莉　李擎天　何更生
　　　　沈光金　吴金兰　吴黎明　张诗群
　　　　张桂香　范君问　郑芳芳　徐春芳
　　　　姚　祥　唐玉霞　倪旭生　崔卫阳

前　言

党的十八大以来,以习近平总书记为核心的党中央把脱贫攻坚作为全面建成小康社会的底线任务和标志性指标,在中华大地全面打响了脱贫攻坚战,作出了一系列重大部署,取得了重大战略成果。

2020年是全面建成小康社会的收官之年,脱贫攻坚已到决战决胜时刻。为了全面系统、真实形象地呈现党的十八大以来芜湖脱贫攻坚的生动实践,用文学的形式记录我市扶贫干部带领贫困乡村脱贫致富的感人事迹,在市委宣传部、市文联的部署下,市作家协会组织创作了这部反映脱贫攻坚的报告文学集。

秉承近现代以来中国文学薪火相传的优良传统,市作家协会认真谋划,精锐出战,遴选了20名创作骨干,这些作家中,最年长的已逾古稀,最年轻的为90后,涵盖了芜湖老中青三代作家。他们深入扶贫一线,在全市20个脱贫攻坚的主战场,与基层干部群众真情交流,对我市下派的20名驻村第一书记细致采访,深度挖掘,在较短的时间里,拿出了这部讴歌脱贫攻坚历史伟业、凝聚芜湖人民力量的报告文学集《拥抱大地》,为我市的扶贫干部与人民群众同奋斗、与中华民族共奋进增添了炽热而凝重的一笔。

习近平总书记强调:"脱贫攻坚任务能否高质量完成,关键在人,关键在干部队伍作风。"《拥抱大地》浓墨重彩塑造的主角,正是这些肩负历史重任的最美选派帮扶干部。作为驻村第一书记、扶贫工作队队长,他们面对复杂的形势、陌生的环境,意志力坚定、精气神激扬,以非常之功打好这场硬仗。他们眼前有光、心中有爱,对扶贫事业有发自心底的热爱。他们排除万难,追求卓越,逢山开路遇水搭桥,在各自帮扶村域开创出一番新天地。他们不忘初心、牢记使命,以坚定不移的信念,坚守战位,踏实专注,无悔奉献,在伟大的岗位上洒下汗水、留下匠心。

《拥抱大地》站在脱贫攻坚的现场,把对下派扶贫干部的深情写在了大地上,真实性、文学性、时代性兼备,亲切感、泥土味、个性化俱佳。20 名优秀扶贫干部及其团队,带领群众奋力摆脱贫困的先进事迹,通过发挥报告文学这种体裁具有的纪实性和文学性,突破了新闻报道较为局限的情感深度,用灵动的笔触,表达深切的感受,生动讲述了驻村第一书记在各自战场上的奋斗事迹和感人故事,展现了他们攻坚克难决战决胜过程中铸就的高尚品格和伟人精神,再现了乡村一隅改天换地的历史巨变,反映了人民群众高贵的勤劳品质和紧跟时代潮流的精神风貌。这些第一书记与全国数万名第一书记一起,用心血和汗水,带领人民群众共同创造了无愧于时代的非凡业绩,在伟大的中国共产党百岁诞辰到来前,兑现了我们党向人民向历史作出的庄严承诺。

脱贫摘帽不是终点,而是新生活、新奋斗的起点。相信,《拥抱大地》所折射出的芜湖经验、家国格局、开放视野,昭示着全市 380 万儿女,一定会把脱贫攻坚凝聚起的奋斗精神传递下去,在乡村振兴乃至经济社会发展的任何领域不断发扬光大,推动芜湖高质量发展走实走远。

芜湖市作家协会

目录 CONTENTS

前　言 …………………………………………………………… 001

一枝一叶总关"琴" ………………………………… 李莉莉 / 001
　　——记无为市牛埠镇土桥社区第一书记、驻村扶贫工作队队长王琴

水乡盛开扶贫花 ………………………………… 徐春芳 / 012
　　——记无为市石涧镇柘城村第一书记、驻村扶贫工作队队长王建平

脱贫攻坚黄墓村 ………………………………… 何更生 / 022
　　——记南陵县许镇镇黄墓村第一书记、驻村扶贫工作队队长何坚明

永安河畔歌一曲 ………………………………… 姚　祥 / 030
　　——记无为市泉塘镇青龙村第一书记、驻村扶贫工作队队长张国槐

黄汰突击战 ………………………………………… 范君问 / 043
　　——记无为市无城镇黄汰村第一书记、驻村扶贫工作队队长陈太华

南方有嘉木 ………………………………………… 王毅萍 / 056
　　——南陵县烟墩镇海井村脱贫攻坚工作小记

桑梓深情付农林 ………………………………… 王玉洁 / 063
　　——记无为市刘渡镇农林村第一书记、驻村扶贫工作队队长陶定富

深耕扶贫一线　书写奋斗人生 …………………… 王　婷 / 072
　　——记宿松县河塌乡斗山河村第一书记、驻村扶贫工作队队长杨志超

情系关河 ·················· 朱幸福 / 079
　　——记无为市蜀山镇关河村第一书记、驻村扶贫工作队队长童敬芝

至情至爱天地春 ·················· 吴金兰 / 091
　　——记无为市洪巷镇青岗村第一书记、驻村扶贫工作队队长江中明

扶贫那些事 ·················· 崔卫阳 / 100
　　——记无为市严桥镇明堂村第一书记、驻村扶贫工作队队长刘昭明

贫困村的"生产队长" ·················· 李擎天 / 114
　　——记南陵县籍山镇长乐村第一书记、驻村扶贫工作队队长邢毅

金牛村三年的脱贫之路 ·················· 沈光金 / 125
　　——记无为市泉塘镇金牛村第一书记、驻村扶贫工作队队长吴勇

根深扎乡土，叶繁荫梓桑 ·················· 张桂香 / 139
　　——记无为市严桥镇扶贫专职副书记花玉胜

山丹丹花开红艳艳 ·················· 白海燕 / 149
　　——记无为市高沟镇扶贫站副站长姜丹丹

只争朝夕　不负韶华 ·················· 倪旭生 / 157
　　——记无为市红庙镇马泽村扶贫专职副书记骆胜宝

这是一片深情的土地 ·················· 张诗群 / 170
　　——南陵县许镇镇脱贫攻坚见闻录

山不在高 ·················· 吴黎明 / 179
　　——南陵县籍山镇镇长张晓红的扶贫情怀

三大战役传捷报 ·················· 郑芳芳 / 204
　　——记无为市泥汊镇新板桥村第一书记、驻村工作队队长张棕初

一草一木皆关情 ·················· 唐玉霞 / 216
　　——记无为市泥汊镇韩庙村驻村扶贫工作队副队长冯娟

后　记 ·················· 225

一枝一叶总关"琴"

——记无为市牛埠镇土桥社区第一书记、驻村扶贫工作队队长王琴

李莉莉

如果不报名到农村驻点扶贫，王琴会在两年后，像大多数人一样，庸常地结束自己的职业生涯，可人生常有一些无法预料的机遇与挑战，谁也想不到，在她53岁时，组织上给她出了一道选择题。

2017年4月，市委派出第七批扶贫工作队，根据组织部门要求，市外事办公室须选派一名科级干部到对口贫困村驻村扶贫三年。这个任务对一些人员较多的大单位来说相对好完成，可对一个只有9个人，且女性占了近一半的小单位来说，却是一道难题，但又是一项必须要完成的任务。领导在单位作了动员，找几个符合条件的同志谈了话，可响应者寥寥，几乎人人都有困难，关键时刻，还是主任科员王琴解了这道难题，她找到正为派不出人而发愁的单位一把手后力主任，说："还是我去吧！"一句简单又朴素的话，像天边飘来的一阵及时雨，打湿了后主任的心，他感动地说："谢谢！我们会全力保障你。"

之后，在市里举办的第七批选派帮扶干部培训班上，王琴发现，黑压压的一片，全是男同胞，只自己一个女同志，她成了万绿丛中一点红，而她即将去驻点的无为市牛埠镇土桥社区也是最偏远的村之一，但她没想太多，几天后，就背起行囊，奔向了广阔的田野。

"农民王二姐"

正值麦黄稻绿的芒种时节，江北大地，草木葱茏，田畴似锦，一座座村庄碧水环绕，一幢幢农舍绿树掩映，乘车奔驰在蜿蜒伸展的无为大堤，我心里有抑制不住的兴奋和期待。大约两个多小时，我来到被称为无为南大门的牛埠镇土桥社区，走进了社区第一书记、驻村工作队队长王琴的办公室。

许久未见，她越发瘦了，也黑了，薄薄的眼镜后面，一双柔和的眼睛透出疲惫，唯一不变的是脸上的笑容，依然温存而真诚。

办公室是一间十几平方米的单间，一分为二，外间一张桌子，两把椅子，里间一张床，一个大衣橱，陈设简单得不能再简单了，但办公桌上方的墙上却贴满了各种表格，《2016年至2018年脱贫名单》《建档立卡贫困户等四类重点对象危房改造汇总表》《牛埠镇重病人口花名册》《边缘户台账》等各项数据，上面还注了一些标记。

一坐下，我就问："受什么力量驱使，让你在这个年纪还下来打拼？"

她边给我倒水，边说："什么事总得有人做啊！我不下来，别人就要下来，哪家没有困难呢？"

问起她下来以后的生活，她带着几分羞涩说："刚来时，真是两眼一抹黑。"

或许是从小在城市长大，对农村生活缺乏认知，或许是下来得过于匆忙，思想准备不足，初到土桥时，她有点懵圈，那会儿一个人也不认识，村民讲话又听不懂，连吃、住、行都成问题。

土桥社区位于长江北岸，无为市的最西南面，距离芜湖市区150公里，坐车要大半天，还须到县城转车。其他工作队的一些同事，每个星期都能回家，她却常常十天半个月才回去一趟，有时一个月才回去，爱人对她单枪匹马在农村工作、生活一直不放心，家里尚有80多岁的父母、婆婆，让她牵肠挂肚，每当傍晚时分，走上江堤，看着滔滔不绝的江水，望着灯火通明的对岸，难免有思乡念家的惆怅。社区条件有限，中午吃饭食堂尚能提供，可早晚食堂不开，只能自己下点面条，或烧点泡饭。社区没招待所，一时又租不到合适的住处,她只能暂住在社居委办公室,社居委在村道旁,没有围墙,四周是一片荒芜的玉米地和亮汪汪的螃蟹塘,白天有人上班,晚上只剩下她孤零零一人,不免心虚胆寒。房间里没有卫生间,甚至没有自来水,公厕还在那排平房的最东头,在城里待惯了,她没有上痰盂的习惯,初次去,她连痰盂都没带,夜里起来,只能心惊胆战,三步一回头地去如厕。农村里电压不稳,时常停电停水,连蚊虫都欺生,"嗡、嗡、嗡"地围着她肆无忌惮地轰炸,脸上身上被咬得奇痒难忍。一天早上起床,她甚至发现房间里爬进来一条蛇,她吓得腿都软了,脑子一片空白,左右隔壁没人,真有点喊天天不应,叫地地不灵的,最后只得鼓起勇气,找到一根木棍,将蛇打死……在这样简陋的条件下,她住了四个多月。这四个多月,是她最困难的时候,幸亏村干部给了她极大的帮助,空调启动不了,他们马上搬来了电扇,早晚没饭吃,让食堂多准备一点饭菜,留给她烧泡饭,后来还帮她在附近小学里租了民房,让她有了一个安全方便的栖身之所。

王琴坦诚地说:"要不是村干部的热情帮助和单位的有力支持,自己真的很难坚持下来。"

从高楼大厦,到泥泞小路,从朝九晚五悠然自得的城市生活,到远离家人躬身扶贫一线,对王琴是个不小的挑战,为了适应农村生活,她不断调适自己,改变生活习惯和作息时间,尽快适应新的环境。由于体质较弱,在城里,她每天早上坚持散步,每天六点半从家出发,一路听着音乐,欣赏着风景,步行上班。到了农村,生活规律全打乱了,社区下班早,四点多钟就没人了,六点钟饭也吃好了,她将散步改在了晚上,也想在散步的时候多认认人,尽快熟悉老百姓,这里的老百姓大多不会讲普通话,说的方言跟县里其他地方差别很大,与他们交流十分困难,她有时不得不找人做翻译。晚上的时间相对难打发,农村里没有什么娱乐生活,她不喜看电视,大多时间用来读书、听音乐,觉得这是难得的学习机会,一个个寂寥的夜晚,她都在书海里畅游,看累了,她就看天上的星星,乡村的夜晚,漆黑一片,可天上的星星却格外明亮,望着满天繁星,听窗外蛙声一片,她感到了乡村的美好,并渐渐喜欢上了乡村,也适应了农村生活。

如今她有了一种脱胎换骨的感觉,连自己的微信签名都改了,以前她有个很有诗意的网名,叫"雪人",如今改成土得掉渣的"农民王二姐",微信头像过去是一张穿旗袍的靓照,如今也换成了蹲在地里种菜的镜头。我不解地问:"为什么叫'农民王二姐'呢?"她笑着说:"我骨子里就是农民,我对农村天然有一种亲切感,不也有个农民叫'农民王二狗'吗?"原来如此,我们齐声大笑起来。

走在乡间的小路上

刚下来时,王琴是扶贫工作队副队长,社区的一些干部群众,对"上面派来一个女的"心存疑虑,她想,必须让村民尽快了解自己,也要尽快了解村民,扶贫干部就是要和贫困户打交道,作为一个新兵,第一件事必须尽快摸清家底,了解每个贫困户的情况,于是,她开始了地毯式的走访。

土桥原是一个历史悠久的古镇,2005 年区划调整,撤乡并镇,并入了牛埠镇,原来的土桥街道与铁铺、沿江、安桥三个村合并成立了土桥社区。这里地处长江外护,十三小圩,浩浩长江水,悠悠母亲河,养育了土桥世代儿女,却也因地势低洼,基础设施差,常受水患侵扰,再加上耕地少,逐渐步入贫困村的行列,社区有建档立卡困难户 359 户,1232 人,2016 年刚完成村出列,王琴去时,尚有贫困户 76 户,156 人,这可是一个不小的数字,王琴忧心忡忡,暗暗着急。社区占地面积约 16 平方公里,贫困户分布在四面八方,跑起来可是费时费力,起初由于人地生疏,只得跟着村干部跑,村干部大多骑着电瓶车,以前王琴可不敢坐在别人的车后,如今提着胆子坐了上去,后来路熟了,干脆自己一个人跑了,人们看到,一个瘦弱的身影,戴着大草帽,起早贪黑,走在乡间的小路上。

一家家,一户户,只要村民的家门开着,她就会不请自入,一进门,首先做自我介绍,然后询问该户的生活情况,家里几口人?因什么致贫?有什么需求?开始一些村民不认识她,怕她是骗子,不敢告诉她,她不厌其烦地引导、表白,跟他们拉家常,无微不至地嘘寒问暖,大家相信了她,有些不愿对村干部说的话,都对她说了,她发现,我们的扶贫政策宣传不够,一些贫困户对扶贫工作不理解,对产业扶贫的一些优惠政策,有后顾之忧,经她深入宣传，反复讲解，乡亲们弄清楚了，打消了顾虑，一张张愁苦的脸，露出了欣喜的笑容。

她说："人与人交流，最要紧的是用心，你真心对待群众，群众自然会信任你、支持你。"

走访中，她真正认识了底层的弱势群体，看到了老百姓的疾苦，思想感情受到了强烈的冲击，这些贫困户有的因病致贫、有的缺少劳动力、有的天生残疾，致贫的原因可谓多种多样，但却有一个通病，就是心理上多多少少都有空洞，精神上都有困厄，普遍缺乏生活的信心。这种现象引发了她的思考，一个人最怕的不是身体残疾，而是精神残疾，她感到，精准扶贫真的不仅仅是吃穿住行那么简单，人的心灵之困才是大问题，用心用情去帮助他们精神脱贫才是重中之重，这让她在接下来的工作中，有了方向。

三年来，风里雨里，王琴的脚步，踏遍了土桥的角角落落，不管是贫困户，还是普通户，一户不落，有的贫困户，一个月要走访三四次，并随时做走访笔记，详细标记每个贫困户的最新进展，每家的情况她都了如指掌，有时一天跑下来，口渴心热，身心疲惫，晚上躺在床上感到骨头散了架似的，但第二天，她又会精神抖擞地走在乡间的小路上。

领跑者

2018年4月，王琴担任了社区党总支第一书记、驻村工作队队长，她是一名有着33年党龄的老党员，党龄比工龄还长，可成为领头雁还是头一回，在单位她是个干了二十多年财务工作的主任科员，性格内向，跟外界接触较少，工作相对单纯，也不需要自己抛头露面，可当了社区党总支第一书记，她必须独当一面，这对她是机遇也是严峻考验。作为社区唯一一个市里下派的干部，她深知个人的力量是有限的，单打独斗更形不成气候，她必须紧紧依靠村两委一班人和社区群众，形成合力，自己的角色应该是一个领跑者。

社区书记潘李平说："她的定位找得很准，她发挥自身优势，起到了传导作用。"

要当好领跑者，必须要补强自己的精神之"钙"，还要将大家拧成一股绳，她一次次带领社区干部学习党和政府的扶贫政策，坚持"三会一课"，通过抓党建促扶贫，过去在单位是听别人给自己上党课，如今她给社区党员干部上党课了。她与社区两委班子围绕九大工程实施扶贫项目，通过光伏发电、螃蟹养殖，发展集体经济，推动农民增收；日里灯下，与社区干部一起商讨推进社区基础设施、危房改造、产业发展等扶贫举措，推动各类扶贫项目资金到村到户，抓建档立卡，对贫困人口精准化识别，制定"一户一方案，一人一措施"，落实产业奖补、介绍就业、社会帮扶、土地流转、政策兜底等政策，这些过去听都没听过的专业术语，竟在她手上实施了，真有点不可思议。外事办是个小单位，资源有限，不能给村上带来什么大项目，她只能从小事做起，她发现社区党员活动室条件差，便通过单位，向市委组织部争取了5万元扶持经费，给活动室安装了空调，配备了音响。

社区工作千头万绪，个别年轻的村干部，对她不厌其烦抓扶贫，颇有微词，可王琴却毫无怨言，反而将大家像姊妹一样对待，爱人是皖医二附院的门诊部主任，倒成了她的资源，她带村干部去医院体检，体检过后将大家带到"耿福兴"，请大家品尝芜湖名小吃。社区一名干部查出了甲状腺癌，她马上帮忙联系到皖医二附院做了手术。人间自有真情在，王琴的真诚为人，感动了大家，换来了干部群众的信任和支持。

王琴在下面忙得不亦乐乎，可照顾父母，陪伴家人的时间却少了许多，在广州读研的女儿研究生毕业了，原本早就答应去广州参加女儿的毕业典礼，可繁忙的工作让她无法脱身，只能惭愧地委托爱人前往。年迈的父亲，今年春节前将腰摔坏了，至今还住在医院，她心急如焚，却无法守在父亲身边，只能利用双休日回家探视，尽点孝心，这让她更加辛苦，每周土桥——芜湖，芜湖——土桥地来回奔波。

社区会计古宏谱，在村上工作了二十多年，提起王琴，他对我竖起了大拇指，他说："我最佩服的是她毫无怨言，不管顺还是不顺，不管会上还是会下，她从不抱怨，你想，人家不为钱，不为名，为什么要下来吃苦受罪？是初心，是使命，她心里始终装着贫困户，她用女性的柔情去关心贫困户，与贫困户结下了父母姐妹般的情谊。"

"你们就把我当女儿"

低保户李绍福老人家,虽不是王琴对口帮扶的贫困户,却是她跑得最多的一户人家,李家单门独院,门前堆着一大排干柴,三间简易的细瓦房,屋顶是木质结构的人字梁,看颜色便知有些年头了,但家里十分干净,桌椅板凳擦得一尘不染,甚至不像个农村的家庭,两位头发斑白的老人,见我们来了,十分客气,连忙让座,说到王琴,老两口直呼道:她就像我们的女儿一样。

老人今年已81岁,老伴王玉梅也79了,唯一的儿子,50岁了,严重智障,什么活儿也不能干。王琴记得,第一次上门走访时,王玉梅就泪水涟涟地向她哭诉:"不为了儿子,早就不想活了,可死了儿子怎么办呢?"

李绍福年轻时有一把好力气,一肩挑二百斤化肥,一肩还能将5岁的儿子扛在肩膀上,50多岁时,他在芜湖建筑工地挑砖时,腿受了伤,回到家乡土桥,夫妻俩生了5个孩子,都先后夭折了,这个唯一存活的儿子是老四,可长到5岁还不会喊爸爸妈妈,两口子急得茶饭不思,给儿子四处寻医问药,钱花光了,却没见效果,后来夫妻俩又抱养了一个4岁的女孩,谁知长到11岁时,在长江边洗澡时又被淹死了,王玉梅眼泪都哭干了。随着年龄的增长,老两口都渐渐失去了劳动力,傻儿子生活不能自理,连洗澡水都要老人倒,偏偏王玉梅67岁时又患了食道癌,动了手术,家里更加一贫如洗。李家的坎坷与不幸,让王琴深感震惊,想不到,世上还有这样的人家,真是太不幸了,这是她以前根本想象不出来的,这个家庭不仅仅是贫穷的问题了,孩子的情况,让老两口看不到希望,处于老无所依的恐慌中,对这样的家庭,只有投入更多的感情,才能让他们获得希望。她每周都要去老人家好几次,问长问短,耐心劝说两位老人,"你们不要有思想顾虑,现在国家政策这么好,会让你们过上好日子的,你俩要保重身体。"王琴将每个扶贫干部用来改善生活的3万元经费给了李家,帮他家装了太阳能热水器,厕所进行了改造,如今老人家的旱厕已改成了干净卫生的水冲式马桶。王琴还鼓励他们养养鸡鸭(根据政策,每养一只鸡有10元的补助,如果卖掉还可再补助15元),再种点菜卖卖，增加点收入。每次回市里，王琴在单位食堂都要买些包子大馍带给他们，有时还会买一些点心、牛奶之类的营养品给他们，单位来慰问，带来的慰问金，王琴首先想到的也是他们。她想，别人家再困难，还有指望，逢年过节，儿子女儿多少都会买点东西来孝敬老人，可他家指望谁呢？王琴的关心和鼓励，老两口十分感动，也深感过意不去，拉着王琴的手半天不愿松开，王琴说："你们就把我当作女儿吧！"一句话说得老两口老泪纵横，感慨万分，直叹：这么好的姑娘，真是前世修来的啊！好的扶贫政策，加上王琴给予的温暖关怀，让两位老人变得积极乐观，王琴说："老两口虽然清贫，但勤快又干净，任何时候去他们家，一家人都清清爽爽，屋子收拾得干干净净，不像有的人家，条件比他们好，但家里乱七八糟，他们现在精神上不贫穷，依然热爱生活。"老太太甚至说："如果有个健康的儿子，我们也不会让国家养的。"这跟一些懒汉比起来，尤显可贵。老两口五十岁的傻儿子，经常发疯，发起疯来就打人，村上人都不敢靠近，可看到王琴，他却露出了憨厚的笑容，每次到他家，还搬板凳让她坐，王琴感到特别欣慰，她说："其实他就是小孩，谁对他好，他就和谁亲。"如今，看到老人家门前菜园里的辣椒、苋菜、西红柿长得蓬蓬勃勃，屋后鸡鸭成群，"嘎、嘎、嘎"地飞来扑去，王琴脸上露出欣喜的笑容。

姐 妹

一到贫困户古伍兰家，她就捧出硕大的水蜜桃招待我们，"自家树上结的，尝尝！"她热情地说，脸上的笑容像门前盛开的蜀葵一样绚烂，可在几年前，她的生活却到了绝望的边缘。

这个命运多舛的女子，幼年丧父，母亲一人将她们姊妹六人拉扯大。小古24岁嫁到了相邻的刘渡镇，这场包办的婚姻，维持了八年，32岁时古伍兰离了婚，这事对她精神上的打击巨大，在农村离婚可是一件极不光彩的事，她感到抬不起头，不敢回家，独自在外打工，谁知屋漏偏遭连阴雨，2013年，身体又出了毛病，坏了一个肾，医生让她换肾，可她没钱换，身体也无法支撑继续在外打工，她回到了家乡，日子实在过不下去，她向村上申请了低保，后来在家里开了个小店，卖一些日杂品。小店每月也只有两百元左右的收入，除了吃饭，还要看病（肾病又引起高血压）、吃药，日子过得十分艰难，精神上更是一蹶不振，感到这辈子没什么指望了。

"王大姐是我的贵人啊！她对我帮助很大。"说起王琴，她满口的赞美之词。说来两人最初相识，也颇为偶然，那是2017年7月的一个下午，王琴在村里走访，突然天空聚起了厚厚的云层，黑了下来，眼看着一场大雨即将倾盆而下，这时，一个年轻女人，突然递给她一把伞，说："快下雨了，带把伞吧！"王琴接过伞，仔细打量了一下眼前的女子，黑黑的皮肤，扎着高高的马尾巴，脸上挂着真挚的笑容，一个不认识的村民，竟主动借伞给她，王琴深受感动，说了声："谢谢！"第二天是周末，王琴原定回芜湖，本想托一位村干部将伞带给那位女子，可又一想，人家那么信任自己，怎好让别人带呢，为了表示自己的诚意，她取消了原来的计划，一路问着找到了她的家，俩人一见如故，拉起了家常，她的不幸遭遇深深打动了王琴，她决定尽一切可能帮她脱贫，王琴为她申请了351、180医疗兜底报销，帮她安装了热水器，给她争取了一个公益性岗位——"乡风文明宣传员"，每月有400元收入。此外，鼓励她养鸡，小古起先不愿养，怕别人说，你都能养鸡，还贫困啊！王琴说："你不要有后顾之忧，家禽饲养的优惠政策，就是针对贫困户的。"在王琴的劝导下，小古一下子养了90只鸡，可拿到一笔不小的补贴。王琴还帮她打理小店的生意，带她到芜湖瑞丰商贸城进货，这里是皖南最大的小商品批发市场，货物全，又便宜，什么货好，什么货好卖，王琴给她当参谋，货打好了，开车将她和货一起带回来，有时搞迟了，小古就住在王琴家，吃在王琴家，古伍兰感激不已，俩人很快成了无话不谈的好姐妹，小古称王琴为"王姐"，王琴称小古"阿伍"。阿伍家住在大江边，那也是王琴最喜欢的地方，每当来到开阔的江边，看到水天一色，风月无边，她所有的疲惫和烦忧都会烟消云散。她和小伍每天傍晚，在江堤漫步，倾心交谈，王琴鼓励她，要树立生活的信心，要自立，不依靠别人，将来找一个志同道合的伴侣。闲暇时，俩人还结伴游玩，附近的八公山、万年台，留下她们携手同游的身影，与王琴交往后，阿伍的精神面貌发生了极大的变化，脸上的笑容多了，精神乐观了，她看到了希望，觉得生活有了奔头，甚至在江边跳起了广场舞，"天蓝蓝，秋草香/是心中的天堂/谁把思念化一双翅膀……"阿伍奔放的舞姿，吸引了乡邻的目光，大家都对她刮目相看。阿伍的变化，王琴看在眼里，乐在心上，她说："在帮助别人的时候，自己的收获也挺大的。"阿伍也给她带来了温暖，自己一人在乡下，难免孤寂，阿伍像妹妹一样关心她，有时还喊她去吃饭，王琴不好辜负她一片心意，爽快地答应了，但却说：你吃什么我吃什么，不要加菜我就来。可等下次回芜湖，她又会带许多包子大馍给她。

"你对老百姓好，老百姓才会对你好"

社区副书记李正荣，是对王琴工作支持力度最大的村干部，他说，王琴跟大家就像姐妹一样，她为人低调，没有一点架子，对贫困户投入了感情，老百姓都是，你对他好，他才会对你好，王琴跟贫困户的关系好哇！村上人没有不认识她的，都知道扶贫工作队就是王队长，有困难也喜欢找王队长。

来到贫困户周从友家，他老伴王美忠一连说了几遍"共产党好"，"共产党的干部好"，"享共产党的福"。我相信她不是空喊口号，而是发自内心的，因为正是党的好政策让他家有了生活保障，并脱了贫。

周从友老汉今年79了，高血压引起中风，肢体三级残废，长年吃药，因病致贫，三个女儿，一个在外地，一个也有残疾，在农村人的观念里，女儿结婚后就是人家的人，家里生活的担子都压在了老伴身上。针对这家的情况，王琴将能用的政策都用了，帮他家实施了危房改造，屋里屋外的黄土地面，都铺上了水泥，还建了水冲式厕所，厕所建好了，可老人一直不愿用，还在用旱厕，农村人观念落后，再加上粪便可以施肥，在农村是个宝，舍不得冲掉，在农村推行厕所革命难度很大，王琴那段时间几乎天天去他家做工作，老人们思想终于有了转变。王琴还从多方面关心两位老人，帮周从友申请了轮椅，办理了残疾证，每年增加了400元的残疾补助，并介绍王美忠做了防溺水宣传员，每月有300元收入。王琴还找到周从友的三个女儿，做她们思想工作，严肃指出，赡养老人是做儿女应尽的义务，女儿们同意每年每人出1000元赡养费，再加上王美忠种菜，每天挑到市场上去卖，补贴家用，2019

年周从友家终于脱了贫。

从周从友家出来，我想起了一首耳熟能详的歌曲："老百姓是天，老百姓是地，老百姓是共产党生命的源泉。"

社区群众都说，王琴将群众的事，当成自己的事，不仅给下面带来了一些好政策，还利用自己的各种资源为贫困户排忧解难。双目失明的贫困户王钦怀，行动不便，儿子在外打工，媳妇有精神病，所以一直没办残疾证，享受不到残补政策。王琴得知后，立刻带上老人一家，一大早驱车一个多小时赶往县残联，工作人员说这个情况还需要三甲医院证明，王琴当机立断，赶紧与皖医二附院联系，然后马不停蹄地带着老人一家赶到芜湖，终于在医院下班前开了证明，中午王琴安排他们一家人在医院食堂就餐，下午又赶回县城，顺利办妥了残疾证，接着又帮老人申报了残护补贴，每年增加了1520元收入。王钦怀感动不已，逢人就夸："王书记真比亲人还亲"，而王琴同样很感激，她说老百姓很淳朴，很热情，我们无非做了一些该做的事，可他们却非常感恩，看到一户户贫困户脱贫，她也很有成就感。

春花秋月，潮涨潮落，转眼间，三年过去了，在社区干部群众的共同努力下，2019年土桥社区全部完成了脱贫。如今的土桥，排涝设施全了，电站建好了，村道铺上了水泥路。2018年、2019年王琴连续两年获得了市、县两级"最美选派帮扶干部"，并获得安徽省"最美巾帼脱贫攻坚人"殊荣，她感谢组织上给了她驻村扶贫的机会，她说："扶贫历程，是一次深入基层学习的机会，增加了生命的厚度和广度。"

一千多个日日夜夜，王琴与土桥的老百姓结下了深厚的情谊，连一条流浪狗都成了她的好朋友，一见到她就欢快地扑向她。在她眼里，这里的一山一水，一草一木，都洋溢着诗情画意，连过去听不懂的乡音，如今听来都倍感亲切，她觉得，土桥的星星美，土桥的月亮美，土桥的螃蟹美，走在平坦的乡间小路上，看着片片相连的螃蟹塘，成行成列的玉米地，她感到信心百倍，脱贫后的土桥，正奔跑在小康路上。

水乡盛开扶贫花

——记无为市石涧镇柘城村第一书记、驻村扶贫工作队队长王建平

徐春芳

水乡盛开扶贫花。

这花开在"柘城村"这片神奇的土地上。

柘城，这个名字听起来很大气。作为一个地理名词，很容易让人理解为，起码也是一个有规模的县城。果不其然，在百度上搜一搜，发现同名的柘城是河南商丘下辖的一个古老的县城。到村里去采访才知道，柘城确实也曾经有过繁华，曾经是无为市的县城所在地。只是，今天没落成了一个毫不起眼的村子。它就是安徽省无为市石涧镇柘城村。

该村属深圩区，四面环河，地势低洼。耕地面积 8159 亩，人口 3997 人，其中水面达 2000 余亩。传统产业为水稻和棉花种植。过去，这里十年九涝，是有名的上访村和贫困村。如今已拔掉了"穷根子"、甩掉了"穷帽子"，过上了扬眉吐气的好日子，已拥有新的名片：省级乡村旅游示范基地、美丽乡村示范点，已成为芜湖市脱贫致富的标识。正所谓："当年贫困地，今日荷花园。"

盛夏时节，当您踏进柘城村最引人注目景点——濡北水庄，扑入眼帘的格桑花，将景色怡人的乡村风景点缀得如诗如画。"莲叶何田田，鱼戏莲叶间"，更是让我们领略了水乡特有的风土人情。难以想象到，这是在一片 600 亩的荒滩地上建起来的四星级农家乐，如今来这里的游客不仅能观赏

到大片太空莲、沿湖向日葵和格桑花，还能亲手采摘各类新鲜的瓜果蔬菜，在波光粼粼的百亩鱼塘和龙虾养殖基地钓鱼摸虾，带到水上餐厅现场烹饪品尝……这一切，都与驻点该村的扶贫工作队长、村党总支第一书记王建平分不开。

2017年4月底，作为芜湖市金融办选派干部的王建平，告别九十多岁老母，克服夫妻分居的生活困难，主动请战，正式驻村，开展扶贫工作。花落花开，冬去春来，这一干就是三年多。三年多时间里，王建平瞄准扶贫难点的"靶心"，勇于做栽树人、挖井人，以扶贫项目为抓手，拆除阻碍贫困的"篱笆墙"，疏通致富的快车道，以饱满的激情投入到伟大的扶贫事业中去。

一、抓党建，强班子

毛主席曾经说过，"政治路线确定之后，干部是决定因素"。党员干部是代表党和政府与人民群众直接接触的桥梁，其政治思想、工作作风、道德品质以及业务水平高低，不仅影响到党和政府在人民群众中的地位和形象，也直接影响党的领导和执政水平。在中央下达扶贫工作任务之后，广大党员干部总是冲在第一线。对王建平这样的老党员来说，注重年轻后备村干部的培养培训，吸纳有理想、有文化、有技能的青年后备干部和退伍军人充实到村两委，是他新官上任后开展扶贫工作的第一步棋。不断强化柘城村领导集体力量"强班子，抓党建，促扶贫"是顺利开展扶贫工作的基础，于是，从改造村民办事大厅和创建村文化大院着手，提高办事效率，丰富群众精神文化生活；加强学习，多次组织召开村总支会和党员大会，邀请联系本村的市领导和市局领导亲自为全体党员上课。通过"三会一课"制度，及时把党中央关于脱贫攻坚、新政策、新精神、新要求传到全体党员和广大农户（贫困户）。新作为带来新气象，新气象带来新局面。扶贫攻坚的第一粒种子在全村党员组织生活中落地生根。

二、有调查就有发言权

柘城村，有人口近 4000 人，1140 户，2014 年建档立卡的贫困户有 171 户，484 人。是由过去两个行政村合并而成，大小自然村有 20 多个。面对这么大的摊子，2017 年，作为刚走马上任的扶贫队长，年过半百的王建平每天忙碌得跟小青年似的：要建台账，更要入户走访，了解每户情况。据了解全村还有 12 户贫困户 34 人未脱贫，王建平和村扶贫专干小黄无论刮风下雨还是烈日炎炎，挨家挨户了解具体情况，因户施策，精准扶贫，制定帮扶计划。任俊柱、汪国平、张家水、汪荣生等 7 户贫困户，除了个别贫困户自身发展动力不足致贫外，其他贫困户都是因病因残致贫的，基本上属于扶贫攻坚重中之重。

当他们准备走访汪国强家时，原以为他家条件还行，"国强"，"国富民强"嘛，名字很响亮，可是一经深入了解，情况正好相反，条件很差，他家住在邻村，路途较远，夫妻俩都是残疾人，唯有一女儿在外打工挣钱，家徒四壁，生活困难，基本没有什么技能和生活来源。当时，王建平心情十分沉重，一方面积极鼓励他树立战胜贫困的信心，一方面自掏腰包，给了几百元资助，汪国强当时十分感动，表示：一定不负党的好政策，今年争取种好自家田，并在周边打工就业，早日脱贫。

三、抓住牛鼻子，做活水文章

"如何围绕水资源、做活水文章，早日摘掉贫困村的帽子？成为我们来村之后亟待解决的课题。""这个村四面环水、水资源特别丰富。常言道'靠山吃山，靠水吃水'，经过多方调研，着力解决水患痛点、把发展的项目定位在'现代观光农业+特色水产养殖'上，打造乡村游品牌，从而实现乡村经济振兴。"王建平如是说，"这一系列构想，在我和村两委进行深入细致的调研后，制定了水乡脱贫攻坚的第一个目标。"

咬定青山不放松。王建平率领驻村扶贫工作队和村两委，紧紧抓住发展村级经济这个"牛鼻子"，采取"走出去、请进来"的方式，外出学习水乡发展模式，请来农业水利专家指导发展方向。大力调整产业结构，引导农民改变单一的水稻种植方式，探索产业扶贫、大户带动、公司+基地+贫困户等多种模式，发展特色水产养殖业。与此同时，外引内联，规划发布了一批水资源招商项目，积极鼓励村里几位能人大户参与，最终选择了滩涂资源丰富的荷叶地自然村，修渠打坝，蓄水为湖，建成精养塘300余亩。水乡的脱贫攻坚战，得到了社会各界的关注和支持。由选派单位主动联系市、县水利部门，一方面邀请水利专家来村现场考察勘探，做好水利实施规划，打通水渠，涝能排，旱能灌；另一面积极争取到50万元水利奖补资金，修建了沙滩等5座水电排灌站，并激励社会力量投资水利建设，开挖河道、荒滩复垦。通过多年的努力，兴修15公里环城圩堤，达到30年防洪不遇的标准，实现圩内沟相通、圩外渠河相连循环水系，不仅解决了困扰已久的水患问题，还为发展水产业奠定了坚实的基础。在今年几十年一遇大水中，确保了圩堤安然，防止因水灾一夜返贫。目前，已发展了8家农业种养合作社、1家市级农业产业化龙头企业和1家农机大院，兴建了小龙虾养殖基地200亩、太空莲基地100亩和渔业养殖基地100亩。吸纳带动50余名贫困户打工就业，户均增收4250元。

四、唱响乡村旅游戏

濡北水庄坐落于石涧镇柘城行政村境内，占地面积200亩，其中水面150亩，陆地面积50亩，与无城镇东河行政村隔河相望，水庄建筑面积600平方米。为了打响柘城村乡村游品牌，在王建平的带领下，积极支持村里和大户申报安徽省乡村旅游示范村、四星级农家乐、美丽乡村等一批项目。结合无为垂钓节，在水庄广场连续举办五届村民嘉年华文艺汇演和送戏下乡活动；争取健身器材，兴修了健身广场，创办首家村级文化大院，这些系列活动，不仅扩大这里乡村旅游的知名度和美誉度，还极大地丰富了贫困户和村民精神文化活动，群众的精神面貌为之改变。

同时，引导在外创业的能人大户回村投资，共产党员、建筑大户赵昌树不忘乡邻，主动带领全家回乡创业，在村成立安徽濡北水庄生态农业有限公司，先后投入1000余万元建成集餐饮、住宿、荷花观赏、蔬菜采摘、特色养殖融为一体的濡北水庄项目，乡村旅游业搞得红红火火。目前，结合美丽乡村建设和农村环境整治，已建成以安徽濡北生态水庄为代表的一批本土旅游项目，拥有四星级农家乐、百亩观赏荷花塘、环湖赏花道、汪氏宗祠、状元井等一批乡村文化旅游景点，吸引周边游客20余万人次，仅乡村年收入就达30余万元。

五、金融扶贫，近水楼台

好的开端是成功的一半。"水文章"激活了扶贫工作队智慧和干劲，依托选派单位芜湖市金融局优势，王建平先后筹集到支持金融扶贫贷款180余万。开挖精养塘300余亩，成立安徽濡北水庄生态农业有限公司，建成集餐宿、荷花观赏、特色养殖的水庄项目，发展乡村旅游业。同时也吸纳了村里的贫困户就业，58岁的村民李宗芳和老伴都动过大手术，因为身体原因，老伴彻底丧失了劳动力，以前全靠李宗芳一人四处打工，维持家庭基本生活，现在，村委会推荐她到家门口的水庄工作，清洁、帮厨，是她最拿手的活，除了每月2600元的工资，还入股1.2万元，与水庄合作社抱团发展，年收入又增加一千多元。不仅增加了收入，还能照顾老伴，可谓一举两得！

扶贫工作队通过出台一系列政策、项目和资源叠加，产生了集聚效益，推动了产业的连锁发展。创新"产业+金融+就业"三位一体联动扶贫路径。积极组织贫困户参加金融扶贫，入股合作社80万元，支持发展小龙虾养殖和乡村旅游农家乐。还与县、市科技部门主动联系，争取来太空莲套养鳜鱼的科技项目，不仅实现了经营主体和土地流转农户的收益，还带动了30户贫困户就业，构建起"金融支持产业、产业带动就业、综合推动脱贫"的良性互动扶贫格局。2019全村集体收入达24.3万元，同比增长68%。

六、点燃"亮心工程"

群众的呼声就是对扶贫工作队工作的要求，更是王建平牢记的初心和使命。乡村扶贫不仅要做足"绣花功夫"，实施"一户一策"的精准扶贫，而且更要做好惠及民生的基础建设,让广大村民共享改革开放、脱贫攻坚的成果,从而赢得广大人民群众支持这项惠民工程。

"群众的期盼,就是我们的行动。"王建平说。2018年初,在村民大会上,大家强烈要求党总支和村委会安装路灯,亮化全村,解决群众夜间出行难问题。面对广大村民和贫困户迫切需求,王建平为首的扶贫工作队与村两委立即召开会议,统一思想,研究方案,把全村亮化工程列为当年扶贫攻坚、为民办实事的首要任务,所需资金决定在村自筹一部分基础上,由扶贫工作队争取帮扶单位和社会捐助的支持解决。为此,王建平在市金融局支持下,特地邀请市上市协会和国元证券领导来扶贫村考察走访,捐资20万元完成村干道196盏太阳能路灯安装;2019年又争取资金10.26万元,新增路灯57盏,实现了全村亮化工程全覆盖。亮化工程点亮村民心,被当地群众盛称为"亮心工程"。通过精准扶贫,基础设施、人居环境彻底改善。户户用上了自来水,村里道路水泥化,70%农户有了天然气。

环境是一个村子的活力。牢记"绿水青山就是金山银山"的理念,王建平带着村民改善着人居环境。2018年植树节,市金融局局长王干劲同志率领班子成员来村开展植树活动。在水庄入口的大道边,金融局的同志们个个撸起袖子,拿起锹子,不到一个小时,15棵树苗已整齐排列。领导带好头,群众跟着上。近两年来,村里积极号召村民义务植树,绿化村庄,同时,还投入一定经费,基本完成了村主干道绿化美化任务,环境绿化美化亮化,很难让人找到曾经破破烂烂的贫困村的影子,群众获得了幸福感,扶贫干部也有了成就感。一件件、一桩桩注入真情的帮扶行动,通过扶贫工作队手把手传递给村民和贫困户,让他们真切感受到党和政府的关怀和温暖,激发了热情、内生了动力,"村民亦知韶光贵,不需扬鞭自奋蹄",村民和贫困户在脱贫攻坚路上,自我奋进,不断向前。

没有耕耘,哪有收获。"自去年4月底去村扶贫,已有整年了,虽然村里对我工作总体是支持的,但其中的酸甜苦辣咸,只有自知啊。不说一个人辛苦、不说一个人生活、不说河道两岸三地的奔波,就说在村里与村干部的思维、工作方式、行为模式,差距的引领和磨合,就够人受的,不信您下来试试?但只要精神不滑坡、相信办法肯定比困难多,从点滴做起、从自身做起、从诉求做起,扶贫工作还是做得有声有色,有模有样。"石涧镇柘城村第一书记、扶贫队队长王建平如是说,"下一步,我将努力依靠群众和组织,将个人能力发挥到极致,争取美丽乡村、省级乡村旅游示范村、道路绿化、森林村庄等一系列项目,通过政策叠加,资源整合,真正把柘城村打造成'天然氧吧、水乡慢城'"。

自2017年5月驻村扶贫以来,在王建平的带领下,扶贫工作队积极帮助该村制定发展规划,争取政策支持,引进产业项目,并通过金融扶贫、光伏发电、危房改造、务工就业等多种扶贫措施,真正将各项帮扶政策落户到人,2017年有39户贫困户通过省第三方评估顺利脱贫。村集体收入实现11万元,同比增长50%以上。到2018年4月份,整整一年时间,王建平一方面积极推动扶贫攻坚工作,通过光伏扶贫17户、小额信贷23户、就业扶贫21户、危房改造21户、土地流转81户、教育扶贫20户、资产收益分红15户、争取政策兜底62户,争取23.05万元资金物资实施社会帮扶全覆盖,产业扶贫、健康扶贫全覆盖,贫困户识别精准率、退出精准率、群众满意度均为100%。已成功举办两届柘城村惠民嘉年华活动,开展妇女之家活动3场、送戏演出19场、捐助贫困学生72名(次)、金融代缴服务232户、书法家义务送春联300对、医院义诊群众1400多名。认领项目及资金达40.9万元(沟渠硬化等);一方面,积极倡导保护环境,美化绿化乡村,不断践行的理念,村里环境和基础设施持续投入改善,群众笑在脸上,乐在心里。水乡扶贫故事登上了长三角峰会《芜湖城市名片》。

七、把心贴近贫困户

"群众利益无小事,一枝一叶总关情"。王建平和市金融局局长王干劲同志的帮扶对象,是家住荷叶地自然村蒋方云。蒋方云因自身发展动力不足致贫,两位同志先后十余次上门帮助他量身订制脱贫计划和方案,除了鼓励他种好自有5亩多水稻田外,还介绍他去村农机大院和水庄打工,每年都能挣得5千多元劳务收入,帮助他老母亲汪桂英办理慢性病和低保手续,又为其家庭每年减少医疗费负担8千元,这"一增一减",让老蒋日子过得顺顺畅畅,2017年底,通过省第三方评估,光荣脱贫。蒋方云逢人就夸:还是党的扶贫政策好!驻村工作队好!今年春,当他得知,将在他家门口实施美丽乡村项目时,激动不已,主动配合村里,拆除门口的违建,并为美丽乡村建设来做义工作为回报。看到此时此景,过去一些刁难户和难缠户也不为村里基础建设占地、拆迁而斤斤计较了,干群关系互动良好。

在王建平扎根的柘城村,市金融局的同志们把这里当做自己的亲戚家。他们经常来这里走访贫困户,有困难第一时间解决。前不久,黄先龙、徐礼阳、陈国一行来到联系村无为石涧镇柘城村走访贫困户,这是他们第16次深入村里进行调研和慰问。不仅解决了村里大棚恢复生产问题,还深入贫困户访贫问苦。在汪开荣家中,他们详细了解贫困户的生产、生活情况以及存在的实际困难和问题。谈起近几年的生活变化,贫困户虽不善言辞,但仍用简朴的语言表达了对党和政府由衷的感谢,脸上表露的是满足的笑容。汪开荣表示:一定不辜负各级领导的殷切希望,在享受政策的条件下,战胜病魔,一定勤劳上进,争取早日脱贫。市金融局的同志们还走访了汪国强等4户贫困户,鼓励他们在种植养殖业上多下工夫,出实效,增加内生动力,主动率先脱贫,早日过上小康生活。受访的贫困户纷纷表示,感谢市县乡领导的关心和鼓励,一定以此为动力,奋发向上,勤奋努力,力争尽快脱贫致富奔小康。

八、疫情防控零感染

众所周知,无为市由于外出人员多,是芜湖市新冠疫情防控的重中之重。这对身处无为腹地扶贫的王建平来说,面临新的压力。在芜湖市各级党委政府强有力的领导下,王建平和市金融局扶贫工作队成员与村两委广大干部和党员积极分子在村群防群治防控工作中制定周详的措施,"出重拳",积极应对,齐抓共管,收到良好效果。针对村部医用口罩等最基本的防护用品紧缺,无偿捐赠给村里500只医用口罩和医用棉球及红外线体温测量仪,统一用于村部群防群控工作;积极发挥党员先锋模范作用,通过党员微信群提出倡议书，倡议广大党员积极分子齐心协力，同舟共济，参与到规劝本村外出人员和进入本村的外来人员工作，并主动投入到劝说群众不要聚会聚餐赌博的宣传工作中。按照要求将湖北回乡的人士隔离在家，宣传疫情规定，封存汽车。针对湖北回乡人员，安排专人日常测量体温，每日一次，通过微信上报身体情况。通过卫生所 24 小时开门门诊满足村民就近就医，确保群众有病不要到外混跑就能及时治病（每天都有 20 多人看病或挂水治疗）。安排村两委及志愿者在入村各路口均设置了关卡，大家轮流值班，书记主任查岗督促。至今，村里无一例感染，在村回乡人员身体状况良好。

冰心说，"成功的花，人们只惊羡她现时的明艳，然而当初她的芽儿，浸透了奋斗的泪泉……"

"若想把中央宏伟蓝图在乡村实施，其问题、阻力、矛盾都成为我们前进路上的一个又一个堡垒。比如，在今年我村开始实施美丽乡村规划时，一些村民甚至是村干部也不愿支持，当时自己也想不通，为什么这种政府投资、百姓受益的好工程，一些村民不欢迎？深入调查，还是一些人不了解，更有一些人为了一己之利，不愿意。如需要拆迁、需要改造环境，他们不愿改变。因此，在农村，做好思想宣传发动工作是很重要的。告诉他们，我们下去的干部，不是为自己，而是为村里发展，可以说捧着一颗心来，不带一根草去，都是为了党的工作，精准扶贫，振兴乡村。于是，不仅讲道理，动之以情、晓之以理，还组织村民代表、村干部考察已建成美丽乡村，让他切身感受到这项工程给村民带来的效益和好处，力争把好事办好、实事办实，真正让农民在践行乡村振兴工程中得到实惠。"

几多委屈、几多辛酸、几多泪滴、几多汗水。王建平所带的扶贫队一班人由被不解、怀疑到被接纳、支持。脱贫户态度质的变化是由王建平的聪明才智和坚韧不拔的毅力使然，更是王建平"润物细无声"的人格魅力使然。这不，三年多精准扶贫的答卷上，已写就了沉甸甸的数字、填满实实在在的成绩：原先，该村辖 38 个村民组，1152 户、3944 人，当时建档立卡贫困户 151 户 450 人。贫困人口占当时人口比例为 11.6%，截止到 2019 年 12 月底，全村共脱贫 149 户 445 人，2020 年剩下 2 户 5 人未脱贫，贫困人口占比降至 0.013%，集体收入明显增长，达 24.3 万元，全面完成美丽乡村示范点建设。

在脱贫的同时，扶贫工作队还高度重视教育扶贫，教育引导村民向上向善，坚持扶贫与扶智紧密结合，联系立信会计事务所和瑞鹄股份公司等上市企业、社会爱心人与柘城小学结对，长期结对帮扶10名品学兼优家庭贫困的小学生，筑牢阻断隔代致贫"防火墙"。村小四年级贫困户家庭学生汪浩见到扶贫队倍感亲切。小家伙说："王队长隔三差五经常往我家跑，不仅帮助我解决了小学至中学阶段所有学习费用6000多元，还送来了书柜和许多课外读本。疫情期间帮我订了网课，目前通过网课自学，已提前学完初二的课程。"当谈到扶贫助学的事情，王建平的确有些激动，他认为脱贫攻坚，产业为先，教育为重。产业扶贫是确保脱贫可持续发展的动力，而教育扶贫更是彻底摆脱贫困的根本之所在。

中华儿女多奇志，敢教日月换新天。如今，每当王建平驻足在柘城村这片美丽神奇的乡村土地上，仰望星空，总是心潮澎湃，信心倍增：村里由从前的温饱，到有了自己的产业，基本实现了造血功能，基础设施、人居环境、人均收入都得到了很大变化。三年多来，柘城村被评为全市脱贫攻坚先进集体，王建平本人也两次获得了全市最美选派干部和年度考核先进个人。

这的确是一片美丽而神奇的热土，一片美丽而神奇的水乡，这热土、这水乡开满了美丽的扶贫花。这美丽的扶贫花，是以王建平为队长的驻村干部与村两委、贫困户和村民们共同用辛勤的汗水浇灌成的；这神奇，是我们伟大的党汇聚各方扶贫力量，攻坚克难铸就成的！

脱贫攻坚黄墓村

——记南陵县许镇镇黄墓村第一书记、驻村扶贫工作队队长何坚明

何更生

黄墓村原是南陵县的贫困村，近年经过精准扶贫与乡村振兴战略，一跃成为南陵县的经济强村。短短几年时间，黄墓村究竟是如何甩掉贫困帽子，实现由穷村变强村的华丽转身？

入夏的第二个节气小满，我专程赶到黄墓村采访，想寻觅扶贫工作队长何坚明所走过的足迹，寻觅在精准扶贫过程中所涌现出的一个个鲜为人知的感人故事。

黄墓村是南陵县许镇下辖的一个普通行政村，位于南陵县北许镇西，毗邻205国道，省道三荻公路穿境而过。境内河网密布，湖泊众多，属江河平原圩区，植稻历史悠久，农作物一年三熟，以双季稻为主，历来为农、渔产品集散地。

黄墓村还拥有深厚的文化底蕴，相传三国东吴大将黄盖曾在此操练水军，并兴修水利，为百姓免遭水患，深受当地百姓爱戴。显然，黄盖也热爱这方水土，死后即安葬于此。东吴君王为纪念这位在赤壁大战中立下赫赫战功的江东元勋，特将漳河流经此地的一处繁华渡口更名为黄墓渡。黄墓村也由此得名，并沿袭至今。

按说，黄墓村也算得上是鱼米之乡，物阜民丰。但是，前些年由于村领导班子自身建设不足，战斗力涣散，干部得过且过，跟不上时代前进的步伐，

导致村集体经济难以发展，收入几乎是零。缺少集体经济支撑，既没条件为老百姓办实事，也没实力来改变村容村貌，更谈不上全村进一步的发展与壮大。从而形成恶性循环，全村3348人中建档立卡贫困户有72户158人，被列入南陵县未出列的贫困村之一。

2018年初，何坚明主动请缨，克服种种困难，来到黄墓村担任村党总支第一书记、驻村扶贫工作队队长，决心与全村人一起彻底改变黄墓村的落后面貌。

何坚明是芜湖市委宣传部副调研员，刚跨入知天命之年。他工作起来颇有股干劲，也有股闯劲。尽管知道脱贫攻坚不是一件容易的工作，也从未做过，但他觉得这是一次难得的锻炼自己的极好机会，相信只要与工作队同志及村"两委"一起努力，团结一致，尽心尽力，就没有跨不过的坎，闯不过的关。

从进驻黄墓村的第一天起，何坚明即开始深入细致的摸底调查。他和扶贫工作队的同志们一起，开展挨家挨户的大走访。了解黄墓村贫穷的真正原因，走进每一户贫困家庭，掌握每户不同的贫困状况，做到一户一策，精准扶贫，定向解决实际困难。正是在一次走访时，从一位老农翻车事故中，他敏锐地发现入村道路上存在的问题，立即帮助解决，从而赢得全体村民的一致赞扬和好评。

那是何坚明刚进村不久，开展入户帮扶与走访。当他们来到村干部李小伙家时，发现他父亲行动有点不便。何坚明心里不由泛起一丝疑问，平日老人家身体一向比较硬朗，今天发生什么情况？经过细心询问，方知老人家是骑电动三轮车时不慎翻了车，人从车上摔下受了重伤，诊断为肋骨断了两根，吃了大亏。经治疗已基本好转，现正在家休养。何坚明边向老人表示慰问，边顺便问了下翻车的具体情况，老人这才详细告诉他，是在进村的路口翻了车。因省道三荻公路与村道入口交接处有高低不平现象，才导致三轮车翻车。老人家还笑嘻嘻地自责自己骑车时不小心才导致车祸，吃了大亏。可何坚明却把老人翻车这件事记在心上，总觉得进村入口处的道路是不是有点问题？

离开李小伙家后，何坚明立刻领着扶贫工作队的同志赶到村入口处进行实地察看。果然，从省道三荻公路拐弯进入黄墓村的小路，不仅弯急坡陡，而且两条路交接处存在严重的高低不平现象,有近20厘米的落差。村民骑车从三荻公路拐弯进入黄墓村道时,稍不注意就可能出现车翻人摔的事故。即便驾车进村,若小车底盘较低也会发生剐蹭底盘事故。此前,村干部曾多次向有关部门反映过,但由于各种原因,问题迟迟未能得到解决。何坚明了解情况后,立即联系芜湖市和南陵县公路管理部门负责人,请他们到村里现场办公,商议尽快修建平整这段入村道路,并把具体任务落实到南陵县公路管理分局承担。

在市县公路部门的大力支持下,施工队很快进场。入村路口实行封闭,破路施工,机声轰鸣,一派繁忙景象。施工同时,何坚明又及时联系芜湖市和南陵县交警部门,考虑在路口设置道路安全标志与设施。待入村道路修建完毕,这边摊铺好路面沥青混凝土,那边又安装起减速带、防撞墩、爆闪灯,以及安全警示牌等一整套交通安全方面的设施。

前后也不过短短10来天时间,经过紧张施工修建,这段近50米长的入村道路就正式完工并交付使用。望着机械化摊铺的平整宽阔的沥青混凝土路面,以及齐全的交通安全设施,还有矗立在路旁那块醒目的"黄墓村欢迎您"的指示牌,村民们高兴得乐开了花,纷纷发自内心为扶贫工作队点赞,竖起大拇指。高兴之余,村民还自发地做了面红艳艳的锦旗,上书"为民办实事,百姓贴心人",欢欢喜喜地送给驻村扶贫工作队。

看着村民满意的模样,何坚明也有点激动,接过锦旗说,"金杯银杯,不如老百姓的口碑,尽管我们才为村民做了一点小事,村民看在眼里,记在心里,就感到满意!"

章小槐是黄墓村典型的贫困户,今年56岁。10年前人到中年时,他就饱尝生活的艰辛与磨难。全家5口人,上有七旬老母下有读书儿郎,还有个女儿出生就智障。生活原本就艰难,偏偏妻子又患有先天性脑血管病。一天,妻子突然脑血管破裂,造成颅内出血,紧急送往医院抢救。一入院医生就下了病危通知书,而且要立即进行开颅手术,否则后果将不堪设想。

章小槐是老实巴交的农民,从未见过如此严重的脑部疾病与开颅大手术,颤抖着手在手术单上签下自己的名字。他知道即便妻子能抢救过来保住生命,人也会残废,况且手术费也不是他一个普通农民能承担得起的。妻子娘家几个弟弟也懂情懂礼，非常同情与理解章小槐的困境，一致表态，"姐夫你尽力了，真没能力救治，就放弃治疗吧，我们也不会责怪你！"章小槐听了既感动又难过，他觉得夫妻一场不容易，困难再大，也要尽其所能挽救妻子的生命。这个顽强的庄稼汉被迫四处举债，东挪西借终于凑足7万多元的医疗费。

结果妻子的生命保住了，人却瘫痪了，只能卧床不起，连大小便也在床上，日夜需要人照顾。妻子这场重病使章小槐家一下债台高筑，困难重重。生活的重担压得这位中等身材、结结实实的壮汉，一下难以喘气。偏偏屋漏又逢连夜雨，在一次双抢中章小槐不小心脚被碎玻璃戳伤，流血不止。他简单包扎一下，以为没有多大问题，继续干活。谁知伤口发炎，疼痛不已，到医院一检查方知已感染成了破伤风。章小槐被迫住院治疗，直至13天后才转危为安。

这期间，繁重的家务活全靠70多岁年迈母亲在艰难维持。一想到这事章小槐心里就不是滋味，他暗暗下决心要改变家里的贫穷面貌，争取通过自己的勤劳与奋斗，努力还清所欠下的债务。

然而，谈何容易？他一个普通农民想一时还清近十万元的债务，的确不是一件容易的事。好在章小槐身逢盛世，2014年中国开始实施精准扶贫，帮助贫困农民脱贫致富与全国人民共同奔小康，使千千万万与章小槐一样贫穷的农民看到了希望，看到了奔头。

通过扶贫工作队上门调查，再经村民评议，章小槐家被列为帮扶贫困户，在政策上给予一定的帮扶。依据实际情况，章小槐年迈的母亲和智障女儿首先享受到低保，这让章小槐减轻了不少压力，也让他的生活开始了关键性的转折。随后村里开展一系列的帮扶措施，举办水稻种植技术与田间管理方面的培训，以及水产养殖方面的技术讲座等等，帮助贫困户提高多方面的农业技能，以适应现代农业发展的需求。

何坚明接任黄墓村扶贫工作队长后，对章小槐等贫困户更是精准施策，因户而异，一户一策，帮助章小槐等贫困户首先从思想上树立战胜贫困的决心与信心。何坚明团结驻村扶贫工作队与村"两委"，同贫困户结成命运共同体、利益共同体和荣誉共同体。围绕"一抓双促"和乡村振兴战略，谋思路，搭载体，办实事，共同推动黄蔂村脱贫攻坚工作的开展，取得良好的效果。

根据黄蔂村湖泊水面较多的特点，他们帮助章小槐承包了近50亩的水塘，养鱼养虾。章小槐十分敬业，起早摸黑一心放在水塘上。他不仅积极报名参加养殖培训班，虚心学习，还向村里养殖专业户请教。在扶贫工作队帮助下，他多次跑到县城向水产部门的专家拜师学技。功夫不负有心人，章小槐在村扶贫工作队和村"两委"的精准扶贫帮助下，经过自身艰苦努力和不懈奋斗，终于当年承包鱼塘就有了3万元的收入。后来通过小额贷款他又在鱼塘周边流转了近30亩土地，发展稻虾共生新模式，既种水稻，又在水稻田里养殖小龙虾。"稻虾共生"，即让小龙虾在稻田里摄食害虫及虫卵，促进水稻生产；虾粪又能为水稻补充养分，相辅相成，一举两得。连化肥、农药都大大减少，章小槐算尝到了甜头，收入逐年增加，不仅还清了家里的全部债务，还把家里的房屋进行了翻修。脱贫致富甩掉了贫困帽子，章小槐饱经风霜的脸上第一次露出了幸福的微笑。他从心里说了句感谢的话语，"感谢党的扶贫政策，感谢扶贫工作队对我实实在在的帮扶，还要感谢全村人对我的关心与帮助！"

章小槐发自肺腑的感激不仅说在嘴上，还体现在行动上。他发现村里还有人没有脱贫，就主动联系本村种植大户蔡克华，一起创办成立了"华玲水稻种植专业合作社"，采取土地入股，参加就业，合作种植等各种方式带动贫困户增收。何坚明更是紧紧抓住章小槐脱贫这个典型，号召全村贫困户都向章小槐学习看齐，走他一样的脱贫道路。目前黄蔂村已建成生态稻脱贫产业基地4420亩，产生纯收入560多万元，带动贫困户68户计153人走上了脱贫道路。

何坚明在黄蔂村扶贫中还努力创新，创造性地成立了"党群户联体"。即以村"两委"成员为户长，与村内党员、贫困户、普通村民结成户联体，以党带群、富带贫、强带弱的方式，充分发挥党员的先锋模范作用，带动贫困户脱贫，巩固和扩大脱贫成果。

贫困户盛发青就是在"党群户联体"户长邓修满的帮助下，走上家禽养殖道路而摆脱贫困的典型。邓修满是党员，也是村里有名的家禽养殖大户。

在何坚明创新的"党群户联体"中他担任户长，主动与户联体内多名贫困户达成协议，由他免费提供鸡苗，上门传授养殖技术，待贫困户将鸡苗养大，销售出去，才算完成养殖协议。其间鸡若生病，他免费治疗；鸡出圈销售若困难，他就以市场价进行回购，一句话就是保证贫困户养殖肯定受益。邓修满负责任地说，"我既然做了这个户长，就要认真负责地帮助贫困户把鸡苗养大养好，再销售出去。"

71岁的盛发青在邓修满的帮助与指导下，去年养了300多只鸡，100多只鸭和鹅，年底全部销售出去，盛发青收入有两三万元，使他一下就摆脱了贫困。与盛发青一样进行家禽养殖的贫困户邓绪富显然尝到了甜头，话说得更干脆，"以前我也想过养殖，但没资金又缺乏经验，所以多年来只想不敢实施。加入户联体后，有养殖大户免费提供鸡苗，还手把手教技术，使鸡苗茁壮成长。眼看着鸡长得又肥又大，拿到市场上去卖，也能卖上好价钱！"邓绪富现在通过养鸡养鸭及养鱼等劳动，一年下来有4至5万元收入，使他不仅脱贫还开始致富。

其实，除了养殖业、种植业外，何坚明还积极引进社会资本，将黄墓村闲置的土地、水面资源承包给企业经营，增加村集体经济收入。在前期大量走访调研基础上，何坚明为贫困户制定了个性化的帮扶措施，实行一户一策，一人一策，精准扶贫。对有能力的贫困户为其提供乡村旅游岗位、村"四员"及公益性岗位；对于有资源的贫困户让村级特色种养扶贫基地对其带动，帮助开展土地入股分红等措施；对于"三无"类贫困户，以资产收益分红及社保兜底解决增收问题。黄墓村还建有占地3亩的光伏发电，占地108亩的高标准绿叶菜大棚基地等项目，不仅带动贫困户增收，也为村集体经济增加不少积累。村里有了经济收入，黄墓村再也不是"穷家难当"了，村里也有条件为村民办更多实事，基层党组织的凝聚力和战斗力才能更加显现，并能持久。

在黄墓村采访，村民向我谈得最多的是对何坚明的钦佩与赞扬。这些憨厚淳朴的村民说起话来也很朴实，"何队长是个实在人，能与我们村民打成一片，我们一直把他当成朋友，无话不谈。他主动请缨来黄墓村扶贫，不是来搞花架子，而是来干实事，来帮我们脱贫致富。我们黄墓村人永远感激他，不会忘记他!"

一个扶贫队长能赢得村民良好的口杯,让村民永远感激,不会忘记,不是一件容易的事。其实,从进村第一天起,何坚明就严格要求自己,与普通村民一样吃住在黄墓村。扶贫工作队办公室里,一张单人床,一顶小蚊帐就成了他的家,办公、睡觉两不误。住在办公室隔壁的是扶贫工作队副队长夏辰,这是个80后的小伙子,常与何坚明研究扶贫工作到深夜。夏辰倒床就能睡,可何坚明却辗转反侧,依然在思考扶贫工作,时常彻夜难眠。可第二天清早,夏辰就发现何坚明又在村头小道上开始晨练。夏辰有时都很难理解,何队长怎会有如此旺盛的精力来日夜工作?

与村民交朋友,拉家常,了解村情民意,商议如何尽快脱贫,是何坚明在黄墓村3年工作的全部。黄墓村每一条小道,每一段田埂,都留有他坚实的足迹;黄墓村每一块田园,每一方池塘,都闪过他匆忙的身影。他已深爱这方热土,也融入这方热土。他不仅要让黄墓村脱贫出列,还要让黄墓村跨进美丽乡村先进行列;要为黄墓村培养有知识的下一代,培养后备人才。

在扶贫工作队的努力下,2019年底,黄墓村2.2公里长的村道上,傍晚突然亮起了路灯。有细心村民从头至尾数了数,计有59盏路灯,把黄墓村及周边的社区、村庄照得明晃晃,亮堂堂。村民晚锻炼、散步,以及串门、夜行再也不用担惊受怕摸黑走路了。村民喜滋滋地说,"做梦也没想到村里也有路灯,扶贫工作队把我们没想到的事都想到了!"

为让黄墓村的下一代能茁壮成长,何坚明主动联系到芜湖一家房地产企业赞助10万元,专门设立"爱心·圆梦黄墓好儿郎"助学基金,帮助贫困家庭子女完成学业,奖励考取名校、大学的孩子们。两年来共帮扶黄墓村68名中小学生,激励他们发奋读书,长大成为国家之栋梁。

2020年初,突如其来的新冠疫情暴发,何坚明正与家人团聚欢度新春佳节。当从电视上看到疫情严重,他立刻想到黄墓村,大年初一晚就从芜湖市区赶到村上,连夜投入到紧张的防疫工作中。指挥封村封路,设置防疫点,宣传村民少外出、不聚集、勤洗手、戴口罩等防疫知识。对武汉返乡人员则做好居家隔离,组织村医每天上门测温等具体防疫工作。因就住在村上,何坚明主动承担村里夜晚防疫值班工作。黄墓村窑新自然村有正月玩龙灯的传统,村民早在春节前就绑扎好龙灯,准备热热闹闹欢乐一下。何坚明知道后,立即赶到窑新村,宣传在疫情严重情况下玩龙灯会造成人员聚集的不安全因素。他不厌其烦地一家一户地做工作,宣传动员,以大局为重。最终窑新村民一致同意推迟玩龙灯,避免了可能发生的人员聚集的安全问题。

新冠病毒紧张防疫工作前后有两个多月时间,何坚明一直坚守在黄墓村。他与村民们一起,经受了这场气势汹汹的新冠病毒的考验,以零感染的优异成绩打赢得了这场从未有过的疫情防控战。

黄墓村扶贫工作队有5位同志,都是风华正茂的年轻人,相比较何坚明年龄较长些。他们分别来自芜湖市直机关和南陵县直机关,共同的目标与理想让他们走到了一起。经过几年的辛苦工作与不懈努力,黄墓村的脱贫攻坚任务已提前完成。"村出列,户脱贫"工作目标早已实现,昔日落后的黄墓村已从贫穷村跨进了南陵县的经济强村,村集体经济收入实现从零到50万元的历史跨越,原先建档立卡的贫困72户158人也脱贫摘帽,迈上了致富的康庄大道。黄墓村也先后荣获安徽省森林村庄、安徽省美丽乡村示范村和先进基层党组织等殊荣。

2020年是脱贫攻坚的最后一年,也是我们党庄严承诺:让贫困人口和贫困地区同全国一道进入全面小康社会目标的兑现之年。这是一项前所未有的光荣而神圣的使命,将会永载人类反贫困史。黄墓村的脱贫攻坚早已提前完成,何坚明为自己有幸参加这场脱贫攻坚战而倍感骄傲与自豪。他十分喜爱这句话:"功成不必在我,功成必定有我"。也就是说,他有心要为"功成"出力,而绝不求"功成"之誉。

再有几个月到年底,何坚明就要离开黄墓村了,他真有点恋恋不舍。黄墓村民们更是不愿看到这一天的到来。村民已在考虑以什么样有意义的纪念品来相赠,让何坚明和扶贫工作队员们好永久收藏,永不相忘?

何坚明微笑着说,"什么都不用考虑,最好能授予我们为黄墓村荣誉村民。"

他认为这才是最有价值的永久收藏,他已离不开黄墓村。

永安河畔歌一曲

——记无为市泉塘镇青龙村第一书记、驻村扶贫工作队队长张国槐

姚 祥

这是5月，上午，阳光温热而奔放。穿越襄安镇，车过永安河上的路桥，展现在我们眼前的即是泉塘镇青龙村——此行我们的目的地。

透过车窗，不远处有白花花的东西在闪耀。同行的老陈说，那是塑料白膜，老乡在蟹塘边设的围挡，用来防范螃蟹外逃的。四处静谧，唯有这些塑料白膜似乎抖动有声，隐隐约约随风飘来。

在村委会门外，我们下了车。走过一排办公室，在最里头的一间，张国槐站在门口，已等候我们多时了。

老熟人，曾经的上司，可眼前的张国槐，着实让我一惊，数年未见，他已略显苍老。不是更加黝黑的缘故，而是挺拔的身姿不再，走起路来，时不时还得用手撑在后腰上。我的目光下移，他的裤管上沾着的斑斑点点泥土，清晰可见，一双运动鞋磨去了胶底。

走进他的办公室兼卧室，令我又是一惊。这间总共不足10平方米的斗室，更像杂货铺。窄小得不能再小的办公桌上，两头垒放着书籍和资料，中间凹陷的一块，正好够摊开一本笔记本。醒目的岗位牌，立在笔记本前，上印"青龙村党总支第一书记、扶贫工作队队长：张国槐"。未走几步，一幅窄窄的门帘劈面垂下，撩开，便见一张单人床几乎占满里面的空间，方便面、矿泉水，还有水瓶、毛巾、鞋子等，拥挤在犄角旮旯。

看我面露惊讶之色,张国槐有些尴尬。他转身蹲下去,从桌档下拖出一个大罐子,扭头说:"这是我腌制的大蒜,你们尝尝。"我下意识地摇着头,心想:"他会腌菜?"张国槐站起来,指着窗外:"这是我在那儿种的,吃不掉,就把腌了。"我张大了嘴巴:"原来他不但腌菜,还种菜!"正在我疑惑之际,扶贫工作组成员鲍睿插话道:"张书记把这个最不像家的地方,当成家了。"

2017年4月,张国槐受组织派遣,担任了青龙村第一书记和扶贫队长,一晃整整3年过去了。如果从他供职的单位与青龙村结成帮扶对子算起,时间更是过去了7年。是啊,小鲍说的没错,他吃住在此,就等于安家在此,而安家目的是立业。这么长时间,他的扶贫事业,"立"得如何,有怎样的甜酸苦辣?这些,正是我此行想要了解的。

前　奏

2013年,芜湖市委统战部与无为泉塘镇青龙村结成帮扶对子,身为市委统战部副部长的张国槐,自告奋勇去打头阵。自此,这个位于永安河畔的贫困村,就像磁铁一样将他牢牢吸附。

来到青龙村,张国槐就不想走。生于农村,长于农村的他,喜欢四处走走看看,也喜欢在村头、田间与老乡们拉拉家常,了解他们的生产生活情况。他是急性子,却能如此"深入群众",该是有备而来。果然,这种亲泥土、接地气的调研,很快就有了"成果"。

他没想到,这里的孩子上小学,多是家长骑电瓶车接送。起初,张国槐以为这种仿效城里家长的做法,体现了对孩子教育的重视,说实话,有过一丝欣慰。不过,他很快发现,家长接送实为无奈之举。因为青龙村方圆6平方公里、27个村民小组、3500余人,竟然没有像模像样的小学,所以望子成龙、望女成凤的家长,选择邻村寄学,情愿自己每天骑行10多公里。

家长辛苦不说,安全也成问题,更不是长久之计。扶贫先扶智。孩子是家庭希望,最有可能在科学文化上超越他们的父辈。张国槐一拍大腿:建好村里的校舍,太重要了。

村集体拿不出钱，能拿早拿了。村民集资，不太现实，还有可能导致在贫困线上挣扎的家庭额外负担。怎么办？张国槐思来想去，决定从自己供职的单位寻求解决之策，而这正是结对帮扶的应有之义。

事不宜迟。在征得统战部领导班子支持后，张国槐不放过任何一条人脉、任何一条信息，积极向外联络。精诚所至，金石为开。这时，芜湖海联会成员、社会慈善家董清波、董贶涯被他的诚意打动，主动派员到青龙村考察。仅仅过去两天，张国槐就接到董清波的来电，说他们同意以香港福建希望工程基金会名义，出资55万元港币，在青龙村兴建"香港福建希望工程基金会董清波希望小学"。张国槐一蹦三尺高，仿佛回到了少年，自己就是这所希望小学最有希望的学生。

希望小学项目紧锣密鼓、高速推进，赶在了2015年春季开学前竣工交付使用。如今，在这所希望小学内，青龙村的适龄孩子们，或坐在宽敞明亮的教室里，享用着"班班通"教学设备，或生龙活虎于校园篮球场和塑胶跑道上。

作为曾经的农村娃，教育之于一家一地的重要性，张国槐有着切身感受。在他的建议下，2014年8月，市委统战部为青龙村10名家庭生活困难、品学兼优的学生发放了6000元奖学金。以后年年如是。他常说，没有文化知识，像我这样的农村人现在不知道在干啥。绝不能让孩子因贫失学，说不定，会从他们中间走出一两个"大人物"。

诚然，引进希望小学，是张国槐得意之笔。但以其性格，绝不会满足眼前的成功。事实正是如此，他借统战优势，利用一切可以利用的机会"攀龙附凤"，想方设法发展教育。功夫不负苦心人，在他的穿针引线下，上海芜湖经济文化促进会会长、宇培集团董事局主席李士发，为家乡改善办学捐赠了150万元，2018年，青龙村的梅楼学校脱胎换骨、焕然一新。

在结对帮扶期间，张国槐将统一战线联系广泛的优势发挥到了极致，也将自己长于交际的优势发挥到了极致，勤于奔走"化缘"，千方百计帮扶。每年的重要节日到来前，他都要带队或动员有关组织赴村，走访困难家庭，送上慰问金和各类生活用品、御寒衣物，还多次召集医疗专家前往义诊，为贫困户免费体检。青龙村这边跑得勤，以至于他几乎没时间去自己的乡下老家看望。

机会总是留给那些有准备的人。几年的结对帮扶,除了行动上的马不停蹄、不遗余力,张国槐一直在思考、谋划青龙村的脱贫之策。2017年4月初,市里在分配扶贫干部时,他主动请缨,底气十足的他,成了人们心中的不二人选。就在走马上任前夕,他又去了一趟青龙村,与村干部、贫困户推心置腹、深入交流,畅谈党的扶贫好政策。早已不把张国槐当外人的村干部,望着这位憨厚的黑脸汉子,备受鼓舞,信心倍增。

序 曲

村干部们又惊又喜:他们的第一书记和扶贫队长就是张国槐。

尽管对青龙村的情况已有所了解,更加深入细致地调查走访,还是在张国槐驻村后,不厌其烦地进行着。情况远比预估的复杂得多、困难得多。村级集体经济收入只有区区几千元,还不稳定。更为严重的是,全村尚有建档立卡的贫困家庭123户、409人,27个村民组一个不落。不到半个月,张国槐随身携带的笔记本,记满了贫困家庭情况和致贫原因。的确是这样,不幸的家庭各有各的不幸啊。要帮他们如期脱贫,长久脱贫,如果没有超常规手段,如同痴人说梦。

张国槐深感第一书记背后,是沉甸甸的"第一责任"。驻村40天来,他已跑遍27个村民组、123户贫困家庭。为了统一思想,他决定再次召开党总支扩大会议,专题研究"村出列、户脱贫"计划。会上,首先发言的是村党总支书记朱立舵,他分析了村级集体经济长期无法得到发展的原因,举例指出家庭致贫原因多是因病致贫,特别是因病丧失基本的劳动能力后所致,也谈了一些改观局面的设想。接下来,村委依次发言。

来自无为市卫健委的下派干部、扶贫工作队副队长张海涛也发了言。他是2014年11月驻村的扶贫工作队队长,说起来应是张国槐的前任。这是一个肯动脑筋、善打硬仗的好干部,两年半来,他已为村里做了不少实事。实践证明,他与张国槐默契配合,堪称"黄金搭档"。

张国槐感到大家都在思考、都在谋划,颇为欣慰。在肯定大家的发言后,他着重谈了自己的脱贫攻坚思路,强调要永久脱贫必须大力发展特色产业项目。这个粗中有细的男人，铆足了劲，要下一盘着眼长远的棋。

就在这时，坐在后排、列席会议的一名中年男人站了起来，非常没有礼貌地大声说："张书记，你带了多少钱，能给我们建一座怎样的大厂房呀？"

张国槐的黑脸膛红了一下，神情掠过一丝愧色。他很快稳住，下意识瞄了对方一眼，发现那人已悄悄低下了头。

会场鸦雀无声。张国槐清了清嗓子："同志们！扶贫是党的事业，少不了有一些好政策，但不要老想着上面给多少钱，关键要靠村两委和我们这些人怎么去想办法，带领群众致富。"他的话音刚落，响起了热烈的掌声。

这个不和谐的小插曲，倒帮了张国槐一个忙，让他顺理成章地说出了想要说的话，效果超好。是啊，没有强有力的村级党组织引领，没有党员干部强烈的事业心，脱贫攻坚谈何容易，即使脱贫了，也不会长久。

思想上的统一迈出了坚实步伐，行动上的快速有力水到渠成。张国槐琢磨：3年时间稍纵即逝，必须统筹推进，多条腿走路，十个指头弹琴，一天也不能耽搁。他暗暗下定决心。

螃蟹养殖是本地一大特色支柱产业，但村主干道路没有路灯，夜间管护很不方便。为了争取路灯，张国槐的"飞毛腿"日日奔跑。他总是激情四射、能量满格，浑身上下有使不完的劲。芜湖市住建委被他几乎踏破了门槛，负责同志也被他任劳任怨为老乡的精神所折服，遂派工程队送来20盏路灯并安装好。

数量有限，20盏路灯不能解决所有的问题，反倒造成周边更暗的巨大反差。"送佛送到西"。张国槐打定主意，以市委统战部及芜湖海联会名义，动员全市的民主党派成员，还有异地芜湖商会的企业家们捐款，在"扶贫日"那天共募集到25万元，给青龙村又架设了120余盏路灯。

在张国槐和张海涛等人的努力下，道路改造也在推进。在争取到的11公里道路改造完工后，又有8.8公里的道路硬化项目，被列入2018年畅通工程。再说服爱心企业家出资为村民修建了2公里的砂石路，不仅让路途近了四分之三，而且行人无需横穿马路，村民们感激地将其称作"统战路"。还有，结合美丽乡村建设，清挖当家塘3口，改造农业生产生活电力设施6个台区，完成改厕78户。如今的青龙村，人们的生活生产大为方便，特别是在一片灯火辉煌的夜晚，从事生产和出行的人，眼明胆壮，路宽步稳。

刚来的时候，张国槐总纳闷：为什么一谈到村集体财产，村干部们都言语含糊，讳莫如深。直到有一天问了张海涛，才揭开这葫芦里埋的药。原来，青龙村集体经济来源主要是梅圩大港、东大港520亩水面的对外承包费，每年数千元。然而，承包户在鱼塘承包到期后不愿交付，经新一轮竞拍，该户再次拍下承包权后，又拒绝支付承包款。

偌大的鱼塘长期被非法侵占，村里集体财产蒙受损失，集体经济更加捉襟见肘，贫困村出列计划受到影响，老百姓也不会服气。想到这里，张国槐立即召开村两委会议，专题研究鱼塘承包问题。会上，张国槐感到，承包户又臭又硬，对于强行处理，村干部普遍有畏难情绪。

张国槐决定自己上门沟通。此行他是做好了充分准备的。想当年，他在乡镇、街道工作，拆迁征地与钉子户交锋是常有的事。在承包户家，张国槐晓之以理、动之以情。无奈对方就是不买账，还威胁他不要管闲事。张国槐当然不怕。早年他曾被地痞偷袭受伤住过医院，他认为那是解决基层难题无法规避的。

沟通无果。张国槐提议村两委召集村民代表协商。村民委员会会议决定，废除该户未能履行的承包合同，重新竞拍鱼塘承包权。新的承包户接手后，事情并未因此而结束。原承包户采取卑劣手段，多次偷捕塘里的鱼，还到村部来取闹，甚至闯入村干部家进行威胁。为此，村两委主要负责同志在家里装上了监控。

张国槐多次向上级部门报告，陈述依法稳妥解决此事的方案，得到有关领导肯定和支持。2017年7月，村委会一纸诉状将原承包户告上法庭。法院审理后判决：原承包户违约迟延支付租金，村委会有权单方解除合同、收回鱼塘，原承包户的3万元保证金不予退还。后经强制执行，成功收回鱼塘，且罚没对方违约金6万元，挽回了集体财产损失。

不久，梅圩大港、东大港经安徽长江农林产权交易所公开发包，拍得5年承包经营权20万元，村集体经济收入有了基本保障。

转 调

在"多条腿走路、十个手指弹琴"的日子里,张国槐越干越欢实,每天像拧紧的发条。往返城乡,流连田野,起早眠迟,餐无定时,司空见惯。

2017年6月9日,晚上,张国槐到泉塘镇政府,先后参加了全县扶贫电视电话会议和泉塘镇扶贫工作部署会议。22点多会议才结束,而他回到青龙村已是午夜23点多。他连夜整理会议内容,结合本村实际落实会议要求,修订了几户贫困户的扶贫计划,上床休息时已是次日凌晨1点。

6月10日,星期六,清晨6点多,张国槐便已起床。匆匆洗漱,又随便塞了几口早饭后,他骑上电瓶车,往最偏远的周庄自然村赶去,他要趁几户贫困户还没有出门,赶紧落实光伏电站、螃蟹养殖等项目计划的推进措施。骑电瓶车是张国槐来到村里才学会的,图的是方便快捷,只要贫困户一个电话,他立马就赶到。

大约7点钟,他经过襄安大桥西侧拐弯时,一辆中巴车将他擦倒,连人带车重重地跌倒在地上。他挣扎了几次,可是后背、腰椎的剧痛让他无法起身,只感到后颈上凉气直窜。他右手反复捶地,脸上黄豆大的汗珠滚淌。张国槐懊恼的是,今天那几户贫困户家是去不成了。在送往芜湖市弋矶山医院的途中,他龇牙咧嘴地给村扶贫工作队的张海涛等人打电话,把手上的工作一一交代清楚,特别反复叮嘱,对几户重点家庭的帮扶措施一定要抓紧落实。

听闻张国槐遭此事故,许多领导和同事纷纷前往医院看望。尤其是刚刚出差回来的芜湖市委书记潘朝晖同志,放弃午休时间,赶到弋矶山医院看望张国槐。潘书记握着张国槐的手,祝张国槐早日康复,感谢他对扶贫事业的赤诚付出。张国槐深受感动,挠着头说:"这次意外给领导们增添了麻烦,感到很内疚。从事扶贫是一项光荣而有意义的工作,脱贫攻坚正在紧张进行,而我却下了火线,请各位战友吸取我的教训,注意安全,继续努力,共圆梦想成真的那一天。"

经医院诊断,张国槐腰椎压缩性骨折,除必要的诊治外,还需要一段时间的卧床静养。然而他的一颗心,哪能静得下来呀!躺在病床上满脑子跑火车,一会儿是青龙村的路,一会儿是青龙村的产业,一会儿又是青龙村的贫困户们。他抓住治疗和检查的时间空隙,通过电话和微信群,与村两委、扶贫工作队加强交流,了解实时情况,提出指导意见。就在入院后第三天,他通过电话联系,帮青龙村申请到了2公里水泥路改建项目,进一步解决群众的出行难题。

村里有同志说要来医院看望他,张国槐当即拒绝:"你们还是抓紧时间,把几处光伏项目落实好,把鱼塘发包的后续事情处理好吧。"他还特别叮嘱,千万不要把他受伤的事情告诉村民,免得影响贫困户们脱贫的信心。队友张海涛说,张书记的心已与青龙村的群众紧紧地绑在一起了,有这样的"领头雁",扶贫工作虽然任重,但未必道远,青龙村整村出列、户户脱贫的目标一定可以如期实现!

平时忙忙碌碌,休养期间恰成了张国槐集中"充电蓄能"的好时机。他认真系统地学习了《习近平谈治国理政》《习近平扶贫论述摘编》,以及美丽乡村建设、乡村振兴战略等政策,深刻领会习近平新时代中国特色社会主义理论的思想内涵和精神实质。此外,他积极参加芜湖市直部门组织的培训,全面提升自身的综合素质,为更好地开展扶贫工作打牢了基础。事实证明,这种天降大任的磨砺,只会让强者变得更强!

不久,乡亲们欣喜地看到,那个动作幅度大、总是急匆匆,而又值得信赖的身影回来了。他们哪里知道,就好像一个人不能两次踏进同一条河流,在内涵上,一个政治理论素养更扎实、思路视野更开阔、思想境界更高尚的"抱薪人"满血回归了。

熟悉这里一户一人、一草一木的张国槐,走在乡间小路上,清风拂面,心中敞亮。3个月的休整,他更加踌躇满志,更加雄心勃勃了。

张国槐与工作队的张海涛、鲍睿等人,有针对性地调整了工作计划,目的是,更加精准施策、靶向发力。他们登门拜访老干部老党员,表明想法,态度真诚,赢得了更多的人理解、支持村里发展。他们以不耻下问的态度,向特色种养技术能手、养殖大户讨教,并把课堂设在田间地头,让更多的村民感受现场教学,同时发挥致富能手的示范引领作用,先富激励后进。他们积极谋划撮合,发挥合作社、家庭农场的聚合作用,带动贫困家庭稳定就业、增加收入。

在根深蒂固的旧观念面前，贫困户的每一点进步，都需要外在无形巨手的推动。而一旦找到开启那把思想锈锁的钥匙，又会事半功倍。青龙村党总支和村扶贫工作队正带领群众，尤其是贫困户，走在这条变"要我干"为"我要干"的正确路径上。

复 歌

2018 年初夏，张国槐等扶贫工作队人员显得特别忙碌，每天都是早出晚归，辗转于各村民小组。他们正在为即将到来的村两委换届做准备。全村 88 名党员他们逐一登门拜访、谈心交流，最大限度了解每位党员的思想动态，特别是对村两委的看法，若涉及可能影响换届的不稳定因素，及时采取针对性措施，加大思想工作力度。在第一书记张国槐的心目中，村党总支的凝聚力、战斗力至关重要，是带领群众脱贫致富的"火车头"。

一切平稳，换届工作如期顺利完成。在新一届村两委及扶贫工作队联席会议上，张国槐强调要进一步抓好村党总支自身建设，指出从强化学习、亮明身份、公开承诺、砥砺作风做起。火车跑得快，全靠车头带。事实上，坚持党建引领的青龙村，已在脱贫向富中悄悄转身。2017 年，青龙村集体纯收入达 105880 元，实现整村出列的脱贫目标。2018 年村集体纯收入稳中有升，脱贫目标得到有力巩固。2019 年，青龙村荣获芜湖市"农村基层党建示范点"光荣称号。

青龙村第一书记张国槐告诉我们，村党总支引领的最大成果，就是提升了该村特色养殖业的档次，让更多的人，尤其是贫困户从中受益。

如今，走在青龙村的阡陌小道上，那些抬高了身段的田埂，上用白色塑料膜作围挡的块块水田，鳞次栉比，这就是青龙村方兴未艾的螃蟹养殖基地。因为紧邻无为两大河流之一的永安河，水源充足，水质良好，排灌方便，青龙村水产养殖条件得天独厚。早在 1990 年代初，村内农户就开始从事螃蟹养殖，经过 20 多年的发展，养殖面积已达 3810 余亩，占全村总耕地面积的 85%。

这天，慕名前往养殖基地调查的我们，远远地看见一位老大爷走过来。同行的张海涛一眼认出，这位老人名叫郑根读，今年已经74岁了，前几年还是建档立卡的贫困户，自从试手养了螃蟹，当年就脱了贫。我们如获至宝，迎上去，与老人攀谈。

"过去忙上一年也搞不到几个钱，现在不一样了，这两年我家养螃蟹就有两万多元收入呢。"郑大爷还没等我们深问，就已经说出了我们想要的"干货"。看我们将信将疑的样子，老人扳起手指头，给我们算起了一笔账：他家有5亩蟹田，亩产可达200斤，按每斤40元售价算，毛收入就有4万元，扣除1万多元成本，纯收入2万元以上。

"郑大爷，过去您家庭不富裕，为什么不养蟹呢？"同行的老陈问道。

"过去养蟹的人也不少，我家也养过，完全靠天收，产量上不去，没赚头，有时还倒贴本呢。"郑大爷摇摇头，放慢了语速。

"现在为什么有赚头了呢？"老陈打破砂锅问到底。

"从2017年开始，村里来了帮助我们的干部，他们喊来了专家，手把手地教我们，比如怎么挖田，怎么喂食，怎么防逃，怎么防病，怎么种草，怎么调水，花样多得很呢。我们下劲学，学着学着就会了。现在养蟹的人越来越多，大家不怕了。"老人陈述着亲历的翻身仗，充满了感激和自豪。

经过实地调查，我们欣喜地发现，像郑根读这样从养蟹中受益的贫困户有很多，而扭转青龙村特色产业不"特"的关键一招，是改零星粗放的散养为大规模集约化的精养。这种以"活水、种草、移螺、优苗、稀放、混养"为主要内容的生态养殖模式，在扶贫工作队的力荐下，很快在全村养殖区得到推广。在科技赋能下，成蟹个头大，平均重达140克，亩均单产100公斤以上，全村年产螃蟹猛增到近40万公斤，总产值3500余万元，农户亩均纯收入近5000元。这几年，全村人均可支配收入都超过了2万元，高出无为人均可支配收入3000元以上。2017年全省产业扶贫十大示范村，青龙村赫然在列。

张海涛甚为感慨地告诉我们：产业扶贫理念一直是张国槐书记积极倡导并付诸实践的，从解决用电难题到强力推行"技术摊派"入户，他都倾注了大量心血。在普及养殖技术的同时，为了让螃蟹产业真正成气候，他还积极引导村中养殖大户带动贫困户扩大养殖规模，同时建立螃蟹养殖大户示范基地，带动村民务工就业，仅此一项就人均增收3000元。不过，在引导贫困户养螃蟹时，张书记既大胆规劝，又小心谨慎，生怕给他们造成损失，雪上加霜。为此，他为48户困难家庭争取了产业奖补共计5.8万元。

张国槐强调，脱贫攻坚绝不是"一锤子"买卖，每个阶段的帮扶侧重点不能一样，每户的帮扶侧重点也不尽相同。当前，青龙村的螃蟹养殖，已越过一家一户单打独斗阶段，建设"公司+合作社+农户"的螃蟹产业基地，是必由之路，有利于"一村一品"产业的形成和壮大，也意味着人人参与的"造血式"自我脱贫模式，会更加巩固。不过，青龙村的潜在优势还未充分显现，有很长的路要走。张国槐对此充满信心。

听说还有最后的两户没有脱贫，我们提出想去看看。

临近中午，我们来到青龙村韩老村民组，走进贫困户马生福位于永安河畔的家。今年65岁的马生福，正在屋外鸡圈旁猫着腰，给上百只半大的土鸡喂食，嘴里喷喷有声。他个头不高，满头白发，饱经风霜的脸上，堆满善意的笑容。看到我们走过来，老马加快了喂食进度。

"老马，您好！在忙呀。"出于礼貌，领着我们来的张国槐先招呼了一声。

马生福放下饲料袋，拍了拍手，把我们引进他家的堂屋。这时，他脸上的笑容更加温煦了。

这是两间普通平房，家里收拾得也还干净。闻声从房间走出来的女主人，摆出欢迎的姿势。她颇为瘦弱，讲话声音较小，没有客套的成分。得知我们是来了解情况的，她一个劲地夸张书记好，共产党好。通过交流，我们知晓了这个家庭的不幸，还有艰难的脱贫经历。

马老家只有他和老伴张贤英两口子。12年前，他们走到一起时，那时马生福53岁，张贤英属再婚，已经59岁。马生福年轻时没捞到结婚，不是有什么生理缺陷，而是家里太穷。他为人厚道，大公无私，还干了很长时间的村民组长。随着两口子年龄增加，身体弱了，病也来了，只能应付一般的轻体力活，家里收入越来越少。2013年，他家被列为建档立卡的贫困户。

马生福家是张国槐重点关注的贫困户之一。开始，他针对老两口现状，积极联系芜湖市民盟，赠送了几头小猪仔给他们圈养，因为多种因素，效果并不理想。2018 年下半年，在张国槐的劝导下，安排技术人员跟踪辅助，马老将仅有的 6 亩水田改造成了蟹塘，投放了蟹苗。在马老两口子的辛勤付出下，次年成蟹销售受益达 3 万多元，可谓大获成功。

然而，天有不测风云。原本身体就不好的张贤英突然病倒了。因为病情重大，需要转到芜湖弋矶山医院治疗。张国槐得知情况后，积极帮助联系医院和落实主治医生。张国槐几次准备前往医院探望，都因临时有事而脱不开身。他叮嘱妻子代他前去看望。妻子刘树英买了很多营养品看望了张贤英。那种不是亲人胜似亲人的关怀体贴，使张贤英大为感动。

张贤英的重病，给这个家庭的脱贫蒙上了阴影。为帮助马老如期脱贫，张国槐又托人购得土鸡苗 100 只，交给马老饲养，还安排技术人员入户传授养鸡技术，做好防疫，提高出笼率。

马生福说，他时刻提醒自己，有党的好政策，有张书记的帮助，我不能偷懒，人老了，也不能坏了扶贫干部的名誉，人家那么好啊。

脱贫路上，绝不能让任何一个人掉队！这是底线，也是事实。对于青龙村的贫困户，张国槐一视同仁，总是殚精竭虑、全力以赴去帮助。

贫困户徐光元年事已高，其子于 2014 年意外去世，其孙徐海生当时已读九年级，成绩优异。经张国槐牵线搭桥，日本芜湖海外联谊会会长何军来青龙村看望了徐光元一家，表示将资助徐海生上学直至大学毕业。贫困户谢志平的妻子患有精神疾病，以至于谢志平无法离家就业，家庭收入极其微薄，他家年久失修的住房成了危房。张国槐通过上门了解情况后，助其居家从事特色养殖提高了收入，又为他申请到了 4 万元危房改造资金，帮他家重建了新房……

尾 声

2020 年 1 月下旬，进入农历庚子年后，考验接踵而至。在防疫和防汛交织的大考中，张国槐以勇毅和担当，交出了出色答卷。

在没有先例可循的新冠肺炎疫情防控阻击战中，张国槐带领村两委守土担责，主动作为。他特别关心贫困家庭的防疫保护措施，总是想方设法给予他们格外关照。

7月，防汛抗洪保卫战打响后，张国槐第一时间组织成立村防汛党员志愿服务队，在清除青龙村永安河圩堤杂草等障碍后，开展24小时巡堤查险，4.4公里防汛责任段，他们脚印叠脚印，不知来来回回多少次。他哪里像是腰椎伤残之人，每天工作超过16小时，困了就在堤埂上临时搭建的工棚里坐着眯会眼，渴了就喝上几口矿泉水，饿了找干粮充饥。7月18日晚，永安河水位暴涨，多处低洼埂段存在漫堤危险，3500多名父老乡亲的家园受到威胁，形势十分危急。张国槐不顾连续作战的劳累，带领10名党员冲进狂风暴雨，连续奋战7个多小时，完成低洼埂段加固，有效控制住了险情。7月22日，泉塘镇海桥村部分河堤出现漫水现象，张国槐主动请缨带队驰援。他忍着腰椎隐痛，与广大干群一道，抢筑子堤，加固堤防，连续奋战又是7个多小时。

然而，在境内江河水位超历史记录的情况下，青龙村的部分蟹塘、鱼塘出现了漫溢。张国槐带领大家想尽办法进行了补救，养殖户们的损失，降到了最低限度。就在这时，马生福的爱人张贤英病情加重，再次住院。尽管有大病救助等政策，他家还是要自拿一些费用，刚刚好转的马家，又陷入困境。

"行百里者半九十。扶贫大业注定是一场持久战，不是一蹴而就的容易事，遇到天灾人病，还有可能反复。我们应该直面现实，既要攻坚克难，逐个突破，更要着眼长远，建立防范返贫致贫的长效机制。"张国槐如是说。在他看来，经得起时间和历史检验的脱贫，乃至实现脱胎换骨的全面振兴，才是这场攻坚战的价值所在。

水势趋稳，生机重现。阳光下，闪烁着金光的池塘，不再浑浊，一面面镜子般的，映照着忙碌的人们，还有秀丽的村貌。张国槐眺望广袤大地，眼神坚定：青龙村每个人的梦想一定要实现，也一定能实现！

黄汰突击战

——记无为市无城镇黄汰村第一书记、驻村扶贫工作队队长陈太华

范君问

  这是一场战役，一场关乎数千万同胞生计的脱贫之战，一场关乎中华民族崛起的国运之战。

  这是一名战士，一名有着 28 年军龄，刚刚脱下戎装却又奔赴脱贫攻坚第一线的退役军人。

  这是一段注定要载入史册的辉煌时光，一段澎湃着激情、热血和无数精彩故事的锦绣年华。

  2020 年的暮春，当月季和蔷薇肆意绽放在黄汰村的路旁，陈太华站在崭新的村部前远远眺望那些整齐连片的大棚和果木基地，注视着村民们满怀希望地在晨曦中忙碌，就仿佛是一位指挥官站在阵地前检阅自己那支百战成军的胜利之师。

  这一年，陈太华 53 岁；这一年是他担任无为市无城镇黄汰村第一书记、扶贫队长的第三年。这三年来，他以一种披荆斩棘、摧枯拉朽般的气势，强党建、理村务、振士气、打硬仗，而今大局已定，大势已成。到年底的时候，他将以一个临战军人的姿态向上级报告：黄汰村已按作战要求完成全部任务，本村脱贫攻坚战取得决定性胜利！

  回想起这三年的拼搏酣战，回想起在黄汰村的点点滴滴，此时的陈太华

竟生出一种叱咤沙场攻城拔寨般的自豪,他仿佛还能听得到当初那催他出征的冲锋号……

军令状

2015年11月27日至28日,中央扶贫开发工作会议在北京召开。中共中央总书记、国家主席、中央军委主席习近平强调,消除贫困、改善民生、逐步实现共同富裕,是社会主义的本质要求,是中国共产党的重要使命。全面建成小康社会,是中国共产党对中国人民的庄严承诺。

脱贫攻坚战的冲锋号在这一刻已然吹响。

同一年,陈太华脱下穿了28年的军装,挥别人生中那热血昂扬的一段时光,转业地方。

28年的军旅生涯,陈太华把一生中最精华的青年时代全部奉献给了国防事业。三年,从士兵到排长;五年,成为一线野战部队最年轻的连长;而后是政治处主任,是参谋长,是炮兵团政委。绿色军营不仅仅把这个农家出身的愣头小伙磨练成为正团级上校军官,更把一种令行禁止、奋勇向前的铁血豪情铭刻进了陈太华的骨髓里!

离开军营的那一刻,他有着太多的不舍,也有着巨大的期盼。二十多年两地分居的夫妻终于可以团聚了;他也终于可以在女儿高考前赶回来,为女儿的奋斗做好后勤保障;他终于可以床前尽孝,他终于可以享受天伦……陈太华在心里知道,自己亏欠家庭太多了。而今他要好好地补偿家人。他甚至已经规划出了往后五年的生活蓝图,那是一个儿子、一个丈夫、一个父亲对生活最美好的祈愿和充满了幸福感的目标。

可是生活未必就一定会按照他的规划发展。转业担任市农委副调研员才几个月,陈太华就临危受命出任市农机局局长。一年的时间,他以一个军人的气质,以一种部队的作风,硬是把一个曾因班子出了问题而在全省排名末位的农机局带进了全省第一方阵,直接受到了上级的来函嘉奖。这一年不到的工作经历让陈太华对地方工作更加熟悉,也把他身上那股一往无前的铁血气质完美地展现在领导的眼前。

所以当脱贫攻坚战的冲锋号吹响时，领导权衡再三、思量许久，最后还是和陈太华做了一次深入的详谈。脱贫攻坚战事关家国民族，许胜不许败！市里的要求只有六个字"选硬人，硬选人"！为了不让陈太华有后顾之忧，领导特地告诉他，即便他到贫困村挂职驻村扶贫，市农机局长的职务也可以兼着。

陈太华当时是犹豫的。自己的工作正在渐入佳境，自己的家庭正当平静和美，女儿刚考上理想的大学，自己奔波奋战了半辈子也正是可以缓一口气的时候；突然就让自己这个享受正县级待遇的局长下到一个贫困村当大队书记，而且一当就是三年！他一时间有些摸不着头脑。但当领导把整个情况分析给他听之后，他立刻就明白了：在全国一盘棋的脱贫攻坚战中，前方有一个山头必须占领，并且还要确保该阵地被拿下后，永不陷落！而组织上认为，陈太华同志适合担任此次攻坚战的一线指挥员。

一念至此，所有的顾虑都不复存在，所有的思量都烟消云散，剩下的只是一名军人接到作战命令时的决心和勇毅。他对领导说："主任你放心。我是军人出身，以服从命令为天职。领导的好意我明白，但是农机局长我不能兼了。哪有当兵打仗还没到战场就准备逃跑的！既然决定下去了，我就会一门心思把这个工作做好，不能一心二用。我们部队里有这样一句话：没有完不成的任务，也没有攻不下来的山头！我相信只要我把心思放到村里，把所有的能量放到工作中，不可能打不赢这一仗！"

这是陈太华的心声，也是他往后三年的写照，更是他在脱贫攻坚战中立下的军令状！

对于陈太华要到贫困村去当大队书记，妻子是不赞成的；毕竟盼星星盼月亮，好不容易一家人才团圆一年多，丈夫就又要下派挂职，而且还要挂三年。陈太华开导妻子说："脱贫攻坚就等于是在打仗啊，现在组织上点将了，我不能在这个时候装孬当逃兵吧。"听了这话，当了二十多年军嫂的妻子不再阻拦了。一如以前送丈夫回部队时那样，她默默地为陈太华收拾起行囊，默默地站在这位转业军官的身后，独力支撑起家庭，支持着丈夫再赴疆场。

战前侦查

2017年4月28日，陈太华抵达无为市无城镇黄汰村，他将要在这里度过三年多时光，他将在此打响脱贫攻坚第一枪并将最终取得决定性胜利！

陈太华是带着"不破楼兰终不还"的决心来的。可是抵达战场的第一印象却让他目瞪口呆。

村部在大路旁，是一栋可以列入危房且不足百平方米的两层小楼，楼前是一片烂泥地。如果是雨后，一脚踩上去，鞋帮子上肯定是一圈黄泥巴。几扇玻璃碎了的窗户用旧报纸糊上了。推开咯吱咯吱作响的木门，一股腐朽的霉味扑面而来。

村里早得到通知，今天会有一位跟县长一样大的干部来村里挂职。所以村干部们找来了村里最好的一把椅子。陈太华后来说，当时他坐在那椅子上面，动都不敢动，因为他只要一使劲，那看上去完完整整的椅子可能就会散架。

欢迎仪式是在一间两面透风的屋里举行的。村干部们东坐一个西坐一个，就像是刚刚吃了败仗的残兵败将。领导向大家介绍陈太华的时候，风从破了的窗户里穿过，把那糊窗户的报纸吹得呼噜哗啦地响，一种死气沉沉的感觉重重地砸在陈太华的心上。

他的办公室是村部二楼最大最好的一间房，面积七平方。可这间最好的房却两面窜风、屋顶漏雨。陈太华一直记得，有一次下大雨，他在办公室里一共摆了七个盆用来接屋顶漏下的雨水。他办公室里的桌子，腿是不一样齐的。整个黄汰村那时就找不出一张完好的办公桌。那时的黄汰村，村里没有收入，还倒欠着60万的外债。那时的黄汰村，前任书记、主任胡作非为而被判刑，导致了整个村子里群众和干部有着严重的对立情绪。那时的黄汰村，给陈太华的感觉就是一块冷冰冰的铁疙瘩，就是毫无生机的一潭死水。

到村里的第一天，陈太华就意识到，他已经进入了兵法上所谓的死地！

死地者，疾战则存，不疾战则亡。想着脱贫攻坚战的时间安排，想着出发前市领导在培训会上的动员嘱托，陈太华知道，自己只剩下破釜沉舟背水一战了。

战，就战吧！在一线野战部队摸爬滚打多少年，陈太华早已习惯了以一种作战的姿态面对工作、面对困难，面对挑战和任务。而今，已经抵达战场，战斗目标明确，他要做的第一件事就是战前侦查。

2017 年的整个 5 月份，陈太华挨家挨户地走访了村里的每一户人家。他要了解整个村子的情况，他要掌握战场上的第一手资料，他要为后续的决战做好准备。可他万万没有想到的是，村民们对他的到来竟然十分冷淡。因为大家已经听说了，来村里挂职扶贫的陈太华是跟县长县委书记同一级别的大官！这样的大官会吃住都在村里吗？会踩着一脚泥巴走到田间地头、深入农民中去吗？会把村里的事当成自己的事一样真心实意地办吗？官，太大了；以至于黄汰村的很多人都觉得陈太华就是来镀金的，干不了多久就会高升；到那时黄汰村还是黄汰村。

陈太华感觉到了村民们的冷漠和疏远，但他依旧坚持走访，坚持串门，坚持见人就打招呼闲聊天；并且做到见面时第一个露出笑脸，第一个伸出手去握手，向村民递出第一支烟，和村民们一溜儿蹲在田埂边呱淡。此时的他不再是那个曾经的正团级上校军官、曾经的县处级局长，而只是一个最普通的农家子弟。

那一天，陈太华和村干部去看望一位老人。老人正在田里干活，身上溅了不少泥水，见陈太华一边向他打招呼一边踩着泥巴走下田埂，他急忙迎了过去；可是手上是泥，身上也是泥，他一时间有点局促不安，只敢远远地站着，想握手又不好意思伸出手来，生怕弄脏了领导的衣裳。陈太华立刻就明白了老人的想法，他疾步上前，一把握住老人的手，笑着说，"没有什么领导！老哥，来，咱们一起合张影。"那张照片上，老人身上有泥水痕迹，陈太华身上也有泥水痕迹；老人在笑，陈太华也在笑；他们的笑容里有一种鱼水交融的情怀和认同。

一个月后，村里人都知道了，市里来的第一书记叫陈太华，他就住在村里，他也是农家的孩子；咱们有事情可以直接去找陈书记。而陈太华也把村里每一户人家都对上了号，基本情况也都摸了个清清楚楚。

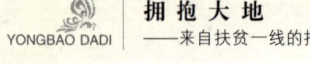

第一枪

陈太华自己也没有想到，他在黄汰村脱贫攻坚战的第一枪会在走访中打响。本来他是打算在完成战前侦查后，做出详细的作战方案，然后步步为营稳扎稳打的。可是战场上瞬息万变！

他在走访一位叫黄启玉的五保老人时，得知早些年曾有一个外地生意人欠了老人一笔5000元的债务。也许5000元对别人而言不算什么，但对于一个身患重病的五保户来说，则是一大笔财富。甚至法院已经判决对方必须偿还，但是欠债人却杳无音信。陈太华在黄启玉家看到了那早已过了诉讼期，都已经破成两半的判决书。环顾起五保户家徒四壁的场景，陈太华心里莫名激荡起一种责任感。他把老人的判决书复印以后，第二天就去了肥东法院。法院的工作人员被陈太华的执着和认真感动了，他们当场重新立案。没过几天，五保老人找了近十年都找不到的人被法院精准锁定。随后是身份确认、资产冻结、谈判、调解。

黄汰村里无数双眼睛都在盯着这事。村干部们不说话，只是努力地跟上陈太华的脚步，他们想知道陈书记到底能走到哪一步；村民们也不说话，他们带着一丝疑虑、一丝奇怪，还有一丝期盼，在静静等待着最后的结果。一场十几二十年前的经济纠纷，一场连普通村民都觉得没什么指望的案件，最后在陈太华的坚持下完美收官：欠债被追回了，法院甚至还退还了当年的起诉费用。黄启玉拉着陈太华的手，激动了半天才冒出一句话："陈书记，我一定要请你吃饭。"陈太华笑着说："你的心意我领了，饭就不吃了。我后面还有不少户要继续走访呢。"

帮黄启玉要债，打响了陈太华在黄汰村脱贫攻坚的第一枪，也打响了他不讲空话、能办得成事的大好名声。村干部们终于见识到了陈书记言出必践的工作作风，村民们也终于知道这个市里派下来的第一书记是真来干事的！

局面就从这里打开了。

旗　帜

　　而此时的陈太华在走访了解了村里的全部情况以后，赫然发现黄汰村之所以一直软弱涣散，党建滞后是一个极为重要的原因。在这里干部没有威信，党员不能起到模范带头作用；在这里普通百姓甚至已经不再相信了，不相信村里能摆脱贫困，不相信党员能为百姓付出，不相信干部能带领大家致富。

　　当了多少年团政委、从来都是自信满满的陈太华第一次失眠了。他觉得脱贫攻坚战中这个"贫"字，不仅仅是经济上的贫困，还包括思想上的贫乏和不信任。而他这个扶贫队长，要扶的也不仅仅是帮着黄启玉要债、帮着村里几百号贫困户收入翻倍；他要扶的应该是一面永远飘扬在黄汰村的党旗！习总书记说过："帮钱帮物，不如帮助建个好支部。"所以在正式交战前，陈太华要建立思想上的阵地，重新吹响黄汰村的党员集结号！

　　2017年7月1日，陈太华召集黄汰村党员大会，他为全村的党员们上了一堂党课。一位老党员吃惊又激动地说："这么多年了，我还是第一次参加这么大的党员大会，第一次听党课啊！"会后，陈太华带着参会党员参观无为市新四军七师旧址。在旧址前，陈太华问大家："七师最初在无为重建的时候是多么艰苦，他们后来是怎么发展起来的？他们和老百姓是什么样的关系？"

　　8月，陈太华组织了党员义务劳动，村里所有能动的党员都参加了。村民们发现黄汰村里树起了一面鲜艳的中国共产党党旗！一位腰已经直不起来的老党员也在子女的搀扶下站到了党旗的下面，他对陈太华说："旗子都插在这儿了，我是一定要来参加的。"当时的陈太华紧紧握着老人家的手久久无言。他们的身后，党旗在飘扬；他们的心里，希望在酝酿！

　　从那以后，完善"三会一课"，完善座谈交流，完善规章制度，黄汰村党员们的精神面貌不一样了，村干部的精神面貌不一样了，村民们的精神面貌也不一样了。所以当陈太华在上级部门的支持下，重建了崭新的党群服务中心时，黄汰村不管是村两委还是普通村民，都从心底里洋溢出一股奋斗的动力和集体主义的自豪。

用陈太华的话来说，一支敢于作战的正规军在党旗下集结成军了。

首 战

成军并不代表能打胜仗，一支百战铁军是要经过考验和磨合的。

陈太华为黄汰村争取到的第一个上级扶持项目是生态大棚基地建设。作为战场一线指挥员的陈太华是在仔细衡量、反复推敲之后才决定上这个项目的，他认为这是最贴近黄汰村实际的项目，也是能最快产生效益帮助黄汰村解决那久悬不决的 60 万外债的项目。只要这个项目处理得当，黄汰村脱贫攻坚战就能首战告捷。可是他万万没想到，这么一个好项目居然走上来就让他碰了钉子。

黄汰村早就分产到户了，可是建大棚基地必须要土地集中。而在讨论土地流转时，陈太华发现，竟然有相当一部分村民反对！有人不冷不热，反正就是不愿意；有人则指着村干部破口大骂；还有人干脆朝着村部大门吐口水……这突如其来的一记闷棍，打得陈太华措手不及！

他翻来覆去想了很久，也想不出自己争取的这个项目到底错在哪里。这时有人悄悄提醒他，前任村干部就是在经济上犯了错误的，而他们的错误直接导致了村民的不信任！陈太华知道，真正的考验来了！在这场脱贫攻坚战中，他必须先解开村民们心中的结，打掉那不信任的堡垒。

而这，需要组织一次强力突击！

突击队长：陈太华；

突击队员：村两委干部；

突击方案：一、召开两委会，统一思想，让大家明白，这是一个能保黄汰村至少二十年的项目，必须坚决做好；二、分片包干，把黄汰村下辖的 32 个自然村划分为 8 个片区，每个片区分别由村两委干部包干到户；从陈太华开始，每个村干部白天工作，晚上到包片村民家上门做工作，宣传政策；三、土地流转每亩的价格按当时行价的一倍支付，坚决不让村民吃亏；四、不成功绝不收兵，碰到实在做不通工作的钉子户，陈太华上！

这是黄汰村两委干部们第一次被陈太华领着打冲锋！他们真真切切地感

受到了什么叫做雷厉风行，什么叫做令行禁止，什么叫做顽强拼搏！

这场突击打了一个月。一个月后，所有涉及土地的村民全部签约，土地流转全部完成。而实际上，黄汰村几乎所有的人都知道了四件事：一、生态大棚基地是关系到黄汰村脱贫的十年大计，是好事；二、土地流转对村民有利；三、陈书记是真心为老百姓办事的；四、现在的村干部们跟以前不一样了，他们跟在陈书记后面学得有模有样。

2017年8月，生态大棚基地建设项目落户黄汰村。脱贫攻坚首战告捷！

从那一天起，黄汰村村民们各自为政、单兵作战的模式被彻底打破，他们明白了相互协助、集团化冲锋的意义；村两委在陈太华言传身教的影响下，也初步形成合力；村干部的执行力得到提高，战斗意识得到加强，工作能力有所提升，群众认可度不断上涨。整个黄汰村已经真正变成了脱贫攻坚战中的最坚定的人民根据地。

部队成军了，首战告捷了，士气振奋了，目标明确了，甚至还有了根据地人民的支持。按理说，此时的陈太华完全可以一声令下全军突击了。可这个在部队中枕戈待旦28年，在参谋长岗位上以谨慎和策必万全著称的老兵却迟迟没有下达决战的命令。因为他发觉自己的作战方案似乎还需要再推敲。

陈太华最初拟定的方案核心是，利用生态大棚基地，把黄汰村建设成为无为市的米袋子、菜篮子、后花园。为此他做出了种种准备，甚至规划好了道路和沟渠的修建顺序。可是在挨家挨户做工作以后，在深入和村民们交流以后，在放眼全市、仔细对比衡量了周边村镇的情况以后，陈太华发现自己当初眼光有些局限。一个生态大棚基地是可以帮助黄汰村清偿外债，甚至脱贫，但脱贫效果恐怕有限。黄汰村的体量太小了，仅仅靠着大棚基地，靠着粮食蔬菜的产出最多也就是在贫困线以上。如果仅仅是为了脱贫，当大棚基地建成时，陈太华就可以鸣金收兵了。可是这一场势均力敌的小胜不是他想要的；陈太华想要的是一场酣畅淋漓的大捷，他想的是要把黄汰村建成当地第一流的经济强村，他想的是在自己离开以后仍然能给黄汰村留下一个坚实的腾飞基础。他始终记得自己奉命出征时的战斗目标不仅仅是拿下这个贫困村，还要保证这个阵地拿下后永不陷落！

怎么办？是安于现状，保守成果，撑到全国脱贫攻坚战结束时混个及格分数；还是主动出击，扩大战果？若主动出击，风险有多大？作战方案该怎么修改？时间上是否来得及？陈太华陷入了犹豫。恰在此时，一个叫胡志林的村民走进了他的视野。

第二战场

胡志林是一位肢体二级残的贫困户。在前期走访中，陈太华发现他有着强烈的脱贫愿望，于是帮助他从务工、光伏发电和土地托管三个方面下工夫。结果不怕吃苦的胡志林奋斗到 2017 年底的时候，家庭收入总计超过 2 万元，成功脱贫。脱贫后的胡志林又找到陈太华，他想承包鱼塘发展养殖业，并且他还想带着村里其他人一起致富。陈太华对于这个激发了内生动力的贫困户特别上心。他带着村干部们忙前忙后两个多月，从工商注册，到确定场地，再到争取资金建鸭棚、买鸭苗，几乎是手把手地帮着建成了一个占地 80 亩集家禽与水产养殖于一体的家庭农场。而这个农场建立后，第一件事就是与本村的 27 户贫困户、周边 6 个行政村 120 户贫困户签订了托管养殖协议；第二件事就是吸纳了本村 2 名贫困户就业……

看着胡志林信心满满地在农场里忙活，联想到村里的实际和未来，陈太华的思路豁然洞开。他想起了"一切为了群众，一切依靠群众，从群众中来，到群众中去"的工作路线，他想起了"宜将剩勇追穷寇，不可沽名学霸王"的诗句，他想起了习总书记"脱贫既要看数量，更要看质量""贫困乡亲脱贫是第一步，接下来要确保乡亲们稳定脱贫"的嘱托，他想起了在作战过程中正面突击和穿插包围的战略；他也终于想通了，传统的生态大棚基地是黄汰村脱贫的一条腿，而发展水果苗木等新型农场产业园，以产业带动就业，是脱贫的另一条腿；只有两条腿同时奔跑，黄汰村才能在脱贫攻坚战中杀出重围，持续发展。

陈太华沉淀了下来，他安安静静地思考了很久，甚至征求了市农委和部队老首长、战友们的意见。当他终于在新建成的党群服务中心召开村两委大会的时候，一个全新的战略方案成熟了。

那天，陈太华对村干部们说：授人以鱼不如授人以渔，送米送油不是长久之计，一户一户的脱贫时间又太长；扶贫工作队的任务不仅仅是现在有成果，还要保证工作队离开以后，黄汰村能持续发展！所以接下来，我们必须改变思路，加快进度，开辟出第二战场！

那天，黄汰村脱贫攻坚战的战略定位正式从无为市的米袋子、菜篮子调整为利用已整治好的千亩高标准农田加快引进主要以水果蔬菜、中草药、苗木花卉等各类经济作物为主的龙头企业和现代农业经营主体入驻，把黄汰村打造成一个多元性的果园之村。

从那天起，陈太华下定决心以"企业+基地+农户"的模式打响最后的决战！

决 战

在做出战略调整之后，陈太华立刻开始了第一波抢滩登陆。

他选择的第一个目标是江苏惠万家农业科技实业有限公司。这是一家有实力、有潜力、更有发展动力和成长空间的企业。可当他主动登门，希望能招商引资的时候，却遇到了坎坷。见过大世面的惠万家公司对于能得到的奖补政策并不满意，因为其他地区的政策远比黄汰村要优渥得多。陈太华在介绍了黄汰村的现状和发展前景后，这样说："我们能给予的奖补扶持确实不如发达地区，但这是我们现在能做到的最大限度了。我是带着一个贫困村的希望和诚意来的，我可以负责任地说一句：你们是我引进来的，我就一定会在力所能及的范围内给你们提供最好的服务，黄汰村也一定会在人力、物力上给予你们最大的帮助；也许我们的补贴不是最多的，但我们的服务一定是最好的。我们可以让企业在以后的工作中心情舒畅，不用为杂七杂八的事情操心烦神。做企业也好，干事业也好，我觉得最重要的是人要好。只要人处好了，就能有好环境，有创造力；不管在哪里、不管有没有奖补都能干得成事！"最后，陈太华对企业老总说："我以我的党性和人格担保，你们到了黄汰绝对会觉得值得！"

在明晰了陈太华下派扶贫的身份以及他在部队的经历后，企业老总被感动了，他说："本来你们是没什么吸引力的，但你刚才的话，讲到我心里去了。就冲着你这个人，凭你的承诺，黄汰我们去！"

从此江苏惠万家农业科技实业有限公司落户黄汰，投资2000万元，建设花卉种植基地。黄汰村脱贫攻坚战第二战场正式开辟。

随后，陈太华马不停蹄四面出击：

台湾新合捷花卉有限公司落户黄汰，投资4000万元，建设蝴蝶兰种植基地；

安徽紫约农业科技有限公司落户黄汰，投资2100万元，建设蓝莓、树莓种植基地；

安徽五岳园艺有限责任公司落户黄汰，投资1000万元，建设苗木基地；

三缘养殖实业有限责任公司落户黄汰，投资800万元，进行家禽、水产养殖；

胖嘟嘟火龙果专业合作社落户黄汰，投资200万元，进行火龙果和车厘子种植；

安徽知品文旅发展有限公司达成意向，投资7000万元，建设集教、学、研为一体的农业开发农场；

浙江黄源农业休闲开发有限公司达成意向，投资500万元，建设四季果园；

……

什么是脱贫攻坚总决战？在黄汰发展符合村情、具有特色的主导产业——打造集休闲、采摘、观光、旅游为一体，一二三产全面融合的果园之村，壮大村集体经济，带动全体村民致富，就是总决战！

陈太华正式吹响了黄汰村脱贫攻坚战最后的冲锋号！

2017年，135亩高标准绿叶菜基地建成，拥有113个单体蔬菜大棚，1个连栋温室大棚，并配备了完整的工作用房、冷库、自动化灌溉系统等设施。到年底时，黄汰村不但清偿了60万元的外债，而且村集体经济收入达到9.76万元，从贫困村出列。

2018年，72.9亩的苗木科技园启动；村集体经济收入25.2万元；建立家庭农场1个，带动2名贫困户就业，老村部改建成扶贫驿站解决18人就业、其中贫困户6人。

2019 年，黄汰村 260 亩蓝莓产业园建成，1200 余亩小龙虾养殖产业基地建成；村集体经济收入突破 50 万元，成为无为市摘帽后的贫困村中首个年集体收入达到 50 万元的产业强村。全村建档立卡贫困户 163 户 380 人全部脱贫，人均年纯收入 9000 元以上。

而今，黄汰村已建成 2 层 660 平方米功能齐全的村党群服务中心，建成 1600 多平方米的村党建广场，建设乡村道路及道路拓宽 800 余米，新建抗旱渠道 400 余米，安装村主干道路灯 100 盏……

陈太华站在崭新的村部前展望未来。在他的作战计划里，到 2020 年底，将有 100 亩的火龙果种植基地、100 亩的枇杷、桑葚园、100 亩的冬桃、冬枣园、100 亩的蝴蝶兰花卉基地、50 亩的草莓园会在黄汰村逐一出现。

春赏花，夏品果，秋赏叶，冬休闲。这是陈太华为黄汰村设计的未来。

果园之村，魅力黄汰。这是陈太华赋予黄汰村的名片。

2025 年前，村集体经济收入达到 100 万元。这是陈太华为黄汰村写下的奋斗目标。

在陈太华的身后，是一面党旗在迎风飘扬；

在陈太华的身旁，是和他一起在黄汰突击战中锻炼成百战精锐的村干部和党员队伍，是他为黄汰村留下的一支永远不走的扶贫队伍；

在陈太华的眼前，是他洒下了无数汗水和心血的土地，是他奋战三年已然拿下的阵地；他仍将在这里坚守，直到全国脱贫攻坚战大获全胜、高歌凯旋的辉煌时刻！

也许到那时，这个曾被评为"无为好人""芜湖好人""最美选派帮扶干部""最美退役军人"的陈太华又将奔赴下一个战场……

南方有嘉木

——南陵县烟墩镇海井村脱贫攻坚工作小记

王毅萍

一、白茶诚异品,天赋玉玲珑

我们站在海井的最高处,那里是山顶一大块平坦的土地,烟墩镇海井村农业特色产业扶贫园区就在这里。六月的阳光有一种通透又热烈的明艳,蔚蓝的天空下,茶山连绵起伏,成垄成行的茶树,在山谷沟壑间勾勒出一波波绿色的曲线,视野的前方,一枝鲜红的端午锦斜入画面,一切都显得静谧安然。

海井村,地处芜湖南大门的南陵县烟墩镇,是一个芜湖人知之其少的小山村。这里的山系是九华山的余脉,险峻的山势到了这里渐渐缓下来,缓成丘陵,缓成坡地,直至一马平川融入江南平原。由于交通闭塞,土地贫瘠零散,农业经济发展单一,集体经济匮乏,2014年,海井村被列入贫困村,现有建档立卡贫困户38户(38户村民被识别为建档立卡贫困户)。

我们是坐着海井村第一书记、脱贫攻坚驻村工作队队长周红飞的电动汽车上山的。山路曲曲折折,四野灌木丛生,行到狭窄处,我们不免面露紧张,周红飞却坦然自若,如履平地。他说,去年市政府给驻村干部配备了电动汽车,他上山下乡可就方便多了。刚到村里那几年,他都是骑着电动车或者步行上山，困难可想而知。有一次，因为路滑，他骑车上山时从电动车上跌了下来，摔伤了腿。和周红飞闲聊，我发现他的言谈举止都十分儒雅平和，在部队历练24年的军人品质，更多地被他内敛于骨子里的坚韧。2017年，他被所在单位市贸促会选派到南陵海井扶贫，至今已经是第4个年头了。

我们去海井村采访的时候，喧腾的采茶时节已经过了，满山遍野的茶树在天地间吐故纳新、悄然生长，以待来年春上的再次萌芽。走进茶场厂房，一架架崭新的现代化制茶机器排列着，可以想见，这里的白茶生产已经是正规军了，而且，它们已经有了自己的注册商标——海井仙白。

吹着习习的山风，我们坐下来喝茶，水烧至冒鱼眼泡泡，迅疾冲入玻璃茶杯中，只见茶色翠绿，啜一口，茶香清冽，回味甘甜。

曾几何时，这里还是一片荒山。偏僻的海井村一直没有好的产业发展路子，这是一直困扰扶贫工作的难题。通过对国家扶贫政策的深入学习，扶贫工作队意识到，只有靠产业脱贫才是稳定脱贫的根本之策。海井山多，何不在荒山上想办法、找路子？

南陵产茶历史悠久，清光绪二十六年即公元1900年就开始生产尖茶，民国版《南陵县志》就有南陵烟墩等地种植茶叶的记载。可见，烟墩产出的茶叶，历史悠久，名闻遐迩，只是近年来因为地处偏僻而声名式微了。海井的气候环境、土壤品质和浙江安吉十分相似，是否可以在这里种植白茶呢？大胆设想，还需小心求证。于是，扶贫工作队远赴安吉，到白茶发源地去调研，从白茶的生长环境、经济价值、销售市场等方面考证，发现这一设想有可行性。在县、镇政府的大力支持下，经过反复研讨后，海井村决定把经济价值不高的部分荒山规划开发，用于白茶种植，引进的浙江客商成立了芜湖市安兴生态农业有限公司，村里与经营户签订了30年经营权转包，在转包期限内可获得村集体经济收入300余万元。

项目有了，才是产业发展的第一步，如何落地良性运转，产生经济价值，还需要很多工作要做。白茶种植先期投入成本大，产生效益周期长，虽然经营权进行了转包，但是完全靠经营者来搞好白茶的种植和生产，有一定的难度。海井村在当前国家对贫困村各项政策扶持激励下，抓住先行机遇，以"户带企用、产业带贫"等形式帮助种植企业筹备资金200余万元，确保了企业正常生产和规范化运营。

每到茶叶维护和采摘期间，基地对工人的需求量都比较大，为了带动贫困户就业，扶贫队和村两委与白茶基地经营者协商，安排贫困户以"带资入股+就业"的形式加入基地进行分红和务工。目前，全村有 8 户贫困户长期固定在白茶基地务工，其他 25 户贫困户临时性在基地务工，在白茶基地的带动下，每年可增加有就业能力贫困户经济收入在 1000 元到 8000 元之间。

把荒山盘活，创造出更大的经济价值，再以此来惠及村民，尤其是使贫困人群稳定脱贫过上幸福的生活，扶贫工作的初衷得到了初步实现，白茶基地成了村级示范基地。

二、栀子比众木，人间诚未多

采茶的歌声余音未了，海井的另一种植物也上了热搜。

"知否知否，她铺满了南陵这一片山……"，这是南陵县广播电视台推送的一条微信，这一片山就在海井，铺满山的"她"就是栀子花。

彼时端午已过，山中，只有几丛栀子花还零星地缀着几朵雪白的花朵，周红飞折下一朵让我们细看，只见这里的栀子花与别处的不同，花朵是六片雪白的单瓣，围着中间的金黄色花蕊，原来这叫"水栀子花"，品种引进于台湾，学名叫"阿里山一号"。可以想象，栀子花盛开的时候，满山星星点点的白花，浓郁的香气更是漫山遍野，那会是如何沁人心脾的景况啊。

栀子花基地与附近的白茶基地连成一片，形成了规模产业，栀子花的种植经营，也是由引进的安兴生态农业开发种植。花开季节，不仅游客如云纷至沓来，其时，基地会安排周边的村民相应的工作。村民们早早地来到基地，把一朵朵带着露水的花朵从树上摘下，投进筐篓，托运上车。这些花朵，通过升温冷凝等方式可以被加工成栀子花原液对外销售，等到秋天成熟的果实则可以做成中药饮片或是提取食用色素，变换成富裕村民的"白银"。每年，扶贫基地在采花期和采果期都能带动 800 余人次的用工，其中带动就业的贫困户就有 10 户，整个栀子花产业通过就业就能给当地百姓增加 20 余万元的收入。

我们的车从扶贫基地开下山，眼前呈现的是"一水护田将绿绕，两山排闼送青来"的景象。周红飞将车子停在路旁，指给我们看路边的烟叶地，整畦整畦的田野里，烟叶舒展着阔大的叶子，它也是海井特色种植的一个主要部分。说到海井的四时佳兴，周红飞如数家珍。他说，除了白茶、栀子花、烟叶，还有海井的菊花，都在脱贫攻坚战中成了助攻的利器。

　　若是秋天来到海井，还可以观赏无垠无垠灿烂的金色菊花。如今的海井菊花种植地，和霭地在一起，成了烟墩镇赏菊的两大观景之地。

　　当年，为了发展海井的菊花种植，他们将上海创业的青年党员梁幸福请回家乡，驻村工作队、村两委和梁幸福一起，解决菊花苗的培育、后期维护管理等方面遇到的困难。村里还结合当前种植规模和后期发展需要，积极申报扶贫建设项目，获得扶持资金88万元。与此同时，还对建成的车间进行30年经营权转包，获得村集体经济收入140余万元。现在，海井村菊花每年稳定种植面积达50亩以上，与6户有劳动能力的贫困户签订了固定就业协议，带动100余人次的临时就业，每年可为有劳动能力的贫困户带来1000元至6000元不等的经济收入，村集体经济每年可稳定增收30余万元。完成了38户建档立卡贫困户全脱了贫，2016年，贫困村出了列。

　　好酒也怕巷子深，如何把海井特色产品卖出去，如何增加海井的知名度、美誉度，周红飞带领村两委，想尽了办法。他们做好企业帮扶贫困户工作，签订销售协议，搭建起"企帮户"桥梁；积极协调选派单位力量，利用办展会的时机，免费为其申请农产品展位；鼓励大家用活当前网络平台，用好微信、电商等信息形式推销售卖产品。

　　2019年3月30日，首届中国·南陵（海井）白茶开采节在海井村的产业扶贫基地开幕了，海井村产业与旅游融合发展就此启动，乡村振兴的鼓点响彻云霄。

三、时时生正气，艾香恰如花

　　小康不小康，关键看老乡。海井村的扶贫工作是不是做到了真扶贫、扶真贫、真脱贫？我们到海井的几户贫困户家里去寻找答案。

海井是小山村，绿树隐映着村居，在篱笆墙的牵牛花丛中，在菜园里的黄瓜架下，时不时有村民和周红飞微笑着打招呼。这4年，为了了解村民的生活情况，周红飞经常走家串户探访村民，贫困户的家，更是熟悉得像家里人。

邹友华的家在一个小山坡上，房前的菜园地里，种着当季的蔬菜，桃树上结满了鲜桃，邹阿姨拄着拐杖在门口迎接我们。前两年，她的丈夫不幸患上了癌症，几番医治后还是去世了，她自己又因为突发脑梗，行动不便，遭此打击，年近七十的邹友华万念俱灰，整天一言不发，甚至失去了活下去的信心。周红飞几乎每天都要上门去看望邹阿姨，他发挥自己是心理咨询师的专业优势，一方面从精神上鼓励她、开导她，一方面，又按照扶贫政策为邹友华给予生活的保障，安排她力所能及的村宣传员工作。渐渐地，笑容也回到了邹阿姨的脸上。我们在邹友华的住处转了一下，只见电视、冰箱、洗衣机等家用电器应有尽有，屋里屋外也收拾得整洁干净。她说，如果不是党的扶贫政策好，如果不是周书记和村干部无微不至的关心，她说她无法想象如何度过余生。

余成保的二层小楼依坡而建，楼房的右侧，用竹篱笆隔出了一个大大的院子，院子里几十只鸡在悠闲地踱步啄食，楼房的墙上有一块蓝色的牌子：房屋安全B级，鉴定单位：南陵县房屋安全鉴定所。余成保不在家，他到附近的菜园去了，他的老伴身体不好，佝偻着腰坐在堂前的凉床上。接到周书记的电话，余成保赶了回来，80岁的老人家，本该是儿孙绕膝、安享天伦之乐的年龄，却在晚年失孤，唯一的儿子因病去世了……虽然老人有着顽强的生命力，但他和老伴随着年岁渐长，生活堪忧。海井村根据他家的实际情况，鉴定为因没有劳动力致贫，根据扶贫政策列为贫困户，生活和医疗都有了保障，老人歇不住，还到菜园里劳动，养点鸡。周书记和村干部，也经常来看望他们。老人告诉我们一个小事，有一天晚上狂风大雨，周书记担心他们的安全，冒着雨到他家探看，天黑路滑，周书记摔倒了，登山受伤的腿又一次受伤了。前不久，周书记还安排人到他家房间检修，防止雨季漏雨。我们特意去看了老人家的厨房，空间大，整面墙的蓝色整体橱柜整洁时尚。和老人告别的时候，他将我们送出院门，直到我们走出很远，回头看看，老人还在向我们挥手,从他的脸上,可以看到他对生活的满意,对周书记的信任和爱戴。

我们是坐着车驶进一个宽敞的农家场院的,这条水泥路,是村里专为养殖种植户方仁武修建的。几间高大宽敞的库房里,分类堆放着饲料、稻谷、工具,一个又圆又高的圆木盆里,孵化着几十只野鸭,方仁武说,这是他在外地引进的优良品种。

方仁武家的客堂兼具劳作和家居功能,吸引我注意的是,墙上装着监控视频,在视频里,可以看到他家的养殖场、稻田、果园……我们围坐在堂前的方桌上拉着家常,方仁武说,最近天旱,稻田抛苗浇水有点困难。周书记道,我明天就派工程队帮你接水管。桌上放着大红色的扶贫手册,我翻开了看,原来方仁武是因病致贫的,前些年他的心脏出了问题,做了搭桥手术,当时生命都有危险,更不能下地劳动了。就在他和妻子一筹莫展的时候,根据相关的扶贫政策,他被列为贫困户,医疗和生活都有了保障。通过扶贫工作队以及村镇的帮扶,方仁武大力发展种养,成功脱贫致富。他的绿色生态蔬菜和稻米,以及养殖的鸡鸭,都被很多周边城镇的人订购。我翻看方仁武的扶贫手册,只见上面一页页、一项项都填满了数据,我问方仁武,填这些数据麻烦吗?方仁武回答说,这些都是由村里扶贫干部填写,不用我填,一点不麻烦。看着这些数据,我想,这就是精准扶贫落到实处的体现。

方仁武和周红飞说,周五你回芜湖,还帮我把这些客户订的笨鸡蛋、蔬菜带到芜湖市区去?客户在金域蓝湾。周书记说,没问题,到时你放到路边,我给你送到客户家。我们坐着电动汽车回村部的时候,周红飞的电话不时被村民打响,这个说,周书记,麻烦你把田头的这筐菜带到烟墩镇上去,那个说,周书记,你到芜湖的时候帮我到药店捎点药,周红飞总是不厌其烦地微笑着应承下来。

海井村的村部在一个小山坡上,村两委大多是年轻人。村党支部副书记冯胜、村委会主任汪军,都是90后的大学毕业生。问起他们对周书记的印象,他们的回答是,周书记有前瞻性,周书记思维缜密,周书记能吃苦,周书记干实事……是的,周红飞在海井村驻村期间,争取资金,带领他们修道路、疏渠道、装路灯、建广场、修危房……村容村貌、民生事业发生的变化有目共睹。周红飞的务实创新，对于这些有志将青春奉献给家乡的年轻人来说，无疑是起到了一种潜移默化的引领作用。

周红飞的住处就在村部的二楼，一间普通的办公室里，只有一张简易的旧木床，一张办公桌。床头的木架上，晾着周红飞的旧汗衫，草绿色的，一看就是过去在部队发的，周红飞原在第二炮兵某部担任团副政治委员，在部队24年间，一直驻守在艰苦地区，他的妻子是临床医生，作为军嫂的她，一直独自挑起抚育儿子的重担。转业回芜湖和家人团聚了，周红飞准备弥补过去无法照顾家庭的缺憾，多点时间陪陪儿子，多为妻子分担重担，但在接到驻村帮扶任务时，他还是二话没说，毅然决然地接受任务。妻子在了解到脱贫攻坚工作的重要意义后，也嘱咐他安心去海井做好工作，为老百姓脱贫致富做点事，家里的事她继续扛着。

关于未来，我问周红飞还有什么远景规划。他说，目前的集体经济还需要加强，继白茶、栀子花、菊花之后，他们还准备投入艾草的种植，艾草浑身是宝，其叶、茎、根、子都能入药，今年已经开始试种了……

南方有嘉木，四时起乡思。实现打赢脱贫攻坚战的最终目的，就是让贫困人群过上好日子和小康生活，营造出村兴民富的新景象。周红飞带领海井村的干部群众，正紧紧抓住产业发展这个核心，精心编制以白茶、菊花、烟叶、艾草为主打产品的产业链，有效链接优质水稻、蔬菜等其他产业的发展，深度融合一二三产业，下一步将逐步打造具有山区特色的乡村旅游文化，不断提升村民幸福指数，奋力写好乡村振兴这篇大文章。

桑梓深情付农林

——记无为市刘渡镇农林村第一书记、驻村扶贫工作队队长陶定富

王玉洁

绵延横亘的无为长江大堤，一眼望不到头，像母亲伸出的温柔的手臂，将无为市大大小小的乡镇环抱着，看到蓝色的指示牌上写着"臼山"两个字，车就可以开下大堤，沿着村道，再开二三公里就到了无为市刘渡镇的农林村了。驻村扶贫干部陶定富在此任第一书记。他已经在农林村驻村扶贫三年多了，回顾这三年多的扶贫工作，苦辣酸甜，似乎都写在陶书记的脸上，但却分明能够看到他眼里漾着的幸福与自豪。

农林扶贫，一年出列

2017年4月26日，陶定富接到了市教育局王局长的电话，要派一个"懂农村工作，热爱农村"的县处级干部去农林村驻村扶贫，他原是芜湖高级职业技术学校副校长，2006年11月到2010年1月，陶定富曾作为安徽省第三批选派干部到芜湖市弋江区火龙岗镇白马村挂职第一书记，他是土生土长的农村人，热爱农村、了解农村、熟悉农村。深刻体验过农村基层工作的他，对于教育局党委会讨论决定的这一安排，毫不犹豫地接受了。

虽然，离开农村已经有七八年的时间，农村的一切对陶定富来说已经略显陌生，但本着一颗农村出身的干部的赤子之心，一名久经锻炼的共产党员

的党性，一个扶贫干部的责任与担当，他的心中蓦然升起了坚定的信念，要让农林村早日脱贫，完成 2017 年出列的艰巨任务。

到农林村的第一天，是五月一日，天开始热了，蚊虫已经开始肆虐，由于来得匆忙，没有带蚊帐，点了蚊香，仍然挡不住蚊子的进攻。没有电风扇，没有空调，农林村也没有办公地点，村部是由一所破落的小学改建而成，周围全部都是农田，夜里蛙声此起彼伏，吵得人根本无法入睡。那个"稻花香里说丰年，听取蛙声一片"的恬静乡村不过是文人的浪漫想象，实在困得不行，眯了一会，又被清晨叽叽喳喳的鸟鸣声给惊醒了，几乎是一夜无眠。

不仅如此，由于办公的房屋年久失修，门窗都已损坏，一到下雨天，经常是屋外下大雨，屋内下小雨，为了不让办公资料和电脑里的文件受损，陶定富办公桌上常年放着一把雨伞，经常打着雨伞办公。村子在臼山脚下，有时候，晚上出门，不小心就会遇到毒蛇，更别说到处乱窜的老鼠了，然而，这些生活上的困难，是可以克服并逐渐改善的，对于他来说，更大的困难是如何精准扶贫。

驻村之初，他就有了充分的思想准备，既然下派到农村，就要为老百姓切实地做一点实事，解决老百姓的实际困难，把他们当作自己的家人，帮助他们早日脱贫。

刘渡镇农林村作为芜湖市无为县最为偏远的镇村之一，地理位置偏僻，属于典型圩区，全村 856 户，总人口数 3335 人，2017 年全村建档立卡贫困户 122 户 239 人。

他多次召开了扶贫工作队与村两委的联席会议，了解情况，掌握底数，向村两委敞开心扉，谈自己对于农林村扶贫的愿景，集思广益，心往一处使，确定目标，明确责任，组建起一个精诚团结的扶贫领导班子。

整整一个月，除了开会、吃饭、睡觉，他都深入到 122 户贫困户家中，与贫困户面对面交流，了解村民生活基本情况、致贫的主要原因等，尤其是对当年计划脱贫的 32 户贫困户，更是花大力气去了解情况，力保他们能在当年顺利稳定地脱贫。他热情地和村民打招呼，攀谈，农林村的田间地头、村舍院落、到处都留下了他走访的脚步，他有一本笔记本，里面密密麻麻地记录着每个贫困户的基本情况，只有摸清底细，才能将精准扶贫落实到位。

夜晚，窗外的蛙鸣他已无暇顾及，他的案头，堆满了教育、金融、产业、就业扶贫书籍，他在灯下仔细研读各级下达的关于扶贫的政策文件，只有贫困户的情况摸清了，政策研究透了，才会有精准扶贫的底气。

功夫不负有心人，2017年，农林村各项条件达标，顺利完成了村出列和当年脱贫户脱贫的任务。

2018年4月，第六批扶贫干部驻村结束，原以为，自己也能回去了，没想到，自己被直接作为第七批扶贫干部继续驻村扶贫。

"藕粉队长"只因"藕"然

黄昏的时候，陶定富喜欢绕着村子散步，夕阳西下，荷香阵阵，放眼望去，整个村子都在夏荷的包围中。比之初到农林，他对扶贫多了几分信心，但也深感到任重而道远。

莲藕是农林村的传统产业，祖祖辈辈都是以种植莲藕擅长，农林村集体耕地面积4500亩，其中大约2100亩种植莲藕，是全国的藕种基地，更是不折不扣的"莲藕之乡"。陶定富到村之后，走访40余户贫困户，发现只有9户农户种了2到8亩的莲藕，其他种植多以大户为主；受销售渠道、交通不便等因素的制约，当地种藕的村民收益主要还是传统的贩售鲜藕，这种方式受到季节和时令的影响较大。另外由于莲藕行情不好，每斤最高卖0.7元，而种植成本已达0.8元，可以说是"谁挖谁亏本、谁卖谁吃亏"，连种藕大户都准备将莲藕烂在田里，那些经济拮据的贫困户更是雪上加霜。深入了解情况后，他看在眼里，急得彻夜难眠。

偶然的一次走村串户，得知农户会生产藕粉，且手工制作的藕粉口味好，成色佳，他灵机一动，何不引导贫困户将鲜藕加工成藕粉？藕粉保质期长，且方便运输，销路也比鲜藕好，他算了一笔账：每100斤鲜藕可产8至10斤藕粉，藕粉市场价定20元每斤，每亩能产藕4000斤，纯收入达4000元左右。这样，就可以让农林村真正摆脱贫困，使农林村的贫困户真正实现稳定脱贫不返贫，变"输血式"扶贫为"造血式"扶贫，发展产业，也是激发贫困户脱贫动力的最有效方式之一。

说干就干，他召集两委班子，四处动员村民制作藕粉。但村民还是顾虑重重，尤其是考虑到藕粉的加工成本和藕粉的销售，村民都不愿意做。他就多次到贫困户家中上门做工作。并郑重承诺：无偿帮助销售，贫困户生产多少，自己就销售多少。

有一户终于答应试一试。之后，他多次利用调休时间，将藕粉带回芜湖售卖，没想到，因为农户的藕粉没有添加任何防腐剂，质量高，手艺好，价廉物美，销售非常不错。就这样，他艰难地帮农户打开了一条产业脱贫的路子，其他贫困户看到确实有利可图，都纷纷开始搞藕粉加工了。

藕粉的产量增加了，销售的问题一下子就摆在了扶贫队长陶定富的眼前。他发动朋友圈、生活圈、利用微信、微博，发动自己的亲朋好友联合宣传，发布帮助贫困户卖藕粉的消息。亲戚、朋友、同学、同事的微信群里顿时热闹了起来。2017年12月10日，他看到贫困户家中积压了2000多斤藕粉，急得睡不着觉，凌晨2点就在脱贫攻坚群和朋友圈发信息，推荐销售农林的藕粉。信息发布之后，有的点赞要60斤，有的说支持"老班长"扶贫工作要30斤，有的说献爱心要5斤、10斤、20斤不等，甚至远在深圳、上海、江苏、陕西、浙江等地的同学都要他邮购农林藕粉。

然后，他动员本地亲友助力销售。发动妹夫三次绕道农林将580斤藕粉带回芜湖县湾沚镇请自己的妹妹代售，多次安排小舅子来农林村专门运1100斤藕粉回芜湖，20天不到就销售了2700余斤藕粉，创造了农林村日均销售藕粉135斤的"村史"记录。给每户贫困户带来的直接收入近3000元。

2018年春节前夕，回到芜湖后，一连三天，马不停蹄地和所在学校，或电话或上门拜访，先后到芜湖市一中、二中、三中、七中、田家炳中学、十二中、安师大附属外国语学校、安师大附中、城南实验学校、火龙岗中学、清水河中学、市考试中心、市教育局基建办、市少年宫、市教科所、芜湖师范、芜湖高级职业技术学校等多家兄弟单位，请他们购买藕粉作为职工的工会福利，顺利签到了8900斤订单，价值近18万多元，让每户贫困户增收1万元以上。

藕粉的销售也得到了帮扶单位市教育局和扶贫部门领导的肯定和重视，上级领导或自己购买或利用亲友渠道，多次帮助农林村销售藕粉。市扶贫办靳大鸣主任得知他为贫困户销售藕粉，第一时间联系安排市广电中心幸福路扶贫产品开发组同志来农林村实地考察,帮助销售农林藕粉。提到农林、农林藕粉、农林的陶定富队长,他们都是称赞有加。

为了确保藕粉质量,他经常上门检查验收,并从市里采购了4000多个质量好、能封口的食品袋发给贫困户。

2017年11月,芜湖市农委组织部分贫困村参加2018年2月2日至5日在市会展中心举办的农产品展销会,他得知后第一个申请在扶贫专区开一个销售贫困户藕粉专柜。

2月1日,他自费将贫困户家中的1400斤藕粉运送至会展中心,为了节约贫困户的开支,他们一家三口齐上阵,每天上午8点至下午5点站台,坚持站了四天。市教育局和他所在学校非常关心,每天安排5名党员志愿者配合他宣传销售农林村贫困户家藕粉,四天共销售1150斤藕粉,为贫困户增加收入2.3万元。

展销会上,各级领导分别到他的专柜了解藕粉销售情况,并现场安排市有关部门帮助销售滞销的农林鲜藕,展销中他自制名片,市教育局制作了藕粉产品的宣传资料,分发给广大市民进行广泛宣传。此次参展,他一方面帮助贫困户销售藕粉,一方面借展销会平台宣传农林藕粉,打造农林藕粉品牌,成效显著。

2019年1月22至25日,他继续坚持亲自站台,在芜湖市农产品展销会上,为农林村贫困户销售藕粉1324斤,得到了"藕粉队长"的雅称。只要农产品展销会仍开,他这个"藕粉队长"就不会缺席。

一晃,三年多时间就过去了,如今的农林村,已基本完善莲藕种植专业合作社,建立了一个特色产业示范基地,探索出一条藕田套养龙虾种养结合模式;建立了一个扶贫基地,带动了15户贫困户就业;新增李阳家庭农场"一村一品"示范基地,带动了21户贫困户就业;创立"农林藕粉"品牌,统一包装销售,打造品牌效益。

融入百姓,投入真情

自从来到农林村,陶定富就把这里当成他的第二个"家",他常和村民说,回到农林,就有回到老家的感觉。

他知道，只有对村民熟悉，融入村民的生活，才能真正发现村民的困难和需求，才能为贫困户争取各方面的资源，真正去解决一些实际的问题。他一方面将扶贫政策研究透彻，争取更多的资金和项目惠及贫困户，另一方面，深入贫困户，始终站在他们的角度思考问题。急他们之所急，想他们之所想。

扶贫干部从某种程度上说，就是联系国家政策和贫困户实际困难的纽带，只有细致、深入地了解每个贫困户情况，一人一政策，每户每人，做到心中有数，才能切实地让贫困户享受到国家的扶贫政策。

对于那些因病致贫的家庭，他上门去宣传"351180"政策，打消他们看病的后顾之忧；对于失能人员，实行光伏奖补，政策兜底，把"两不愁，三保障"落实到位，积极推行贫困户的危房改造，为贫困户开发了15个公益性岗位。

农林村的村民毛小霞，因为恋爱受挫，19岁时就患上精神疾病，父母亲已经都八十多岁高龄了，2017年，51岁的毛小霞已经32年未出门，因此一直未办理残疾证，看病不能报销、享受的帮扶政策也十分有限，为了帮助她办理残疾证，陶定富和她的家人多次想带她出门办理残疾证，均遭到本人强烈的反抗，最终，陶定富和镇上主动联系县卫生院专家，上门为其进行检查，最终毛小霞的残疾证顺利办理下来，各项政策都能够享受，极大改善了她的生活。

还有一户贫困户毛海仙，老伴是聋哑人，她的儿子十六年前车祸意外去世，当时，孙女儿只有七岁，孙子还在腹中，孙子二岁时，儿媳离家出走，剩下老两口带着孙子、孙女，艰难度日，还要过饭。现在，老两口已经七十多岁了，靠吃低保，孙女儿去外地打工了，孙子还在读初三，陶定富通过查阅相关政策，了解到她的孙子可以享受到孤儿补贴，但需要派出所出具其母亲出走两年以上的报案证明，但当时情况特殊，这个材料迟迟办不下来，陶定富就多方联系，想尽各种办法，终于顺利地办下了孤儿证，让这个孩子享受到每月900元的孤儿补助。

毛海仙本人身体健朗，自己在家制作藕粉，年收入在5000多元，去年，陶定富帮她联系种藕大户，把种藕大户剩下的叉藕、藕梢等让她拉回家制作藕粉，为她家增收5000多元，毛海仙动情地说：没有陶队长，就没有我现在的生活！说到陶队长扶贫结束要回去，她瞬间湿了眼眶，陶队长连忙安慰她，说他走了，但扶贫政策不会变。毛海仙连忙笑道：国家政策好，我们才好，锅里有，碗里才有！老百姓心里都有一杆秤，她对党和国家政策以及扶贫干部的感激是发自真心的。

对于这样的特困家庭，陶定富也倾注了很多的感情，2018年，毛海仙胳膊折了，他经常让自己的妻子给她送骨头汤，还买营养品送给她补身体。今年疫情期间，她的孙女儿要回上海打工，但交通还未恢复，他得知情况，亲自开车把孩子送到车站，孩子感慨道：陶队长比亲戚都亲。有时，清晨，陶队长打开村部的大门，经常有毛海仙等村民挂在门口的蔬菜，他知道，那是村民给他的一份沉甸甸的情意啊。

老吾老以及人之老，幼吾幼以及人之幼，这是一个扶贫干部的情怀。三年多来，在扶贫干部陶定富的心里，只要是村里的贫困户，他都会像亲人一样去帮助。

贫困户程桂英，在进行危房改造后，恰逢教育局考试中心搬迁，陶定富向教育局申请，将考试中心搬迁后留下的旧物，以教育局的名义捐赠给程桂英户，这些物资充分提高了程桂英一家的生活水平，为程桂英节约了一大笔开支。贫困户沙桂华，在危房申报D级之后，多次拒绝改造，陶定富一次一次耐心细致地上门做工作，直到2019年，才设法完成了她家的危房改建。对于危房改造过程中的大额资金缺口，通过教育局投入资金及动员教师捐款，使得农林村3户贫困户的住房安全问题得以解决。

为了帮助贫困户增加收入，村里把十户贫困户的500只鹅托付给养殖大户李同羊代养，但出栏时机不太好，天热，销售困难。村民毛国富双眼失明，得知村里给他买了50只鹅找人代养，零成本还可以有一千多元的收入，无比期盼，这无疑会给他的生活带来极大的帮助。眼看着贫困户的希望就要落空，陶定富心急如焚，又在自己的朋友群、亲友圈里吆喝开了，还请来电视台做宣传，把贫困户的事当作他自己的事，比自己的事还要上心。

扶贫工作琐碎而艰巨，每一步都可能面临着困难，但能为贫困户带来实际的改善，解决了实际的困难，老百姓信任他，亲近他，即使苦累艰辛，他的心里是甜的。

伉俪情深，携手助力

　　三年多的时间，九百多个日日夜夜，五加二，白加黑，国庆七天，元旦三天，陶定富几乎都在村里加班。他的辛劳，换来的是沉甸甸的收获，村集体的收入有了极大的提高，村里的基本公共服务设施建设更加完善，贫困户已经百分百脱贫，"两不愁三保障一安全"等方面的困难都得到了解决，藕粉销售也正在一步步走向正轨。

　　但这些成就的背后，是妻子默默的付出和陪伴。给他支持，给他动力，助他在扶贫的路上走得更加坚定，更加踏实。

　　他的妻子本是芜湖市一家公办幼儿园的美术老师，早在他决定服从组织安排到农林村驻村扶贫时，她就提出："老陶，我和你一起去农村扶贫吧，顺便照顾照顾你的生活和身体。"他患有高血压，时常不记得吃药，这让妻子总也放心不下。

　　但妻子自小在城市中长大，从未在农村生活过，陶定富怕她不能适应农村的生活，农村夏有蚊虫蛇鼠，冬有寒风冷雪，不是想象中的田园诗般惬意。趁着妻子放暑假，他把妻子接来农林村，妻子看到农林村附近的小学，没有艺术类教师，就更加坚定了来农林村支教的念头。

　　不久，妻子来到了刘渡镇爱国小学担任美术教师，还从原来的单位带来了各式的美术教学器材，又自费为学校添置了许多的教具，使得农林村的孩子更好地接受了美术的熏陶，让他们在素描、儿童画、彩笔画等方面培养了更广泛的兴趣和爱好。除了课上教孩子们画画之外，她还利用晚上的时间义务给附近的孩子补习文化课，给孩子们做好吃的，还给贫困户家庭的孩子送好吃的。

　　丈夫扶贫，妻子扶智，这二者又是相辅相成的，要阻隔贫困代际传递，最重要的就是教育，教育扶贫是"造血式"扶贫的重中之重，提升农林村村民自己致富的技能，致富的本领，重在抓好孩子的教育，唤醒村民重视教育的意识，也许，这才是扶贫的长远之道。

　　在位于村委会里的宿舍里，夫妻俩的房间里只有一张小床，一个简易衣柜，连个电视都没有，每个清晨，或者黄昏，陶定富在工作之余都自己担粪挑水，自己种菜自己吃。妻子在边上帮忙，村里没有食堂，妻子还要安排好他们的一日三餐。

妻子看他每天忙碌着帮贫困户卖藕粉，很辛苦，就从超市买来一个折叠式小推车，方便运送藕粉，降低他装运藕粉劳动的强度。每到1月份，他跑去农产品展销会，她也会去帮忙，甚至动员了放假在家的儿子，一家三口，为农林村的藕粉吆喝。她也会发动自己的亲朋好友帮助他卖藕粉。

按照计划，他们要在农林村呆满四年，待扶贫工作圆满结束，才能回到城里，她从未抱怨，村民家的狗流浪到了村部，她也细心地喂食，连狗都对这个贤淑美丽的女人产生了依恋，只要看见她，就撒着欢地对着她叫。

也许，正是她的细心、耐心与爱心，更拉近了他与村民之间的关系，使得他的扶贫工作得以更加顺利地开展。

世界上最长情的告白，就是陪伴，最美好的爱情，就是志同道合。这是他四年的扶贫之路上最亮丽的一抹色彩。

不是桑梓却胜似桑梓，陶定富在这里付出了全部的热情和心血，看着贫困户顺利脱贫，生活得到改善，他就觉得自己四年的农林村扶贫，是人生中最值得的经历。

他个人也获得了很多的荣誉，省市县电视台12次来村专访他，《中国扶贫》杂志、央视网、安徽农网、《安徽青年报》《芜湖日报》《今日芜湖》等多次报道他的驻村工作；芜湖市委组织部安排市仲夏传媒公司拍摄了他的驻村扶贫工作，制作专题片将上报中组部，农林村村民2019年给他送了三面锦旗。他两次被推荐为优秀选拔扶贫干部，2019年，还获得了五一劳动奖章。

快四年了，他的任期即将结束，农林村的贫困户早对他产生了深厚的感情，为了打消村民们心中的顾虑，他承诺，农林村将建立起一支"永不走"的扶贫工作队。

深耕扶贫一线　书写奋斗人生
——记宿松县河塌乡斗山河村第一书记、驻村扶贫工作队队长杨志超

王　婷

憨厚的笑容里深藏着对扶贫事业的热爱，黝黑的皮肤似乎诉说着杨志超同志精彩起伏的扶贫经历。2018年9月10日，原就职于湾里街道的杨志超由鸠江区委组织部选派至宿松县河塌乡挂职，从这一天起，他接过了前一任扶贫干部杨国良手中的接力棒，开始了为期一年的驻点扶贫工作。

抓项目　用热血接力扶贫

贫瘠的土地，薄弱的基础设施，简陋的生活条件，听不懂的当地方言，初到河塌乡的杨志超虽然感受得到当地干部群众的热情和期待，但是眼前的现状还是令他内心焦虑，不知从何下手。

河塌乡的夜很宁静，也很漫长，没有城市的车水马龙，也没有丰富的夜晚生活，甚至有的路段连路灯都没有，好在杨志超是一个懂得享受寂寞的人，他说河塌乡的夜晚让他学会了思考。经过短暂的心理调整之后，杨志超便开始白天在村里走访了解情况，晚上梳理总结上一任扶贫干部杨国良的工作经验。

杨国良扶贫任职期间为当地引进了番鸭养殖和油茶栽种两个项目，从小在农村长大又有着丰富招商工作经验的杨志超翻看起这两个项目资料，不禁

感叹老杨这两个项目搭配的实在是太妙了，番鸭养殖见效快，既可以解决部分贫困户的就业问题，又能鼓舞当地群众脱贫的士气和信心；荒山栽种油茶可谓是因地制宜，化劣势为优势，虽然短期内看不到经济效益，但是后期收益高且可持续发展。"年养殖10万只番鸭……可解决5个贫困户长期就业，月收入达2600元""流转450亩荒山栽种油茶产业……10年内每年给斗山河村集体6.3万元稳定收入"。看着这些令人欣喜的数据，杨志超很兴奋，这无疑给他打了一剂强心针，让他决心要在这里大干一场，带着当地群众干出一番事业来。

2019年，杨志超与村两委协商，在斗山河村继续流转了300亩低产荒山种植油茶，项目实施过程中，他负责协调斗山河村低产荒山流转、整坡翻耕、林间道路开辟、水土流失治理等，又与当地龙头企业龙城集团沟通，由公司负责栽种、施肥、除草及日常维护管理。油茶种植不仅提升了低产荒山效益，进一步壮大村集体经济，也带动了油茶栽种、施肥、除草、采摘等务工，预计年带动务工人员400个。

同时，杨志超又带动当地村民在原有番鸭养殖规模上扩建翻番，周边100多农户也开始学习养殖番鸭。随着养殖规模的扩大，为了让村干部们能腾出手来干更多社会性事务，杨志超提议"把专业的事交给专业的人去干"，让村干部们不再参与番鸭养殖了，把鸭场整体承包出去，他的这个想法也得到了大家的一致支持。闲暇的时候，杨志超又开始了自己的思考，他隐隐有些担心，传统的番鸭养殖还是有很多弊端的，比如粪便会污染环境、比如疾病难控制，这些问题虽然短时间之内不会暴露出来，但是他还是想要引进一个更合适的项目，既可以像番鸭养殖这样见效快，又不会有很多后续遗留问题。

斗山河村的邻村安元村有陈氏父子三人引起了杨志超的注意，陈氏父子有着丰富的家禽养殖经验，父亲勤劳质朴，老大憨厚踏实，老二灵活机敏，杨志超经常去找陈氏父子聊天，希望能借鉴他们的养殖经验来突破番鸭养殖项目面临的现实困难。杨志超得知外地有些地方禽类养殖已经实现了高程度自动化，人和生产车间分离不交叉，投料给水鸡粪日清全部自动化，有效解决了环保和防疫问题，且温、湿度电脑自控，空气清新，产蛋率高。杨志超在心里一合计，如果能建成5万只规模的自动化养鸡场，每个鸡蛋按五毛钱计算，那每天就有了1万元的收益，这样的项目可不就是他心里一直想找的嘛。再一聊，原来陈氏父子正想投资建设这样的自动化蛋鸡养殖场，只是苦于投资太大，找不到合伙人。踏破铁鞋无觅处，杨志超心生一计，不如借鉴他们的养殖经验，新上一条自动化规模蛋鸡养殖生产线，来规避番鸭粗放养殖面临的现实难题，一来陈氏父子可以扩大养殖规模提升档次，二来可以带动当地扶贫产业发展。

杨志超想着自己毕竟是外行，不能全听别人说，为了考察项目，他先后查阅了很多资料，了解自动化蛋鸡养殖的行业发展情况、收益情况等等。纸上得来终觉浅，杨志超又多次去湖北等地考察，向当地养殖户了解项目的真实利弊，最终认为项目可行。但是自动化蛋鸡养殖项目投入资金大，无论是上级扶贫部门还是乡里村里的干部起初都不看好，为此杨志超多次到县乡扶贫办介绍项目情况，竭力说服大家。建设养鸡场，需要流转20亩荒地，遭到了部分村民的反对，杨志超就挨家挨户上门，让大家意识到这个项目建成之后大家都会受益。土地流转好了，供电又遇到了困难，一些村民不同意在自家附近建电线杆，有的说担心辐射，有的说妨碍出行，杨志超不急不恼，对于合理的诉求他都一一协调、设法满足，村民们一些不必要的担心杨志超也很有同理心，动之以情晓之以理，一点一点做大家的思想工作。

功夫不负有心人，这个项目最终得到了大家的一致认可得以实施，鸠江区出资80万帮扶河塌乡安元村蛋鸡自动化养殖，该项目建成后每年可为安元村带来6万元经济收入，提供4至8个岗位给贫困劳动力长期就业，人均年增收10000元，可带动20至40户贫困户发展蛋鸡产业。同时，自动化蛋鸡养殖场产生的排泄物又可以用作油茶等其他农作物的肥料，不仅不会造成污染还可以"变废为宝"。

回首往昔，成就振奋人心；展望未来，蓝图催人奋进。

自动化蛋鸡养殖场建成后每年需要从外地购买大量的雏鸡，不仅价高，长途运输也极易损伤雏鸡。2019年9月，杨志超带着心中这个小小的遗憾离开了河塌乡，将扶贫的接力棒交到了第三任扶贫干部文斌的手中。交接工作时，杨志超叮嘱文斌，如果有可能一定要帮蛋鸡养殖场解决好雏鸡引进问题，帮他们构建好产业链。文斌也觉得杨志超的想法有一定道理，便提出在斗山河村建立蛋鸡自动化育雏基地项目，通过孵化雏鸡培育幼鸡和青年鸡，提供给安元村蛋鸡养殖基地进行养殖产蛋，形成孵化—培育—养殖的产业链，实现扶贫共建，带动产业共享。

惠民生　用行动诠释初心

杨志超初到斗山河村时，这里是全县有名的党组织软弱涣散村，拖欠村干部几年的工资未发，11名村干部共用两台电脑，连个像样的会议室都没有。当地有技能、有学历的年轻人几乎都外出工作了，用村干部的话说，村里剩下的全是"六一""三八""九九"，面对残酷的现实他们也缺乏信心，村民们更是担心"扶贫"只是面子工程，走个过场而已，不愿意配合，工作如何开展？出路在哪里？成了摆在杨志超面前的首要问题。

通过与斗山河村两委积极沟通最终确定了以基层党建为引领的工作总思路，"立杆旗、树形象、强宣传"，结对帮扶两地互派干部交流学习、实地考察，找差距、定项目，开展一村一品的脱贫攻坚。村里缺什么，就补什么，群众要什么，就给什么，结对帮扶就要帮斗山河村彻底解困脱贫。

蓝图绘就，正当扬帆破浪；重任在肩，更当策马奔腾。

杨志超曾多次到贫困户家中和他们面对面谈心，了解他们心里真实的想法，有时候遇到年纪大的老人家杨志超没法和他们顺畅沟通，他就带着村干部去给当翻译。杨志超用心地把村民们说的话都记下来，回去整理进自己的工作手册里，把大家的想法都梳理出来和村干部们一起谈论，形成工作思路。

为了方便村民出行，斗山河村利用帮扶资金对过去的泥巴路进行了硬化，为了方便村民就医，斗山河新建了一所222平方米的村级卫生室。"我们住的地方，离县城几十公里，离乡也有十多里，孩子的爸妈长期在外打工，有个感冒发烧的，我腿脚又不好，很不方便看医生。现在可好了，在家门口就能打针吃药。"村卫生室汪医生给巢坂组村民看病时，李仁媖老人高兴地说。

2018年底，斗山河村对32户低保户、五保户、困难户进行危房改造和落实"四净两规范"，让他们住进安全整洁农家小屋。孤寡老人李翠英是危房改造受益户，谈及现在的生活，她说："以前我住的是土坯房，一到梅雨季节，外面大雨，屋里小雨。去年经村组评议上报审核，我家争取了 2 万元危房改造资金，推倒老屋建了新房，过去的日子一去不复返了。现在可好了，住的是宽敞明亮的房子，这在以前想都不敢想呀！"

在番鸭养殖场工作的贫困户贺笃旺给杨志超留下了深刻的印象，虽已不是壮年，但当过兵的贺笃旺吃苦耐劳，脱贫愿望强烈，他在鸭场每个月工资能拿到 3000 块钱，加奖金每年收入可达四万元，不仅顺利脱贫还掌握了丰富的养殖技术。贺笃旺的儿子也很勤劳机灵，杨志超想着这样的年轻人不如让他出去走走看看，等学到新技术新思维再回来建设家乡，于是便通过就业帮扶让他儿子到芜湖一家上市公司工作，这样贺笃旺一家的家庭收入提高了不少，现如今一家日子越过越红火。

通过结对帮扶，斗山河村发生了可喜的变化，一个又一个扶贫新亮点在这片曾经贫瘠的土地上蓬勃涌现，一批又一批公共服务项目实施完成给斗山河村"两不愁三保障"打下坚实基础。危旧房得到改造、水泥路四通八达、自来水连接家家户户，新建卫生室、扩建蓄水池、整治环境卫生、提升改造党群活动室等等，一系列惠民建设给村民出行、就医、住房安全等提供保障，这份颇有"斗山河特色"的脱贫之路让村民们心里有了底，大大增添了百姓的幸福感！

如今，斗山河村不仅还清了外债，村容村貌更是一年一个样，乡亲们都尝到了脱贫的甜头，干劲十足，以前村里日常开个会村民们都不愿参加，现在大家只要一接到通知一准到场，个个脸上都洋溢着主人翁一般的笑容，心里想的、嘴上谈的都是斗山河村发展。

忘小我　用真心赢得好评

已逾不惑近知天命的杨志超，原本可以选择在芜湖这座安稳的城市里过着属于自己的安稳生活，上孝父母，下教子女，与相濡以沫的妻子漫步在夕阳下的街头，可是他却选择了去陌生的地方体验不一样的生活，为一群原本素不相识的人而忘我付出。

从芜湖坐高铁到安庆需要大约一小时，从安庆坐大巴到河塌乡需要两个小时，从河塌乡换乘当地的小四轮又需要一个多小时，每个月只有一次回家的机会，杨志超每次却不得不在往返路程上花大量时间。杨志超居住的地方经常停水停电，有时候忙碌了一天回到宿舍只能打井水洗澡，如果夏天停了电那只能手动扇扇子，杨志超说白天累了晚上扇着扇着也就睡着了，他还挺享受这样的生活，因为像极了他的童年。每次回家他总从贫困户家里买些鸡鸭或者鸡蛋，一方面他希望尽自己所能帮助这些贫困户，另一方面他也想带些东西回去好向家人吹嘘说他过得很好，还能吃到原生态的食品，其实他在食堂一个月也很少能吃上几次荤菜，但生活上的不便他一次也未曾向家人透露过，只是一个人默默地品味着扶贫的苦与乐。

杨志超每次回芜湖都会和原单位的同事们聊起在宿松的扶贫工作，这个项目点那个贫困户他都如数家珍，通过他的讲述，同事们也对宿松的情况有了更多的了解，对河塌乡有了特殊的情感。杨志超还向原单位湾里街道提议职工福利都从河塌乡采购，他没想到街道领导也正有此意并让他负责选品，可他又犯了愁，既希望能让河塌乡的乡亲们把滞销的农产品卖出去，卖个好价钱，增加收入，又担心老同事们不理解他，会背后抱怨他。手心手背都是肉，杨志超左右为难。河塌乡的乡亲们得到消息之后纷纷拿出了最优质的土特产供杨志超选择，老同事们了解杨志超的为人，也纷纷告诉杨志超买啥都行，他们都愿意支持扶贫事业，只要杨志超觉得东西好，他们自己再掏钱多买点都行，杨志超这才放下了顾虑安心做起了采购员。

杨志超到宿松挂职之后，原本成绩在班级名列前茅的儿子成绩出现了下滑，眼看着已经快要上高三了，杨志超心急如焚，妻子一个人在学校附近租房子陪读杨志超也很是不放心，按理说儿子正是青春期叛逆的时候，最需要父亲的管教和约束，但杨志超偏偏远在他乡，只能晚上借着电话表达一下父爱，有时候工作不知不觉就忙到了天黑，杨志超又担心影响孩子睡觉只能默默攥着手机发愁。2019年春节，本可以提前十天动身回家的杨志超为了保证工作进度，一直工作到腊月二十八，大家都催他赶紧回去，越迟回去票越难买，路上也越容易堵车，杨志超只是憨憨地笑笑说没事。杨志超和村干部们同进同出，亲如手足，但家里的情况他一字未曾吐露过，没人知道原来杨志超还承受着这么大的压力。

无论是乡里的干部还是村里的百姓，对杨志超的评价都是平易近人，没有一点架子，杨志超经常跟着村干部一起深入村民组掌握第一手资料。每当行走在田间地头，杨志超总是格外关注沟渠畅通情况、垃圾堆放情况、道路施工进度、危房改造进度……在他看来这些小事都涉及百姓民生，不能有一点马虎。冬天的寒风就像刀片一样刮在骑着电瓶车在村里穿行的杨志超的脸上，他的脸经常被吹得又红又皱，但他却甘之如饴，他说他是农民的儿子，脸上就应该泛着"农村红"。

回忆起一年的驻点扶贫经历，杨志超说："时间虽短，但却让我得到了由身到心的洗礼，我真的把河塌乡当作了我的第二故乡，每一个扶贫项目对我而言就像自己的孩子一样，我一点一点看着他们成长。如果有机会我愿意经常回去看看，看看那里的变化，听听那里陌生又熟悉的方言。"

扶贫点亮心灯，致富温润人生。在祖国的大地上，一幅幅脱贫致富的图景令人惊叹，在人类历史的进程中，如此大规模地演绎脱贫故事前所未有。杨志超只是众多脱贫"逆行者"中的一员，平凡如许却执着如斯，用自己独一无二的奋斗经历演绎属于了这个伟大时代的扶贫故事之一。

情系关河

——记无为市蜀山镇关河村第一书记、驻村扶贫工作队队长童敬芝

朱幸福

为什么我的眼里常含泪水,因为我对这土地爱得深沉。

——选自艾青《我爱这土地》

童敬芝出生于 1974 年 9 月,大学学历,中共党员,曾在多所农村初中任教,后调到县体委和招标采购中心工作,现在已经被组织上提拔为芜湖市公共资源交易中心副主任。为了尽快帮助家乡无为的乡亲走出贫困,2017 年 4 月,他主动要求下派到无为县蜀山镇关河村担任第一书记、扶贫工作队长。几年来,他始终按照市委、市政府的决策部署,坚持抓党建促扶贫、促乡村振兴这一主题,时刻把群众视为亲人,满怀深情进村入户,为群众办难事、办实事、办好事,用实际行动诠释着一名扶贫干部的责任与担当。连续三年被考核为优秀等次,2018 年荣获"芜湖市最美扶贫干部"称号。近日,笔者走进关河,与童敬芝及部分村干部、村民作了深入的交流。

一、扶贫解困是一场硬仗

南渡长江,进军江城,这是无为区划调整到芜湖市之后,许多无为人的梦想之一。但工作的调动,往往并不像我们想象的那样简单,而童敬芝却轻

而易举地实现了这一梦想——市公共资源管理系统改革,将各县区的招标采购交易平台统一上划,童敬芝也从无为县公管局招采中心来到了市公管局,并被提拔为芜湖市公共资源交易无为县分中心主任。这让许多人非常羡慕,他也感到自己非常幸运,毕竟这么多年来的勤奋工作还是得到了组织上的认可。但不知怎的,坐在城市明亮宽敞的办公室里,凝视着窗外林立的高楼和人车川流奔涌的街道,他却总会想起自己生活、工作了多年的乡村,想起无为这片红色土地上朴实的农民。虽然无为县已经摘掉了贫困县的帽子,许多村也走出了贫困村的行列,但困难群众还有很多,一些贫困户的日子依然艰难,2020年决胜全面小康,实现第一个一百年奋斗目标的伟大梦想,脱贫攻坚依然任重而道远。

记得在全局干部大会上,局党组书记通报并动员道:去年,芜湖市的扶贫工作在全省排位较低,今年,市委、市政府决定:在全市抽调137名干部参加扶贫攻坚。我们单位有20多人符合下派的条件,但只有一个名额,局党组将选派一名优秀的干部下村扶贫。大家立刻叽叽喳喳地小声议论起来,虽然也有人觉得童敬芝符合下派条件,但都认为组织上一般不会派他去的,原因很简单:他刚刚划到市局,还兼着无为分中心的主任,板凳还没坐热呢!再让他下到贫困落后的农村,多少让人觉得有点不近人情。

局里已经有好几个干部都报了名,童敬芝也想报名,因为他觉得局里其他同志大多是城市长大,或长期在市直机关工作,农村基层经验不足,对农村风俗习惯也不熟,不一定能很快适应农村工作;童敬芝生长在农村,刚开始工作也在农村,后来虽然在县城机关工作,但与镇村联系也多,上下情况都很熟悉,对农村错综复杂的情况比较了解,工作开展起来会比较方便。虽然老婆也在无为县城工作,儿子马上要上高中,他到村里工作,对孩子的照顾会有一些影响,但与众多的需要帮助的贫困群众相比,自己小家庭的这点困难就显得并不那么重要了。为了慎重起见,他特意征求了妻子的意见。他说:虽然我很快就会到市区工作,但全市还有一些贫困户,而且大多集中在无为,他们都是养育我们的乡亲啊,看着他们受苦受累我心里难受,虽然我自己的个人力量很小,但我去一个村,帮助他们做点事,让他们顺利脱贫,我心里也很安慰。妻子虽有犹豫,但是最后还是被他说服。"既然你执意要去,那就放心地去干吧,干就要干好。"第二天,童敬芝到单位就向组织上提交了下派申请,并与局党组负责人进行了一番长谈,感动并说服了他。最后局党组批准了童敬芝的申请。让他在乡村放手干,单位就是他们村的坚强后盾!

2017年4月28日,童敬芝作为芜湖市下派的扶贫干部之一,在参加完集中欢送大会后,奔赴蜀山镇关河村,开始了他的4年扶贫之路。

二、办合作社是一条阳光道

关河位于无为县蜀山镇西北边陲,与庐江、巢湖相邻,历史悠久,人文荟萃。在汉代就是繁荣的水运码头,关河老街古朴幽静,但随着水道的变迁和水运的衰落而变成交通闭塞之地。全村山地丘陵较多,人均耕地只有1亩,主要生产水稻、小麦、油菜、茶叶、山芋等。童敬芝进村扶贫时,虽然关河贫困村的帽子已经摘了,但还有26户建档立卡的贫困户未脱贫,有些已脱贫的贫困户和一些处于贫困边缘的困难户,他们有随时返贫和致贫的风险。村里集体经济薄弱,只有800亩山林地对外发包,每年3.4万元收入,再就是全省统一实施的光伏发电扶贫项目,每年有5万元收入。除此,再也没有其他进项。关河村虽然修通了路网,但还没有通公共汽车,村民出行很不方便,农副产品无法及时外运,只能坐等客商上门低价收购,卖不出去只能烂掉。

为了改变这种状况,帮助更多的农民脱贫致富,童敬芝对关河村的人员和资源整体状况进行了解和评估后,想到了组建专业合作社:村干部负责管理,能人大户负责技术指导,普通农民、贫困户等通过加入合作社获得大家的帮助,增加收入,脱贫致富,同时也能壮大村集体经济。

规划有了就要去实施。童敬芝刚到村里工作,人生地不熟,单枪匹马,想做点事真的很难。通过走村串户调查摸底,他发现关河村有几个农民大户善于经营,能将本地的茶叶、粉丝等销售出去,生活过得很富足。童敬芝就找他们谈心,做他们思想工作,希望他们能主动参与组建合作社,领着大伙特别是贫困户一起干。有的能人担心干不好,有的大户怕总体产量高了影响自己本来的效益,都找各种理由推辞。有一次,一个养鸡大户借着酒劲向童敬芝发难：你要是把这杯酒一口干了，我就参与组建合作社。童敬芝一看满满一大杯白酒，足有4两，喝就喝，喝了就能办成合作社，就算喝醉了也值得。但是他想到自己是下派干部，不能破例喝酒，况且在村里做事更要冷静。于是就摇头表示不会喝酒。大户笑了："你知道咱关河有多大？知道'东到杨家桥，西到石岗窑，北到虎陵口，南到探儿坳'的传说吗？"童敬芝茫然地摇摇头说，应该是指关河的地域范围吧。大户说："是的，但这是称赞关河境内那个酒量最大的人的影响范围。你不能喝酒，跑到关河的地界干什么？"童敬芝说："我是来扶贫的，又不是来喝酒的，难道你们关河人就喜欢酒囊饭袋？"大户被噎得半天说不出话来，这时旁边一位身材不高的老同志站了起来，拍掌叫好："童书记说得好！我们关河也是出过名人的，孝子毛义，孝敬母亲，不愿当官，且屡征不出（详见《后汉书·毛义传》）。你童书记能放下机关干部优越安宁的生活，到我们村里来扶贫，你和毛义一样让我十分敬佩！我愿意出面参加合作社的组建！"

这人叫谢发贵，今年65岁，个子不高，身材消瘦，皮肤稍黑，原是关河村支委兼村民组长，在关河村民中有一定的影响力，已退休好几年了。谢发贵也是一个不幸的人，他唯一的儿子是个智障人士，娶了个儿媳也是智障，基本没有劳动能力，全家都靠他夫妇俩操劳，家庭并不富裕。谢发贵很有骨气，虽然退休了，但身体还是很棒的，他承包了村里别人家的几十亩土地，种植水稻、山芋，还有几亩地茶园，整日操劳着，除了满足自己吃用之外，还有大量的产品向外出售，在当地也算个能人。用他自己的话说就是多挣点钱，减轻社会负担，改善家庭生活。得到了他的支持，童敬芝心里有了底气。他利用上级给村里的10万元扶持项目资金注册成立了"无为县关河沿山种养殖综合专业合作社"，成员由村干部+种养大户+贫困户组成。村两委牵头负责决策管理，种养大户负责技术指导，贫困户提供劳务和农产品。社员所有的农产品由合作社以保底价代购，再统一向外销售，利润留作贫困户分红和合作社集体收入。这样，贫困户旱涝保收，还能分红，明显增加了收入。

合作社成立后，谢发贵既是管理者，也是直接受益人。通过合作社，农产品很快销售出去，而且价格比较稳定，他平时有空还可以在合作社做工，又能增加收入。看到他加入合作社获得了成功，许多当初观望的人，特别是贫困户都主动要求加入合作社。村民孙延奇因为家里穷，自己有点残疾，不能做种田的体力活儿，儿子又在外面上大学，觉得过好日子希望渺茫，媳妇因此患精神抑郁症。谢发贵介绍他家加入了合作社，根据合作社的建议和他家的具体情况，帮助他家养殖了6头黑猪，不仅喜获成功，收入增加，而且他媳妇平时还能到合作社做劳务，又增加了一笔打工的收入。日子渐渐好起来，媳妇的病情、心情都有了很大的好转。

生产的问题解决了，但销售对合作社来说依然任务艰巨。如果合作社不能及时地将农民的农产品销售出去，农民利益受损，合作社也无法支撑下去。

为了拓宽销路，童敬芝不仅利用自己的人脉宣传推广，还动员村干部和能人大户共同努力，宣传、推销关河的农产品。他通过淘芜湖、智慧无为等网上平台发布信息，推销关河粉丝、茶叶和大米；他说服了市直机关及工会系统领导搞消费扶贫，即在职工福利资金中拿出一小部分购买农产品发给职工，帮助贫困村和贫困户；他像个小摊贩似的，背着装满粉丝茶叶样品的大包到单位和企业上门推销。他还在自己的朋友圈发产品销售信息，只要有顾客订购，他就利用晚上下班时间一家一家地送过去：50斤的一袋米，他能扛上6楼，仅今年已卖出大米1万多斤；2只鸡鹅、2斤粉丝、50个蛋，他也能送到客户小区楼下；要是有个单位能一次订购5斤、10斤的茶叶，他便立刻和村干部一起笑容满面地包装起来……童敬芝说，自己毕竟是机关干部，刚开始推销时总有点不好意思，偷偷摸摸地进行，那时国家还没有提出消费扶贫的口号（国家是2018年底明确提出的），他推销时也没有那么理直气壮，只能一个劲地跟对方说好话，宣传每多卖出来一袋米、一壶油就能让贫困户离贫困线远一点的理念。他们的农产品开始时还没有商标，有一个去南京销售的村民回来告诉他说，顾客认为他们没有商标，是三无产品，不愿意买；有的还说他们的粉丝掺了胶，咬不动，有毒。童敬芝就带着粉丝到专业检测机构做了鉴定，证明是全天然的粉丝，符合食用标准。同时，他又帮合作社申请了"关河沿山"的商标。这之后村民推销时就顺畅多了，销路也渐渐好起来。

为了将扶贫产品送进政府食堂超市，童敬芝扛着一大箱粉丝找到超市的经理，经理见他黑瘦貌不惊人的样子，以为他只是个普通的农民，不愿意理他。童敬芝第六次去时，在经理办公室遇到了一个熟人，熟人见他亲自帮村民推销粉丝，非常惊讶，也非常感动，就向经理详细地介绍了他的情况。经理这才知道面前这位貌不惊人的"农民"还是位芜湖市下派的扶贫干部，居然为了群众利益，一而再再而三地上门求他，觉得扶贫干部确实辛苦，扶贫工作确实不容易，而这位扶贫"农民"也让他刮目相看。经理破例同意让他们的粉丝等农产品进了政府食堂超市，而且打出了"扶贫农产品销售专柜"的宣传标语。关河沿山的粉丝、茶叶等从此在无为的大街小巷声名显赫，供不应求。

合作社成立还带来了另外一个意外的好处，就是以前农民的农产品不好卖，上门收购者一个劲地压价，现在合作社出面以保底价收进来，确保农民不会吃亏，客观上也迫使外来收购商提高了收购价格。无论是合作社成员，还是非合作社村民，都能因此而多获利。现在，全村建档立卡的26户贫困户已全部脱贫，合作社也在不断发展壮大着。童敬芝还给合作社争取到了150万元项目资金，兴建了670平方米厂房，采购了茶叶、粉丝等加工设备，成功地申报了绿色食品认证，规范了生产加工流程，保证了农产品的质量。2018年，合作社经营性收入达到50万元，2019年达100万元，这样的产业收入，在全市的扶贫村中可谓遥遥领先。童敬芝说：这才是乡村振兴发展的正确途径啊！

三、公开公平公正让乡村更和谐

有人的地方就有江湖。到农村工作，不但要帮群众脱贫致富，还要做好群众的思想工作，特别是那些上访户、难缠户、钉子户、边缘户们。搞好了能推进工作，事半功倍；搞僵了会影响工作，前功尽弃。童敬芝进关河村后，村里的矛盾纠纷也有不少，但多是些鸡毛蒜皮的小事，群众心里不平衡，对村干部有意见，一般只是到镇上找干部反映一下，或是到县信访局发发牢骚罢了，真要闹到去省城或进京上访，也属少见。但童敬芝刚到村里，就碰到了一个进京上访的人。他叫伍国金，沿山组村民，是个50多岁的单身汉，患有血甲症、肾功能衰竭等多种慢性病。他母亲84岁了，患有高血压、糖尿病等，三弟还是个精神病人，基本丧失了劳动能力，两兄弟与老母亲相依为命。这样一个处处需要照顾的人怎么会去北京上访呢？事情还得从2014年伍国金父亲因脑梗、肺病等去世后说起。当时他父亲与村里签订的360亩林地合同到期了，村里准备通过公开招标的方式将林地再拍租出去。伍国金也想继续承包，但又不愿意出钱，理由是山林地上的财产都是他父亲的。据村里熟悉内情的人说，伍国金父亲承包山地时，有部分是村里的财产，他自己后来也种了些树，但因为林业部门不准随意砍伐，伍家的受益比较少，所以迟迟不愿交出林地。村里要强行拍租，伍国金不让，就一直拖下来。童敬芝到村扶贫后，也想盘活这块资产，伍国金坚决反对，就跑到北京上访，让童敬芝和村干部都挨了上级的批评。童敬芝他们专门到北京将伍国金接回了家，答应他一定公平处理，保护他的私人利益不受损，希望他不要再上访了。伍国金表面上答应了，可是送他回家的村干部前脚刚走，伍国金后脚就让其侄子开私家车绕道将他直接送到了北京。这件事让大家都很被动，有人就劝童敬芝不要管了，反正林地纠纷也拖了好几年了，伍国金家也算贫困户。但童敬芝觉得再拖下去既造成资源浪费又是对其他村民的不公平，就下决心解决这一遗留的老大难问题。经过与伍国金耐心细致地沟通交流，决定邀请第三方评估机构对林地进行评估，根据其父与村里的合同进行分成，弄清了权属关系、财产关系，将其父亲的应得部分全部一次性付给了伍国金。按法办事，公平公正，伍国金觉得自己受到了尊重，思想通了，也就不再上访了。林地纠纷解决了，并成功拍租出去，增加了村集体的收入。然而对伍国金，童敬芝还是继续关心着他，支持着他。伍国金家有30亩的承包林地，童敬芝给他引进油茶种植项目，引导他种油茶、茶叶、山芋等经济作物，收获的农产品，童敬芝还利用各种关系帮他推销。伍国金见童敬芝等村干部能不计前嫌地热心帮助自己，也非常感动。有时，村里在推广新品种，许多人都在观望，不敢种，他却积极参与，带头试种。他说，虽然自己身体有病，母亲和三弟都吃低保，但他仍然坚持靠劳动养活自己，改善家境，不愿意给村里增添负担。

俗话说：兵来将挡，水来土掩。与伍国金的纠纷成功化解后，也鼓励了童敬芝的斗志，他开始将目标瞄准了那位性格偏执、经常扬言要"杀"村干部的王秀英。

王秀英今年 80 多岁了，身体健壮。据说，她年轻时积极支持村里的计划生育工作，带头做了结扎手术。现在年龄大了，有了轻微的后遗症，经常身上疼，浑身难受。对这个特殊群体，政府一般根据患病的程度，给予一定的生活补贴，重症妇女每年能拿到两三千元补贴，她属于轻症患者，每年只有 500 元。她心里不平衡，找村干部反映，村干部说她不符合政策，不大理睬她。来多了，村干部也烦，几句话不投机就吵起来。老人的几个子女都住在城镇，经常将老人接过去住。有一年村里通自来水，她恰好不在家，就没装。老人年龄大了，有时在城镇住不习惯，要经常回村里的老房子住，用水不方便，就想装自来水，但自来水公司是私人经营的，开户费从当初的 500 元涨到了 2000 元，包片的村干部也不帮她说话，老太太觉得这是他们合伙欺负自己。老太太越想越气愤，就到处扬言要把包片的村干部"砍了"。

2018 年 7 月的一天，童敬芝正在村里上班，王秀英又大叫大嚷地进了村部大院，嘴里不干不净地骂着村干部，情绪非常激动。村里人早见惯了这阵势，并不理她，只是让那位村干部从后门出去回避一下。一个年近 80 岁的农村妇女，自己走路都成问题了，说拿刀砍人？谁也不会当真。但童敬芝不敢怠慢，赶紧迎出去，把她请到自己办公室坐下来，给她打来热水洗脸，又泡了一杯茶，还一口一个"老大姐"喊得亲热，老太太的情绪慢慢稳定下来。老太太问："你是谁？我怎么不认识你？"童敬芝说："我是下派到村里的第一书记，你有什么情况可以跟我反映，看我能否帮你协调协调。"王秀英带着怀疑的目光看了他好久，这才说起了上面的两件事。她怀疑是包片的那位村干部从中作梗，故意欺负她。童敬芝说，我帮你问清情况，一定给你一个满意的答复。希望你千万不要冲动，做出令家人和自己都后悔的事来。童敬芝诚恳的态度和推心置腹的话语让王秀英很是安慰，情绪也渐渐平静下来。童敬芝又因势利导，暂时做通了她的工作，还开车送她回家。

童敬芝找村干部了解王秀英的具体情况：原来，王秀英的后遗症并不太严重，也没有通过有关部门的鉴定，只能按轻症处理。估计是包村干部没和她讲清楚，或者他们间早就存在误解，不好交流。童敬芝再到村里找群众调查了解老人的详细情况时，偶尔听说王秀英年轻时有过轻度抑郁症，多次想自杀，是她弟弟天天看着她，才帮助她走出了阴影。因此，她和弟弟的感情很好。童静芝就找她弟弟交流。她弟弟很通情达理，她的几个子女都很孝顺。怕她一个人住在农村出意外，她弟弟经常让她到子女身边轮流住。她弟弟平时也不住在农村老家，但姐姐一回村住他就要赶回来住几天，生怕她出啥意外。本来他家装了自来水，姐姐从他家接根水管过去也就行了，每年也用不了多少水。但他姐姐性格倔强，容易走极端，不能受刺激。考虑到王秀英的感受，童敬芝还是和村干部一道找自来水公司负责人协调，说服自来水公司还是按当初的价格给她装好。公司给老人装自来水那天，童敬芝也去了老人的家里帮忙，跟老人谈心。老人很高兴，觉得自己受到了尊重，童书记又亲自来帮忙安装，倍有面子。童敬芝也趁机从亲人的角度安抚她：现在生活好了，子女都成才了，弟弟当年为挽救她费尽了心机，她应该珍惜自己的生命，不能让亲人失望啊。一席话说得王秀英连连点头。至于后遗症的补助费的事，童敬芝调查了解过了，政策是县里制定的，村里是按政策规定处理的，没有人欺负她，希望她能理解。并就村干部的态度不好向她诚恳道歉。王秀英有点不好意思了，说她也知道是政策规定的，但她脾气不好，看那村干部不顺眼，有时故意去村里找茬的。童敬芝后来经常打电话和她交流，把她当亲姐姐看，问她有什么困难需要帮助？老人也很信任童敬芝这位"老弟"，偶尔回村住几天也到村部来看他。王秀英的家人见老人在童书记的引导下情绪稳定、心态平和、心情开朗，都高兴地要给童敬芝送锦旗呢。

无论在战争年代或和平年代，军人都是国家的栋梁，是人民安居乐业的保证，退伍军人也理应得到尊重。但在关河村，有位80多岁身患绝症的退伍军人吴福同却手里拿着一瓶农药，闯进村部，大喊着要"自杀"。那是2017年12月的一天，中午11时许，天阴沉沉的，冷风吹得人瑟瑟发抖。童敬芝正在整理贫困户资料，忽然听到外面一阵喧哗：一位手拿农药瓶的老人喊着要自杀。童敬芝直奔过去一把抢过他手中的农药瓶，把他拉进了会议室，劝道：老人家，你不要激动，先到办公室坐下来，有什么困难跟我说，我是下派来村的第一书记，看看我能否给你帮帮忙啊。老人拿出自己的病历和一大堆发票，叙述着自己的遭遇。老人叫吴福同，年轻时当过兵，也算为国家作出过贡献。晚年患了贲门癌，手术、化疗等花去了20多万元，老婆视力很差，4个女儿都已经成家，所以没有进入低保户的行列，如今日子没法过，他心里想不通,认为是村干部为难他,所以要来村部自杀,一了百了。童敬芝就安慰他说,你为了看病已经花了 20 多万元,身体还没有完全恢复,你今天要是一激动把农药喝下去,又会对自己造成很大伤害,不但那 20 万元打了水漂,你家里人又能从哪再筹钱给你看病?再说你 4 个女儿帮你治病,就是希望你好好地活着,你真要是有个三长两短,根本对不起你的家人。你千万不要再做傻事了,没有过不去的坎,你的问题我再向上级反映,争取尽快给你一个满意的答复。

童敬芝通过调查走访,详细了解老人的情况后,又到县民政部门咨询。最后,民政部门给出明确答复:像他这样虽然不是贫困户,但因生大病而造成困难的也可以享受低保政策。吴福同医疗费当年支出过大,符合政策规定。童敬芝立即按政策给他补办了低保手续,按低保户政策,医药费报销比例也大幅提高。吴福同的脸上露出满意的笑容,他年轻时为国家作出过贡献,国家并没有忘记他,在他最困难的时候向他伸出了援助之手。虽然吴福同的身体越来越差,病越来越重,在两个月后就去世了,但扶贫干部真心为他解决困难,政府知错能改,让他在生命最后的日子里感受到党和政府的温暖和关怀,作为一名退伍老兵,他享受了公正的待遇,他不留怨恨,最后含笑离开人世。

俗话说:人上一百,五颜六色。关河三四千人,素质层次当然也不尽相同,见便宜就想沾的人自然也大有人在。有的人只是边缘户,并不符合享受五保、低保的条件,有的人虽然符合政策照顾范围,但不想自力更生,等靠要的依赖思想严重。对此,童敬芝说,扶贫干部不但要擦亮眼睛,坚持原则,精准识别,还要启发引导他们自尊自立自强。

周万云是村里的贫困户,一个儿子失踪多年,对夫妇俩打击很大,生活也很贫穷,一直想申请低保。但他有一个女儿是正常人,不符合政策条件,童敬芝没有同意。周万云就托人找其他村干部给童敬芝施加压力,但童敬芝坚持原则,坚定地顶住了压力;无独有偶,村民朱光荣患了淋巴癌,其妻也患了多种慢性病,每年看病要好几万元,也一直想申请低保,童敬芝在审核时发现他有 2 个儿子在外打工,其中一个儿子在芜湖市还有商品房,显然不符合条件。虽然按原则他们不能被纳入低保的范围,但童敬芝并没有对他们一拒了之，不管不问，而是主动关心他们，帮他们去县里报销医疗费、购买慢性病药，还给他们送棉被、衣物等生活用品，慰问安抚他们，让他们也感受到党和政府的温暖。

李秀英是村里的一位残疾老人，她儿子在外地工作，已经成家立业了，老人一个人住在老家的房子里，这房子因为年久失修成了危房。市扶贫办在工作检查中发现了这一情况，让童敬芝去解决。因为李秀英有子女，不符合危房改造条件，童敬芝就去做老人儿子的思想工作。她儿子耍小聪明，认为是上面领导交办的事，就是拖着不修，给村干部施加压力。2018年下大雪，童敬芝担心老人的房子有倒塌危险，立刻开车去她家将老人从老屋接了出来，安置在老人的亲戚家。安置好老人后，道路上积雪已经很厚，车轮时常会陷入雪中，童敬芝就用车上带的铁锹边铲雪边前进，平时回去40分钟的路程那天开了4个小时。因为风雪迷漫，能见度低，童敬芝的小车差点被大货车撞了。老人的儿子后来听说此事，受了感动，主动出钱，在村里找了几个民工帮忙，大家一起把老人的房子修缮一新。

针对村里许多人存在的希望政府照顾的观望心理，童敬芝建议村两委对全村的情况进行了摸排，选择了几个有代表性的家庭做示范说明工作，并且公布审核条件，这样哪些人房屋不在危房改造范围内，需要自己翻修；哪些人不在贫困户范畴内，吃不了低保，让大家都清楚。如果胡搅蛮缠，造成后果时村里可以起诉其子女。村民们对照标准，自己心里都有了数。由于政策宣传到位，适用政策准确，许多人打消了观望的心态。

帮贫困户买药是童敬芝的另一件重要工作。全村的慢性病患者，都愿意将身份证交给他，托他帮忙买回所需的治疗药物；有的村民要看专家门诊，也找他提前帮忙预约；对有些行动不便的五保户、贫困户老人、残疾人，他还开车接送他们就医。久而久之，村民们有困难都愿意来找他，因为他总是克服一切困难，及时帮他们办好。童敬芝说这些跑跑腿的事稍微好办一些，真正难的是改变群众那些根深蒂固的陈旧种植理念。为了优化村里的产业种植结构，童敬芝准备引进太空莲、宠物草等种植新品种，但是由于群众对新的种植品种没有经验，也没有把握，所以只能通过大户种植引领示范，再带动群众种植。可大户种植流转群众的田地工作非常难做，他连续20多天走家串户，向村民们耐心解释，打消他们各种各样的担心和顾虑，每天晚上忙到9点多都顾不上吃晚饭，最终做通了群众的思想工作，将太空莲种了下去。

如今，关河村的村民已经真心地信任这位扶贫队长，他们从增加的收入和脱贫的事实中看到童敬芝是全心全意在为他们谋福利。

尾　声

关于关河的未来发展，童敬芝有自己的设想：依托产业发展促进乡村休闲旅游，提高关河知名度和美誉度，促进乡村振兴。具体做这几方面工作：将关河耕地分为山地、邻山地、半圩地和圩地，分别发展茶叶、山芋种植、经果林种植、中草药种植和太空莲鳌虾混养等，发展现代农业；充分挖掘"毛义故里"这一历史典故，全力打造"孝文化"建设；以天井山国家森林公园、4A级景区泊山洞、佛教圣地西九华等旅游为中心，逐步开发关河老街、铅山洞、关河汉神墩等景点，优化乡村环境，留住绿水青山，打造宜居宜游乡村。2018年关河成功举办了首届枇杷采摘节暨"万厦杯"健身走活动；2019年春节，关河农产品在"无为特色产品嘉年华"活动中备受关注。这些活动有效地推介了关河，宣传了关河。相信通过童敬芝和关河人民的共同努力，古老的关河一定会在新时代的春潮中焕发出青春的活力。

光阴荏苒，童敬芝下派农村扶贫，已是第四个年头，关河村也走出了贫困村的行列，26户贫困户顺利脱贫，但他并没有马上离开，而是继续坚守在这片热土，巩固脱贫成果，防止群众因故返贫，圆满完成党和政府赋予的扶贫使命。待到全面小康实现之日，让我们共同迎接扶贫功臣们的凯旋吧！

至情至爱天地春

——记无为市洪巷镇青岗村第一书记、驻村扶贫工作队队长江中明

吴金兰

岁月的风，浪涛般拂过，每一缕都是鲜活的。风从我们看不见的地方吹过来，吹过蓝天，吹过山峦，吹过河流，吹过大地，吹过绿树，吹过庄稼，吹过尘世间我们看得见以及看不见的一切，尘世的生机、活力、温暖与感动，尽在其中。五月的风，已经有了几分炽热的温度，这样的日子里，江中明如果不是在开会，便是走访在农民的家里，抑或是行走在青岗村的田间地头。

车行驶在江边的堤岸上，大片气势盎然的杨树林绿意葱茏，杨絮丝丝缕缕地飞出来，飞向沃野，飞向田畴。我要去的地方，是无为市洪巷镇青岗村。2017年初，市公安局决定安排一名副县级领导干部到对口帮扶的青岗村驻村扶贫。江中明当时正出差在外，当局政治部电话征求他意见时，没有过多的交流以及被动员，他毫不犹豫地一口应承下来，服从组织安排，暂时告别三十五年的公安工作，来到这片据说是道路泥泞、又脏又乱、经济落后的青岗村。因为内心预想的很糟糕，走进青岗村时，倒是比他预想的要好。尽管如此，工作的难度依然是巨大的。三十五年的警察职业生涯，铸就了他严谨苛刻的工作作风，而做农村、农民工作，更需要的是扑下身子，捧一颗滚烫的心去深入田间地头深入农民家庭，了解村庄的现状，了解农民的需要，了解每一个家庭的疾苦，唯有深入了解，才能够有的放矢、因户施策。这里交通闭塞，基层组织相对薄弱，民心涣散，再加上资源匮乏，农民的生活状况之

艰难可想而知，也因此，要在此后的工作中，取得看得见摸得着的成绩有多么的不容易。但是，江中明自己总说没什么，他说，我不过是协调落实国家扶贫政策而已，再则，因为有市公安局领导的大力支持，方才促成青岗村翻天覆地的大变化。

到达江中明的办公场所时，首先经过的是党员活动中心，整洁干净畅亮的环境，让人眼前一亮。走进江中明办公兼居所的办公室，虽然简单，但是，看上去很朴素很干净。三年前，江中明刚到青岗村时，是春天，春雨绵绵，夜晚的乡村，死一般的寂静，他白天出门走访摸排，夜晚在简陋的办公兼住所的房间里，细细整理消化白天记录的情况以及抄写的材料。就是在这间朴素干净的房间里，江中明经过一丝一缕的梳理，彻夜难眠的思考，通过充分调动自己几十年来的智慧积累，从大处着眼、小处着手，他春蚕吐丝一般，润物无声地向村干村民们渗透现代社会文明以及村庄发展所必备的各种前卫观点和思维方式，循序渐进地改变着青岗村，努力让她向着既定的目标奋勇前进。

世上无难事，只怕有心人。而于江中明而言，世上无难事，只要深爱在其中。出生于安庆桐城农家的他说，因为自小生活于乡村，所以，与土地亲，与庄稼亲，与农民亲。为什么我的眼里常含泪水，因为我对这土地爱得深沉。职业生涯的最后几年，能够从农村出来又回到农村，于我，相当于为职业生涯画上了一个圆满的句号，这是命运对于自己的眷顾，这是单位领导对于自己的充分信任，这是缘是运也是福。听到他这番话语时，我油然而生敬仰之情。

曾经的组织，有形无实，干群不和。要彻底改变积贫积弱的状况，他决定从筑牢根基抓起。

青岗地处无为市最南端，偏居一隅，与铜陵市隔江相望。一到青岗，江中明就扑下身子，熟悉扶贫业务，了解村内情况。白天冒着高温酷暑奔走在田间地头、扶贫一线，晚上进村入户遇到狗和蛇是常事，尽管如此，他没有丝毫的畏惧和退缩；到贫困户家里走访，误了饭点或者汗湿衣衫，于他来说，也是司空见惯的事。工作时间长、强度大，从周一到周五都在村里，经常是从早上8点干到晚上很迟才回宿舍，周六、周日也还要处理工作。不长的时间，他就走遍了15平方公里的23个自然村。在分片村干部的带领下与全部

136 户建档立卡贫困户见面谈话。根据精准扶贫要求，对照标准，严格测算，果断提出调整意见，最终使原不在列的七户进入系统，同时将八户不合要求的调出。

青岗村基础工作薄弱，曾经的两委成员更是像走马灯一样变动频繁。面对纷繁复杂的村务工作特别是扶贫大业，必须细致、规范、扎实。作为第一书记和扶贫队长，江中明意识到抓班子工作必须放在重中之重的位置。在熟悉情况之后，在镇党委的支持下，开始建章立制，力求规范管理，包括村两委及书记、专干、分片干部的岗位职责，绩效考核办法，扶贫工作周例会制度，村务公开和集体研究制度。用制度来管人管事，改变了过去村里习惯了的大囫囵式的派工办法和随意性的议事规则，尽力做到人有岗，岗有责，责能考。

扶贫档案建设是村级扶贫工作短板。到村前，村里的扶贫材料随记随丢，杂乱无章，一到检查时就突击补、分头找、临时凑。江中明有办公室主任的工作经历，了解档案材料的作用和归类规则，于是利用驻村的夜晚时间，花了很大力气组织两委同志，清理所有多年来涉及扶贫的材料，分门别类，整理归档，又请求市公安局支持安排业务人员来村制面装订，规范成册。形成五大类、五十五册包含全村所有扶贫工作的文书材料。青岗村的扶贫档案一度成为全镇的示范。

曾经的脏乱差，缘于道路等基础设施建设的严重滞后。要想富，先修路，要超越，抓基础，他要让通往美好的道路在脚下绵延伸展。

与所有的贫困村一样，三年前的青岗村贫困人口多，产业基础薄弱；基层组织不全，群众无所依傍。只是与其他贫困村相比，青岗村土地更加贫瘠，基础设施更加落后，百姓与外界的沟通更加不便——因为青岗偏居一隅，远离城、镇，交通闭塞。

曾经的青岗"路"恍如隔世：对外不畅，对内泥泞。你想运用机械参与农耕作业提高生产效率，可机械根本开不了，无路可走；当农作物丰收了想运出去变卖提高收入，成本陡增。村民的出行更是不便，下雨了是"湖州"，天晴了成"灰州"。青岗脱贫首要在路。路通了才能让外面的信息技术传进来，才能让青岗人走出去。

在对口帮扶单位市公安局的大力支持下，江中明积极协调落实四百余万元的拼盘资金，将青岗所有道路进行硬化，使青岗的基础设施形成质的飞跃。出台了包括路、电、灯、水在内的一揽子基础设施建设方案，项目落实了，资金到位了，唤醒青岗的机会也来了。村两委及驻村工作队同心协力，不眠不休，至2017年底，联通村外村内共12公里的水泥路建成。凤凰涅槃，青岗人真正解决了出行难题，也彻底改写了青岗村"路不平道泥泞荒草没脚跟"的历史。村民感叹，"现在每年连买雨靴的钱都省下了。""往年过年回家都不愿开车回来，现在好了，过年回家车都能直接开到自家院子里了。""现在去田里做事方便多了，村里全是水泥路，圩里都是石子路，骑个电瓶车比甩两条腿快多了，也舒服多了。"……老百姓从心底呼喊，共产党好，人民政府好，扶贫政策好！

为了让青岗群众的出行更加便利，江中明继续争取市公安局的帮助，到位资金20余万元，太阳能路灯照亮了青岗的每一个角落。这些世代与土地为伴的村里人，过上了梦寐以求的与城里人一样的美好生活。

扶贫三年，筹措450万元修建了12公里连接每家每户的村级水泥路，解决了3800余村民出行难题；安装180余盏路灯，使劳作晚归的人不再担心冬天的夜来得那么早那么长，宁静的乡村由此也平添了几分生气。争取资金616万元，增压增容村级电网20余公里；清淤当家塘22口，升级改造排灌站4座，使半圩半岗的青岗无惧旱涝，1800亩良田稳产增产；先后建起了2座60千瓦的光伏电站，每年可为村带来近14万元的稳定收益，可持续发电20年；120余平方米的党员活动中心成为村民心目中的"圣地"；争取资金60万元，建成区域农事服务中心。几十个项目一年内在一个村子里建成，没有人管或者管不到位，结果都是难以想象的。作为扶贫队长的江中明，为促项目落地，保工程质量，解矛盾纠纷，夏天，烈日炎炎，他与村两委干部、镇负责同志每天穿梭在田间村头，烈日下一天忙碌下来，蓬乱的头发，黝黑的脸庞，沾着泥巴的衣服，已看不出是下派的处级领导，加上语言的同化，一些施工负责人误以为是当地干部。

道路通畅了，机遇也多了，很多年轻人也不愿意离家漂泊去他乡打工挣钱了，他们更愿意留下来从事新型种植业和养殖业。脱贫攻坚三年，青岗的变化是巨大的，而路与基础设施建设仅是一个侧面抑或是个缩影，真正的变化，写在村民脸上，融化在村民心里。

制约村子发展的瓶颈，是产业的低端和单一。他要努力因地制宜发展特色产业，让她适时开花结果，进入良性循环轨道。

基础设施逐步完善，发展特色农业——建设香勤稻鱼共养示范基地、增殖品牌产品，成为他和扶贫工作队又一个努力的方向。作为青岗村扶贫的重点项目，香勤稻鱼共养示范基地肩负着示范带动的重任，对青岗村的脱贫摘帽是个硬性指标。香勤的成功寄托着众人的希望，为此，大到资金注入，小到用工安排，江中明和村两委同志事必躬亲，深度参与。正是由于村两委及江中明的付出，使香勤一步步走出无为，成为县级示范、市级示范，目前已跻身省级示范基地。

在香勤稻渔基地，与其说看到的是一望无际的水田，不如说是一望无际的池塘，我估摸着若是在空中往下俯瞰，那是一处又一处盛满梦想的希望之舟，被安置在了无边的沃野里。我好奇，这样深的水位怎样去种植水稻。基地老总李玉情说，现在水里养的是鱼和小龙虾，等到种植中季稻时期，可以通过排灌站把过多的水排进河道排进长江。我又问，基地有多大？480亩。正说话间，同行的警官章强拿搁置在埂上的网伸进水里，不一会，就逮上来一条两斤重的大鲢鱼和一网小龙虾。过一会，它们就要被摆上今天中午我们的餐桌，章强说。空中，成群结队的鸥鸟飞过来，景象颇为壮观。现在生态环境好，鸟也多了起来。我说，这么多的鸥鹭，对于庄稼作物以及鱼虾有好处吗？水老鼠、黄鼠狼、鸥鸟吃害虫，但它们也吃鱼虾和螃蟹。小龙虾和螃蟹要蜕壳13次，每一次蜕壳都是它们最薄弱的阶段，水老鼠、黄鼠狼、鸥鸟一旦这时候接近它们，它们便只能猝不及防地成为腹中美味了。就在我为鱼虾螃蟹惋惜的时候，李玉情说，没什么，生物链中的每一环，只要存在的，就是合理的。他说他以后将尝试土地轮休作业，紧接着他解释说，就是每年轮流在土地上种植葡萄以及鲜花等，不让土地过度开发，这样，不仅让土地得到休养生息，又可以美化环境，打造全新美丽的现代化田园风光。还可以轮流种植红花草，这不仅能够改善土壤、吸收重金属，还具备观赏价值。江中明如是说。

李玉情创建的芜湖市香勤生态农业有限公司与李东明创建的睿丰家庭农场，他们集约土地，聚合资源，滚动发展，一方面壮大了集体经济，形成了品牌农业，同时就近解决贫困村民的就业，使他们有了稳定的经济收入从而提高了生活水平，加快了脱贫速度。一直以来，江中明积极协调各方力量大力扶持这些地方产业基地，努力帮助提升造血功能。

在工厂，偌大的米面油加工车间里，我看到大袋大袋饲料一样的东西。李玉情介绍说，这是鱼虾螃蟹的食物，它们是稻麦油菜的壳。我看到在巨大的加工机器里，用来喂养鱼虾带动养殖生产的能源，居然只是各种庄稼作物禾秆被打碎加工制作出来的看上去仿佛一截一截的细小棍棒。从稻渔基地到生产车间，这样的绿色无污染，这样的废物利用生态环保，让人情不自禁地为他们的环保意识为他们的创新之举点赞。

香勤的产品是小龙虾和优质稻米，卖点是绿色无污染。鱼虾可以吃害虫，净化土质，它们拉出粪便，又是水稻需要的养分。我们的水稻，完全不用化肥以及农药。说到这里，李玉情的眉宇间洋溢出自豪之气。但是因为初创品牌，缺乏宣传，养在深山人未识，到了金秋收获季节，产品的销路又成为难题。江中明积极动用各种关系，为青岗大米寻找销路。当得知市扶贫办以及相关单位开展扶贫项目认领活动时，江中明抓住机会与芜湖广电淘芜湖商城联系，在市局、扶贫办以及相关领导的关注和帮助下，促成了淘芜湖与香勤的牵手结缘。香勤大米借助淘芜湖电商平台一炮打响，全市两千余公安民警更是积极响应。如今淘芜湖与香勤建立了稳固的协作关系，青岗的特色产业欣欣向荣，为青岗的可持续发展奠定了坚实基础。

万物皆有裂痕，那是光照进来的地方。微笑是最美丽的语言，爱心是看不见的无形名片。走过千山和万水，在心底，土地和乡亲，永远那么美那么亲。

青岗村需要帮扶的贫困户众多，江中明看在眼里急在心里。在他的建议下，市局24名处级领导干部每人对口帮扶三户，并很快得到局领导支持。于是根据每个贫困户的实际选定帮扶人，并做好对接，因户施策，竭尽所能。前两年，市局有帮扶任务的处级干部每月一次驱车200余里来往青岗与帮扶对象见面，嘘寒问暖有求必应，不仅建立了感情，也帮助解决了大量具体实在的问题，目前绝大部分已经脱贫。如今，这些处级干部尽管公务繁忙依然坚持每季度一次赶往青岗村，了解帮扶对象的生活生产动态，适时给予必要的帮助。

自扶贫工作开展以来，青岗村44户贫困户维修或重建住房，彻底消除了危房；通过健康脱贫、就业脱贫、产业扶贫、教育帮扶、金融扶贫、光伏扶贫等措施，使全村所有的贫困家庭都过上了衣食无忧、老有所养、前景可期的稳定生活。

说到村里的贫困户，江中明如数家珍。现年49岁的程爱珍患有尿毒症多年，去无为县医院做肾透析，已达9年之久。透析一次750元，每周3次，仅此项费用每年就高达十几万元。随着时间的推移，原本并不贫穷的家庭已是不堪重负，曾经努力与病魔做斗争的信心，渐渐崩塌。江中明到任后，逐户了解深入摸排因病因残致贫家庭，一次又一次地上门，对户寻方，对症下药。具体到程爱珍家，2018年新农合医保缴费220元，2019年新农合医保缴费250元，在江中明的协调帮助下，由国家财政支出。在"180"政策扶持下，原本高昂的透析费用急剧下降到每年个人承担部分仅1万元。另外，他们家危房换瓦维修费用6000元，也由国家财政支出。

对于程爱珍这个家庭，医疗、危房维修等开支减少只是节流，要彻底扭转其贫困局面，开源显得更为重要。江中明帮助协调落实了市公安局的刘传兴作为这个家庭的结对帮扶人。在江中明的悉心帮助下，他们家每年的收入已是相当可观。程爱珍和她丈夫胡小勇给我算了一笔账。收入这块，承包土地70亩需购置10万元农机，根据政策国家补助一半5万元，仅种植这一项每年收入可达15万元。胡小勇担任光伏电站管理员，每年收入4800元，程爱珍担任防溺水宣传员，每年收入3600元。产业奖补这块，他们家养300只鸡和鹅，每只补25元，此项收入每年7500元，鸡鹅肉蛋收入每年3万元左右，低保收入每年6672元。国家帮建户光伏，发电收益每年3000元，香勤基地每年分红数百元。

看着精神状态良好、身体状况与正常人没有多少区别的程爱珍，我问她每天可能做些家务事。她朗声回答，喂鸡喂鹅种菜洗衣做饭，一样都不耽误。我问她每周3次去县医院透析，怎样来回。她说，早晨6点丈夫胡小勇骑电瓶车送她到襄安后，胡小勇回村做活，她再花10块钱坐小汽车去医院，治疗后中午在县医院食堂吃饭，然后坐公交车到襄安，再乘坐等候在那里的丈夫胡小勇所骑的电瓶车回家。看得出来，他们夫妻俩感情很好。当问及饮食状况以及营养保障时，胡小勇抢着回答，一般的蔬菜都可以吃，水果香蕉不能吃，西瓜可以吃一点点，苹果可以吃，米饭少吃，面条不吃，动物内脏不吃，鸡蛋蛋白可以吃，蛋黄不吃，排骨瘦肉鱼都可以吃。

程爱珍夫妇见到随后上门的江中明时，那种鱼水般的亲密之情，我可以深切地感受到。我和他们夫妇聊着他们的疾病治疗以及目前的生活状况，江中明在他们家房前屋后四处走走看看，他具体看的是什么，我不清楚，但我心知肚明的是，他在无微不至地关心着他们家一切的一切，包括人，包括菜园，包括鸡鹅家禽。谈及今后的家庭生活设想，程爱珍夫妇说，有党的扶贫政策，有扶贫领导和村干部的关爱，他们家今后的生活会更美好。

有一种真爱，叫润物细无声；有一种奉献，叫无怨亦无悔。所有的努力都会结果，所有的付出终有回报。

在市公安局的帮扶下，青岗建成了全镇第一个高标准的党群活动中心，党员活动有场所，村民议事有地方，又成为孩子们读书游戏的好去处。通达23个自然村的村广播系统，让常年不出门的大爷大婶们在家就知道外面的时鲜信息，在家中就知道外面的大事小情。宣传政策不用村干部扯着嗓子，催缴社保也不用挨家入户。村民们从广播声中知道了乡村振兴，了解了扫黑除恶，读懂了"五改一清"。人居环境整治正如火如荼，青岗百姓理解、支持、参与，整治效果在全镇成为示范。农民富了，乡村美了，也慢慢地改变了农村以前固有的陋习，如处理垃圾再也不像以前的乱扔乱丢，而是集中归类丢于村里的垃圾桶内；每家每户的房前屋后也不再是脏乱差了，而是干干净净秩序井然了；从芜湖烟草公司争取到的17万元资金投入、给予村民身体健康保障的卫生院也正在加快建设中……

教育扶贫让村里的孩子们茁壮成长，社保兜底让经济拮据的老人生活无虞，电商扶贫让村民有了消费的欲望，健康扶贫使村民免除了因病致贫的担忧。村民有了稳定的收入，贫困户不再因为收入低下而愁苦，精神也变得轻松快乐起来，清晨傍晚村民轻松聚一起或散步健身，或闲聊神侃，广场舞的乐曲也不时响起，广场上路灯下少妇大婶起舞翩翩，其乐融融。

回首三年的扶贫工作，江中明感慨良多，他说，用翻天覆地来形容青岗的变化毫不为过。乡村振兴，乡风文明，产业兴旺，环境优美，不再是悬浮于空中的口号。连接每个农户家的道路通了，主干道上的路灯亮了，改水改厕村民生活质量更高了，通过整治村内的危房没了，灌溉电站发挥作用了，村民家的电风扇夏天也能快速地转起来了。还有，崭新的村部给村民办事提供方便，稻虾共养及螃蟹养殖两个基地使村民在家门口打工成为可能。当然变化最大的是村民与村干的关系近了，对党和政府的感情深了，生活有了盼头的脱贫群众精气神足了，群众幸福指数提高了，没有比这更让人欣慰的了！

旧貌换新颜，青岗村与往日挥手作别。现如今村容整洁交通顺畅，融洽的党群关系成为青岗村的铭牌，青岗人现在是心往一处想、劲往一处使，在乡村振兴、同奔小康的路上昂首阔步向前进。

"智者不惑，仁者不忧，勇者不惧。"这是江中明一直信仰并孜孜坚持的。只有不惑、不忧、不惧，才能在任何环境中生活得有礼有节，并在社会上立于不败之地。江中明的付出，干部群众都看在眼里记在心里，前不久，第三方评估人员走访反馈结果显示，洪巷镇、青岗村均对市公安局帮扶工作感到满意，村民包括贫困户都给出江中明极高评价。

2018年10月，"全市脱贫攻坚最美选派帮扶干部"评选揭晓，江中明成功当选；2019年5月，江中明获得"安徽省五一劳动奖章"荣誉称号，并被市公安局记个人三等功一次，最近又被评为"芜湖好人"。

双脚丈量青岗，汗水映射无为。江中明用真情唤醒了一方土地，使实招改变了百姓生活，真正使青岗村百姓摆脱了贫困、走向了美好。眼下，青岗村脱贫攻坚正在向深度推进，江中明和青岗村党员干部正在争分夺秒、攻坚拨寨……

扶贫那些事

——记无为市严桥镇明堂村第一书记、驻村扶贫工作队队长刘昭明

崔卫阳

> 我从小生活在农村
> 对农村有着特殊的情感
> 只要我在岗一天
> 就要为乡亲们办好事、办实事
> 贡献出我力所能及的力量
>
> ——刘昭明

引 子

"这一户家庭是脑梗因病致贫,这一户是小儿麻痹症残疾户,这一户是癌症户,这一户是'尿毒症',这一户也是'尿毒症',这一户是……"

2017年5月8日,刘昭明的脚步一踏进村里,没想到要休息一下,便急急地翻山越岭,来到村民家钻进钻出,一户一户地走访。他每到一户,心里都是咯噔一下,越走脚步越沉重,越走心里越凉,尤其走到78岁的张修安老人的家里,他的心都碎了。老人的儿子、媳妇都是精神病患者,膝下还有两个年幼的孙子,看到这一家子毫无生气的样子,看到那令人心酸的家庭环境,刘昭明的眼泪在眼眶里直打起转来。刘昭明出生在农村,小时候农村的贫穷

他是感受切深，但他没想到如今时代，还有这样的村这么穷，还有这样的村民穷到了这个地步！

明堂，一个多年的"空白村"

刘昭明，安徽省芜湖市司法局党组成员，副调研员。这次他到村里来走访，是以挂村第一书记、驻村扶贫工作队队长的身份。他所驻的这个村叫明堂村，是安徽芜湖无为市严桥镇的一个贫困村。作为一个县处级领导干部，他被挂职到村里任第一书记，是有着特殊的使命的，就是要将这个村3年之内，也就是到2020年实现脱贫——这是一个和市委市政府、和国家所立下的军令状，是一个对这个村村民的承诺。

明堂村位于严桥镇的南部，属丘陵地带，整个村山场面积占三分之一以上，只有一条4公里长坑洼不平的村级公路，交通极其闭塞，村民的思想滞后，几乎没有什么发展意识。该村2014年统计共有23个村民组，1044户、3771人。当年，这个村有建档立卡贫困户144户、364人，贫困人口占十分之一。2014年起，国家的脱贫政策惠及该村，但到2017年依然有78户136人尚未脱贫。更为突出的问题是，明堂村村级经济极其落后，是多年的"空白村"，完全靠国家转移支付来维持村级工作的基本运转，村里几乎没有一点经济发展的原动力。当刘昭明的工作队来到这里时，明堂村的集体经济收入算是有了一点起色，但也只有区区3000元。3000元是个什么概念？不到一个普通工人一个月的工资收入呀！

蛙声中：明堂村在变化

"扶贫工作就是要干实事，来不得半点虚的，要对得起老百姓，对得起自己的良心，否则人家会指着鼻子骂。"刘昭明刚来不久的一次全村大会上，村总支书记徐开明突然激情飞扬地说。徐开明的这个话是给自己以及村干部在脱贫工作上自我加压，不留退路的，但这句话也狠狠地砸到了刘昭明的心上。

刘昭明的心很沉重，没来这里之前，他还意想不到，来这里一走访，他才知道担子的分量了。这样的一个村，三年之内能改变么？看到一个个穷得让人心寒的家庭，看到到处是荒山秃岭，他的心里直发毛，他的手心冒着冷汗。

究竟如何搞？经过反复研究，刘昭明果断提出，首要之事是针对全村78户贫困户，切实厘清各户真实情况和内心状况，进行登记造册，实行贫困户村级一户一档，户级一户一袋，一人一方案，为精准决策打好工作基础。

刘昭明说，有了真实的档案，哪类属于帮，哪类属于扶，哪类要激发内生动力，就一目了然。比如有懒惰思想的，有等靠要思想的，怎么办？有丧失劳动能力的和家庭有重大疾病的，没有生产能力的，不能外出务工的，怎么办？档案做到这样精准，说起容易，做起来却不是一件简单的事。

夜晚的明堂村一片沉寂，只有间隙的蛙声。从这一天开始，每个晚上，村部都是灯火通明。刘昭明的扶贫工作队、村"两委"干部们均放弃了回家休息，放弃了家中的事务，放弃了和家人的相伴，进行建档造册。他们经常是白天走访，晚上造册，双休日也不例外。既然是自己定下的任务，刘昭明只能是自己一马当先，哪怕一件小事都亲力亲为，唯恐自己在村里干部心目中有了瞎指示、讲官话的"不良"印象。

这一天夜里，刘昭明又是最后一个，直到凌晨时分他才带着一身的疲惫，关了会议室的最后一盏灯，锁了门，迷迷糊糊地回自己的宿舍睡觉。

夜晚的村委会格外寂静。此时只有无名的虫儿没有休息，他们的叫声格外清脆。当刘昭明用钥匙旋开门锁，打开宿舍门，刚一跨进宿舍的地面时，只听脚下"哧溜"一声。刘昭明迅速打开灯，一时吓得汗毛孔都竖了起来，原来房间里进来了一条大蛇，而且是有毒的土风蛇，又粗又大。由于宿舍小，蛇无处藏身，盘个饼，高高抬起头，口吐长信，汹汹作势，要向自己扑来，刘昭明一身冷汗，满身的倦意顿无。

这个村部坐落在农田水面之间，加上村委会的房子破旧，蛇钻进办公室是经常的事。虽然到这里后刘昭明遇到蛇已不是第一次了，但蛇进自己的宿舍还是第一次，胆子再大的人也会吓个半死。好在刘昭明农村出生，蛇也见得多了，就在那一瞬间，他定下神来，顺手抓了个东西作为兵器。经过一番惊心动魄地战斗，蛇终于被赶了出去。当时的天气比较热，刘昭明舒了一口长气，重新冲了个冷水澡，倒卧到了床上，结束了一个工作日。第二天，有人对刘昭明开玩笑说："刘书记，你这真正叫放弃了好日子不过，到我们这里来一道受苦啊！"

蛇虫出没，办公环境紧缺、破旧，这样的工作环境，让刘昭明觉得村里一般人这么些年来太苦了。他想，一定首先要设法帮助改善一下办公条件，增加干部们干事的信心，这也是发展村级经济的基础性条件。

说干就干，他就寻求到1000吨海螺水泥的扶贫支持，用于建设明堂村党员活动中心项目，改善办公环境。这一好消息让所有人都十分振奋。很快一幢300多平方米的办公室正式建了起来。根据方案，还配套对村委会内部场地进行绿化，并新建一个漂亮的卫生厕所，改变过去如厕难如厕恶心的局面。

看着村委会一天一个样，村干部们感受到了实实在在的变化，信心大增。村干部叶斌、李翠玲、章凤霞等无不对这个第一书记干事作风和工作能力心服口服了。

鸡托养：脱贫最好的"药方"

村里的办公场地建设犹如一针兴奋剂，给干部们带来了工作的信心，但脱贫工作的突破口依然没有着落。虽然通过前期大量的摸排调研座谈研究，确定了发展养殖业为该村解决脱贫问题的最好办法，但打开养殖方面的突破口还是没有找到。

2017年5月下旬的一天，刘昭明又是例行走访，当他来到村里唯一的一家家庭农场——军秀养殖场时，眼睛突然一亮。他的心中一下蹦出两个字——托养。

军秀养殖场创建于2012年，占地面积100多亩，有鸡舍5栋，是全村唯一一家成规模的养殖场。真正的扶贫一定要做到"输血"和自身"造血"相结合，授人以渔、授人以技，给贫困户带来可持续的收入增长，脱贫了不能返贫才是真正地脱贫。军秀是这样的一个造血载体。刘昭明一眼就看中了这个养殖场可以实现造血，同时还能实现扶贫产业全覆盖的特殊价值，这也成了他多日来反复琢磨，苦苦寻觅到的一个启动贫困户脱贫难题的钥匙。

"要贫困户出钱买苗，贫困户哪有钱？这个办法不一定成。"回去以后，他把自己的所思所想与村班子进行了讨论。当首先讨论到要贫困户出资购买鸡苗时，有人立即提出了一个大的疑问，说："这没有什么把握的事，即便有点钱，他们愿意出吗？他们信任我们吗？最后鸡没养成，而倒贴了钱，我想他们是不会干的。""当时的省里提出了贫困户产业全覆盖，中央巡查时认为是形式主义，因为有的都不能劳动了，怎么能够全覆盖呢？这显然是形式主义，现在安徽也已不再有这种提法了。"讨论时还有人提出另一种异议。

刘昭明的心里已认定了这是唯一尝试的方式，再不能等了。他坚定地认为，只要我们是真干事，路子对，"形式主义"也定会转化为"现实主义"。于是他当即拍板："至于鸡苗钱的事，不让贫困户出，一分钱也不让他们出；钱的事我们工作队来解决，即便将来不能成功，贫困户没损失，赚了是他们的。"

听刘昭明坚定的这句话，参加会议的人一下都振作了精神。后通过反复研究，在充分尊重村委会的意见基础上进行了集体决策，终于确立了无产业、低收入以及没有劳动能力的"产业+就业+金融"的全覆盖"鸡托养"脱贫模式。

由于刘昭明在司法局工作，熟悉法律程序，他的工作队委托安徽方华律师事务所搞出了一个详细的合作协议。该模式的具体运作方式如下：

一是贫困户以每只鸡苗2元的价格购鸡苗200只，人口少的100只，鸡苗委托养殖大户也就是军秀养殖场代为选购。二是贫困户聘请军秀为鸡饲养技术指导，并向养殖场支付技术服务费用，军秀承担贫困户托养鸡的饲养风险。三是鸡舍由军秀投资建造，并保证达到鸡饲养托养条件，且负责鸡舍的日常维护及防雨、防寒、防疫等。贫困户以租赁的形式在军秀租赁鸡舍（面积可大可小），并支付租金。四是饲养鸡的饲料由军秀负责统一购买和统一配制，军秀承担鸡饲料的质量及安全的风险责任。五是有劳动能力的贫困户实行"半托"，自己早晚到鸡舍处自行喂养，如遇天气、自身事务等特殊情况不能参加喂养的，必须电话通知军秀临时代为喂养；无劳动能力的贫困户可以"全托"养殖,由军秀代为喂养。六是贫困户用其贫困户享受小额信贷资金5000元的贷款权利偿付其应支付给军秀的鸡饲料费用。贫困户在收到军秀支付的销售款时,相互结清租赁、防疫、用工等费用。七是军秀向贫困户承诺:养殖出栏期满,托养鸡的存活率不得低于90%,每只鸡的平均重量不得低于2公斤,市场价每公斤不得低于人民币20元。养殖出栏期满,军秀对贫困户所托养的鸡进行统一收购,并按市场价和实际重量向贫困户支付价款。如军秀交付的托养鸡不能满足以上所做的承诺,军秀向贫困户按保底价支付价款,在扣除贫困户应支付的租赁、技术服务等费用后,按照贫困户自养和托养,军秀进行支付。

这样的模式如此缜密,耗费了刘昭明大量心血,但最大化地保障了贫困户的利益,解除了贫困户的风险。模式定下来了,但贫困户的启动资金到底从哪里来?其实刘昭明在做这个预案时,钱的问题他早就胸有成竹了。刘昭明工作有个特点,干任何事就是要把问题考虑充分,把棋往前多想几步。在做出这个决策之前,其实他早已和芜湖市律师协会进行了多方沟通,发动律师参与扶贫事业,寻求了5万元的捐助款作为贫困户的鸡苗原始启动资金。这个具有标杆意义的5万元他一定要用在刀刃上,要开出花结出果,要让村民看到,我们真的不是来搞形式主义的。

这一模式出来后,得到贫困户的一致响应,2017年的61户贫困户首先享受到这个待遇。一贫困户激动地说:"这真是为我们想得太周到了,什么都想到了,我们做梦也没想到能为我们这么考虑,是真扶贫啊!"

通过这个项目,3个月成效立竿见影。2017年10月26日,村组织托养鸡的贫困户部分代表到养殖大户军秀家庭农场,现场确认鸡的成活率和鸡重量。军秀家庭农场依据协议约定,对第一批38户托养鸡的贫困户进行现场分红,平均每户收入3500元,多的达四五千元。这个分红会让贫困户们脸上露出多年从未有过的高兴。

老百姓发自内心的称赞,得到老百姓的信任,虽然给刘昭明带来抑制不住的喜悦,但他心里仍然不敢松懈,因为他知道这才刚刚开始。

在充分征求贫困户和养殖大户双方意愿的基础上,会上,38户贫困户又从分红资金里拿出400元交给军秀农场,作为代购鸡苗的委托资金,并签订了产业滚动发展协议。这种"大户托养"模式一下将贫困户的致富活力激发出来了。

为了让军秀这个托养"航母"更加具有带动力，刘昭明的工作队还和市相关部门取得联系，为其争取了32万元的"一村一品"和"林下经济"的项目资金，帮军秀改造升级了养殖场内道路、孵化室、灌水等硬件设施，扩大了生产规模。

航母在高效运行，当年军秀的产量比先前有了大幅提升，土鸡实现产量5万只，鸡蛋5万只，孵化繁育鸡苗50万羽。

夜半电话：一颗心得到了温暖

鸡托养，给贫困户带来了收入，带来了信心。刘昭明的工作得到了全村人的承认，村民们凡事不好解决就想到第一书记，村民们甚至把第一书记当成了村里的"110"，有事可以直接电话打给第一书记。

2017年12月2日凌晨时分，明堂村已沉浸在一片宁静之中，唯有降温的寒风悄悄地刮着。就在这时，村委会宿舍里一阵急促的手机铃声划破了寒夜。这铃声来自于刘昭明的手机。此时的刘昭明带着一身疲惫正进入睡梦之中，这突如其来的半夜铃声让他有一种不祥的预感，一定是出了什么事。他急急地开了灯，接了手机。"第一书记，我是朱吉宽，我……我两个手指断了，血止不住，我……我快不行了，赶快给我找辆车送医院抢救。"刘昭明一听是朱吉宽的声音，心里一怔，他记得朱吉宽，走访时和他交流过，这人性格有点怪，说话总是不太投机，自己对他印象不是太好。刘昭明知道，现在时间已是夜十二点多了，他既然电话打给了自己，一定是有急难了，再难，也要帮。"兄弟，不要慌，我马上就过来。"说着他迅速穿衣出门。

这一天，正好是周六，和自己同被派来的住在隔壁的年轻人欧昌明放假回家了，村委会只有他一个人。但他什么都没有多想，通过几个电话，找到了村委会附近的出租车司机朱师傅。

沿着颠簸曲折的山路，他们很快就赶到了朱吉宽的家。推开门一走进室内，一股血腥味扑鼻而来。地上、床上、被子上、朱吉宽的身上和手上都是血。堂屋里玻璃碎片一地，玻璃上也是血。朱吉宽半躺在床上，一手按着另一只手，喘着粗气，脸色惨白，见到刘昭明两人到来，似乎说话都没有力气了。

原来，这天晚上，朱吉宽独自在家里喝了不少酒，喝完酒后就睡了，半夜时分醒来，突然发现墙上父亲的遗像歪了，于是就要上去扶正。他搬了个梯子上去，由于半醉半醒，一不小心，便从梯上摔下，摔在了旁边的玻璃窗上，撞碎了玻璃，一只手深深地划到玻璃碎片上，而且划到了动脉上，顿时鲜血直流，无法控制。朱吉宽当年50岁了，单身一人，腿有残疾，是村里的一个贫困户。在自己危险的时刻，又是深夜这个时间点，朱吉宽没有想到找亲戚朋友，第一反应却是和自己并没有什么特殊关系的刘昭明。朱吉宽心里想，你是驻村第一书记、脱贫工作队队长，到我家走访时又主动留了电话给我，我现在有急事了，就打电话给你，看你帮不帮这个忙，你到底是来真的还是来假的。其实在他的心里还有一个直觉，这个电话过去他一定会来的。果然刘昭明以最快的速度赶了过来。

刘昭明看到朱吉宽的惨状，二话没说，在朱师傅的帮助下，一把将他扶起，然后背上车，迅速向镇卫生院赶去。车一边走，刘昭明在车上一边安慰着朱吉宽。但当他们赶到镇卫生院时，由于失血太多，伤情太重，医生表示处理不了。卫生院只是作了简单的包扎后，刘昭明又迅速将他往无为县医院送，就像送自己最重要的亲人一样。到了县医院，经过紧急抢救，朱吉宽顺利脱险，刘昭明悬着的心终于落地了。

由于朱吉宽是个贫困户，刘昭明不仅私人给他付了全部治疗费，还给他付200元出租车费。这一天，回到村部宿舍时已是凌晨5点了。

过了几天，朱吉宽过来说要还钱，刘昭明一口拒绝了。他开玩笑地说："兄弟，你能打电话给我信任我，我得感谢你啊，这个钱就算了，就算我俩交个朋友。"听到这句话，朱吉宽的心暖了，他觉得这么多年来，似乎还没有听到过这样对自己暖心的话。

扶贫干部：当起了"鹅贩子"

和对朱吉宽的牵挂一样，刘昭明的心头还有好几个一直牵挂想为他们找一个适合自己致富方式的贫困户，其中之一就是汪帮勇。汪帮勇，43岁，2014年患尿毒症，家有一个女儿读初中，妻子林玉香常年在家陪同他就医透析，同时也照料孩子饮食起居。

2019年初的一天，刘昭明一行人又来到了汪帮勇的家。"我想多养点家禽，可门口场子和旁边的池塘都是开放的，而且光买鸭苗鹅苗这些就要一大笔钱。"原先的壮劳力，尽管生病了，也还是闲不下来的汪帮勇向扶贫干部说出了自己的心声。刘昭明一听到这话，忽然来了灵感，既然他们想在家里搞养殖，如果有了资金，又能把这个房前屋后的好场子圈起来，充分利用起来，这不是很好的事情吗？带着这个设想，刘昭明向自己的单位芜湖市司法局申请扶贫资金，并得到了支持，很快7200元的扶持资金到账了。

"走，我们一起到镇上买材料去。"刘昭明信心百倍地对工作队的人说。为了节省开支，刘昭明来到镇上，亲自走街串巷，货比三家，帮汪帮勇家选购圈场用的铁丝网、铝合金管、砖瓦等建材。到了汪帮勇的家里，考虑到汪帮勇是个病人，他二话不说，操起了大锤，一锤一锤地钉起一根根木桩。工作队的汪浩俊、欧昌明虽然从没有干过这事，也跟着卖力地干着。看到第一书记亲自为自己打桩，汪帮勇激动得什么话也说不出来，只是感到每一锤都像是鼓槌打在了自己的心鼓上。木桩钉好了，刘昭明的工作队又亲自动手帮拉铁丝网。等全部搭好了池塘四周的铁栅栏和禽舍，他们又送来了免费的鹅苗和鸭苗。汪帮勇的养殖场建起来了，但刘昭明手上却磨出了几个血泡。

有了这个帮助，汪帮勇夫妻俩生活越来越有信心。很快汪帮勇家第一批养殖的一百余只肉鹅已经长为成品到了出卖时候了。偏偏这时养鸭的季节又到了，必须要尽快腾出养殖场地。看着家里的鹅还没卖出，汪帮勇为销路犯难了。为了把汪帮勇家真正扶起来，刘昭明过不了几天就要过来回访，了解一点一滴的困难。这一天，面对销路这个事，刘昭明对汪帮勇说："这点事你们一点别急，我们帮你们来卖，不在本地卖，卖到市里去。""你们帮了我们家天大的忙了，我们还怎么要你们帮卖呢？这叫我们怎么担待得起呢？"汪帮勇激动地接着说："就在本地卖吧，到市里怎么去呀，还要增加成本。""你们不要有什么心理负担，你们的事就是我的工作呀，况且我们到你们这里来为你们做事，也是在为我自己工作，我一个月还拿那么多工资嘛，不工作对不起这份工资的。而且你知道我也是农村出生的，过去这些事我都干过，没事的。现在把你们的事做好了，我们的事就做好了。"刘昭明继续说，"你知道吗，我已打听过了，鹅价市里卖得高，市里最高要卖13元一斤，村里最高只卖11元一斤，我们给你拉到市里去卖"。接着，刘昭明与芜湖市餐饮协会取得联系，将汪帮勇的鹅进行市场推销。在协会周会长的协调下，与安庆商会、芜湖国信大酒店等对接，这些企业一听说刘昭明亲自为贫困户卖鹅，被他这个第一书记感动，一致同意一定为贫困户分忧解难。

"小欧，明天一早我们回市里卖鹅去。"刘昭明对欧昌明说。刘昭明通过一个老部下关系，联系到了一辆箱式空调货车。第二天，随着一声清脆的汽车鸣笛声，货车开到了汪帮勇的养殖场，拉了100只鹅。刘昭明和小欧两人亲自为他们押车。明堂村距离芜湖市100多公里。当时是七月的高温天气，怕鹅在路上闷死，开了一段路后，遇到适合停车的路段，刘昭明要求立即停车，给鹅透一段时间的气。车停下，刘昭明急急地下车打开车厢，伸进头去仔细观察每一只鹅是不是闷出了问题。当他的头伸进去，顿时一股扑鼻的浓烈腥臭味让他受不了，但他却强忍着，见没问题才放心。而鹅透气的时候，由于车不能开空调，他们便在高温中等待煎熬，汗水不住地流。一路上，他们共给鹅透气6次。

到了每一个企业，他们又亲自卸货，俨然成为一个"鹅贩子"，一个搬运工，一个一个地送货。这一天，他们一直送到下午3点才吃饭。虽然身心交瘁，但刘昭明的心里却很舒坦，因为汪帮勇在他们的帮助下上路了。

大黄店桥：一个老村主任的梦

"不得了啦，又有人掉桥下去啦——"这一天，突然一个消息传到了村委会，大黄店自然村又有人连车一起掉桥下河沟里去了，而且这人是个贫困户，差点丢了性命。刚刚得到消息，一个老人闯了进来，对着正在办公的村干部们大嚷起来——这又是大黄店村74岁的老村主任黄成树。

刘昭明已不止一次听说那个桥上有人掉下水里去了，这也是他来明堂村一个一直悬而未决的问题。如果说明堂村是一个贫困村，那么明堂村的大黄店自然村是这个贫困村的贫困村。这个村有人口270多人，田地370多亩。这个村的田和村子被一条长沟阻隔。由于没钱修桥，这个村几十年来只有一条很窄的没有任何护栏的预制板桥作为通行的唯一通道。因此，常常有行人不小心掉下桥，特别是开三轮车的，经常连人带车飞入桥下。由于没有个像样的桥，村里的大型农业机械不能直接到田里去，必须要绕很长的一段路，不仅不方便，还要增加农业成本。这或许也就是这个村更加落后的一个重要原因。

对此，大黄店村的村民怨声载道。老村长黄成树更是苦不堪言。有一次，刘昭明到他们村走访时，在田里遇到了，老村长见他是市里派来的领导，不管三七二十一，一肚子牢骚发到了他的头上。这一次，又有人掉桥档下了，老村长又来到村里吵了起来，认为村里老是在搪塞他们大黄店，不帮大黄店想办法，气得伸手就要打村里的书记。正在听着老黄说事的刘昭明一看情况不对，一个飞步上去，说："老哥哥，你别这样激动，我也和你说过，你要理解村里的困难，理解我们村干部都是想为你们做事的，只是他们也实在没办法。你想想，这村里的书记要是换成你，你面对经常有人掉桥下，你心里不急吗？好了，桥这事包在我的身上。这个桥不建好，我是不会离开这个村子的。"

平复了老人，刘昭明赶紧跑到了大黄店自然村，看望受伤的人。现场一片混乱，村民们牢骚满腹，只是见到刘昭明到来，声音才小了些。为了做好安抚，考虑到掉水者是个贫困户，刘昭明走到他的家里看望受伤者，见伤得不重，于是个人掏出200元叫他买点东西吃，压压惊。

修好这座桥是全村人长期以来的迫切愿望，是一个梦，也可以说是启动这个村通向未来的致富桥。作为第一书记，刘昭明的压力更重了。

经过调研，新建一座桥要 50 万元，这资金从哪里来呢？于是他又硬着头皮到市里各个部门跑，到处磨嘴皮，寻求对这个村的项目扶贫支持。然而一趟趟跑下来，得到的答案让他心凉：芜湖市无为县的危桥改造项目在 2016 年就结束了，2016 年后没有改造计划了。这又怎么办呢？

于是他抽出时间反复研究国家扶贫政策和其他相关政策。功夫不负有心人，终于有一天，他欣喜地得到一个消息，根据政策，这样的情况可以申报"库外桥"项目。随后他又和村里的书记、主任跑到芜湖市财政局，最后通过"一事一议"的办法得到了 25 万的项目支持。这一笔项目资金的获得，刘昭明心里不知有多高兴。与此同时，他又反复跑县里得到县交通局给予 25 万元的项目支持。

项目资金有了，这座桥的修建也成了他每天都要亲自落实的事。2019 年 12 月 31 日，桥正式通车。这一天，大黄店村就像过春节一样喜庆。

为了表示感谢，村民还悄悄地为他做了一面锦旗给他送来。

刘昭明内心里根本不肯接受，但这一天他不得不收下了。因为他收下的是对大黄店村的一个承诺。

三年：一份沉甸甸的成绩单

三年了，刘昭明不知进了多少贫困户的家，跑了多少山地田埂，身体力行亲自动手干了多少件事；不知上了多少单位的门，说了多少话，磨了多少嘴皮，目的只是一个，为了兑现对明堂村的一个个承诺，为了兑现对每一个贫困户每一个村民的承诺。

正是有了这种实干，到 2020 年 5 月，明堂村的贫困户由三年前的 78 户下降为现在的 2 户 6 人，也就是 76 户实现了"授人以渔"的真正意义上的脱贫。

三年来，贫困户脱贫只是其中一个方面，对于刘昭明和他的工作队来说，其实更重要的还是为明堂村村级经济发展"造血"。贫困户脱贫和村级经济

"造血"双轮驱动才是全面脱贫,根本脱贫。在他和他的工作队的协调下,明堂村三年共引进近3000万元的项目资金,各项事业建设陆续开启。2019年,明堂村实现村级经济收入15.6万元。这对发达地区来说是村收入的零头都算不上,但对明堂村来说,却是一个历史性的翻转。

下面是刘昭明工作队三年来前文未及的扶贫工作主要成绩单。

一、改善基础设施和配套设施建设方面

1. 协调芜湖市、无为市地方公路局解决黄殿小学进出道路修建项目,总投资69.9万元,已于2018年8月30日竣工投入使用,有力保障了小学生上下学交通安全。

2. 争取了大黄店至下圩埂道路建设项目,累计长5.5公里,芜湖市、无为市财政共投入255万元,保障了圩区及周边村民生命财产安全,以及圩区范围内近4000亩农田、"一村一品"品牌粮生产基地的农业生产。

3. 协调芜湖市水务部门帮助完成村内三山河闸项目建设,财政拨付20万元,已于2018年9月竣工,对圩区的防洪排涝及种植业发展起到了重要作用。

4. 争取无为市有关部门拨付20万元建设明堂村高徐庄至明堂集路段6公里长的路灯,保障村民出行安全。

5. 协调芜湖市、无为市供电部门对山前、季村、大黄店、新塘四个损坏的台区进行了改造。

6. 协调芜湖市体育局在明堂集广场和敬老院门前广场安装健身器材,每套价值2.5万元,满足周边村民健身需求。

二、提高农业经济发展和村集体经济水平方面

1. 争取芜湖市、无为市农业农村部门落实村六千亩高标准基本农田建设项目,此项目投入约900万元,将极大创新村经济发展模式,促进农民增收,培育新型农业主体,壮大村集体经济。

2. 协调安徽伟星置业有限公司捐助35万元,实施资产收益项目,注资至村军秀养殖场,提高村集体经济能力。

三、为贫困户脱贫帮扶和爱心事业方面

协调芜湖市残联为贫困户李佐根免费制作安装了假肢;联系到社会爱心

人士周女士，帮助尿毒症患者朱时平家免费建了洗车场，摘掉脱贫的帽子；帮助汪俊荣（妻子陈永芳脑梗成植物人）家建起了养殖场，实现了可持续性收入增长……

2020年底，他们要完成最后的目标任务，这已是板上钉钉、毫无悬念的了。他们就要离开了，刘昭明的心里还揣着一个念念不忘的不了情，就是临走时要为村里引进一家有一定规模的企业，成为村级经济发展的发动机，从而将明堂村打造成他预想中的空巢老人的"幸福园"、留守儿童的"快乐园"、原生态农副产品的"贸易园"，成为美好乡村示范村！

刘昭明、刘昭明的团队在继续，梦想在路上……

贫困村的"生产队长"

——记南陵县籍山镇长乐村第一书记、驻村扶贫工作队队长邢毅

李擎天

邢毅，来自芜湖市委政法委机关的一名资深政法干警，熟络的人都唤他作老邢。2017年，时年53岁、在机关干了十多年的老邢主动报名，来到了南陵县籍山镇长乐村驻村扶贫。

单位里的同志清楚地记得：那一年，那一天，在机关选派帮扶工作动员大会上，大伙儿你瞧着我、我看着你，眼看将下派干部名单上报组织部门的时间只有十分钟不到，老邢把椅子一推："算我一个！"——就这样，担负着贫困村老百姓的期盼、肩扛着单位领导同事的嘱托，老邢背着行囊去往了长乐……

在这个地处野生扬子鳄核心保护区、面积仅5平方公里的小村子，老邢在最短时间内完成了从市直机关干部到基层工作者的转变，真正把自己当做长乐村的一分子。

发展集体经济、推动社会治理、消除矛盾隐患、保护野生鳄鱼、促进乡村振兴……靠着肯干与务实，在村里，老邢被亲切地唤作"大队长"（即："生产队长"之意），而他也对"生产队长"——这个基层干部群众赋予自己的"新身份"由衷感到自豪。

"我都这个岁数了，也不图什么，只想在有生之年在最基层为老百姓做点有意义的事！"望着眼前一大片绿油油的稻田，早已是皮肤黝黑、从头到

脚一副"乡里人"打扮的邢毅憨厚地笑道……

好学的"生产队长"

和其他扶贫一线的战友一样,刚下村的那段日子里,由于刚从各自的本职工作"转行"搞扶贫,工作队里的同志们两眼一抹黑,扶贫工作一度停滞在登门宣传、入户走访、信息核查这些个肤浅层面。在一次扶贫工作队例会上,不满足于现状的老邢主动将自己和工作队员们"打醒":我们的工作太"虚",不能再这样下去了!

由于当时全国范围还没有统一的扶贫工作标准和要求,工作队的同志们也是面面相觑。沉默良久,一位老同志开口问道:那我们该怎么办?老邢也沉默了半天,这才开口说道:"还能怎么办?不懂,可以学!"

打那天起,老邢房里的灯光要到凌晨一两点才会熄灭。每晚的活动主题只有一个:捧着文件学政策、打开网页看政策、拨打电话询政策……短短半个月时间,老邢已经把自己的扶贫笔记本写得满满。他还利用工作之余,把自己的学习心得重点汇编成《扶贫政策应知应会》邢毅版,打印出来分发给村"两委"和驻村工作队的每位同志,让大家立马对年逾五十的老邢刮目相看!

当月退休的扶贫工作队成员、在基层农村干了大半辈子的老张毫不吝啬地翘起大拇指:"真想不到!老邢都五十多岁的人了,比好多年轻人还肯钻、肯学!搞不好这个村真有'奔头'!"

听了老张的话,村"两委"和工作队的同志们更加认真地学习起来——短短一周时间,大家就对"351""180"、特色种养奖补等扶贫政策做到耳熟能详,入户走访宣传,再也不用颠来倒去地翻资料了。

为有效提升大家的扶贫工作能力,老邢通过所在单位积极协调,主动带领大家"走出去",到扶贫工作先进的市、县、镇、村学习取经。为提高村"两委"干部的为民服务水平,他又秉持"请进来"的原则,以村"两委"和扶贫工作队的名义发出邀请函,破天荒地将县、镇业务部门的骨干请到村里现场授课。

被邀请到村的县、镇政府扶贫、卫键、民政、住建等部门的干部十分新奇,也十分激动:"现在主动向上级提问题、学文化、要'方子'的村居社区,少!没想到你们这么肯问、好学!"

"全县那么多村居,每次到一个地方只能蜻蜓点水讲一下,底下具体搞业务的同志经常是一知半解。还是你们肯钻研……我们一定知无不言、倾囊相授!"

在老邢的一番努力下,扶贫工作队和村"两委"干部的业务水平明显得到提升,办事效率和群众满意度显著提高。

好强的"生产队长"

刚到村里没多久,老邢就亲身体会到了镇上各级领导对原先村"两委"干部的印象:不务实、不担当、作风软弱、工作落后——上级布置的任务,村里干部总要讨价还价一番,实在被逼无奈,这才硬着头皮接手;走访贫困户、登门宣传政策,有的干部只求"走到"即止,对群众不理解、有疑虑的地方也不及时应答反馈,纯粹走个形式过场;有群众来村反映诉求,个别村干部能躲则躲,哪怕被老百姓指名道姓批评,就是不愿意正面接待……

亲眼见证种种事实后,老邢以党小组会议的形式把村"两委"和扶贫工作队的同志们聚到一块,以民主生活会的方式,对存在的种种问题现象,毫不留情地一一作了点评,怼得相关当事人面红耳赤。老邢斩钉截铁地说道:"今后,老百姓来反映问题,必须落实片区干部首问接待,处理情况必须及时反馈;今后,我们长乐人要在各项工作中勇争第一!要用实际行动甩掉落后的帽子,让上级领导和老百姓对我们刮目相看!"

会开了,话也讲了,当时的村干部却谁也没真的当回事——领导干部见多了,能说会道的海了去了,估摸着新来的第一书记也不会动真格。然而,出乎他们意料的是,打那天会议结束后,老邢率先垂范,在自己的办公室兼休息室门口挂起"群众说事室"的牌子,带头接待前来反映诉求、解决问题的村民,并做到事事有落实、件件有反馈。对村里各项事务,他也加大了过问力度,要求镇上布置的任何工作,村里不得推诿拖延,先从"不欠账"做起，逐步逐项进行整改。

让村里干部记忆犹新的是：当年全省推行深化美丽乡村建设，一体化推进农村垃圾、污水、厕所专项整治"三大革命"。期间，市、县两级政府正在基层农村，特别是贫困村寻找试点，对农村居民厕所改造给予一定的政策扶持，帮助老百姓提升生活质量。长乐村当时被选作全县试点之一，县、镇主要及分管领导亲自到村里推进实施。

然而，时任村"两委"主要负责人却对试点工作说了"No"——"这种事情在农村搞不了，没你们想得那么简单……老百姓旱厕蹲惯了，没城里人那么讲究！"——坚决反对的态度，让改厕试点工作一时僵在那儿，一个多月下来也就勉强推动了十几户，远远低于预定目标。

根据之前与村"两委"的明确分工，从不干涉日常村务的老邢听说后，立马请来了"两委"主要负责人，当面质问："对老百姓来讲这么个好事，又不要他们掏一分钱，怎么就不能搞？"

对方支支吾吾，憋了半天蹦出一句："我们在底下干了几十年了，一分钱不掏帮他们改厕所，别讲老百姓，就是我们自己也不信！别到最后骗了老百姓钱，村里不好跟他们交代！"

"胡闹！"老邢把桌子一拍，"你翻的是哪一年的老黄历？十八大都开了多少年了，共产党领导的人民政府还会骗到老百姓头上？"

"领导，你是没在基层干过，我们都是本地人，到时候如果真要老百姓自己掏钱，村里人还不指着我们脊梁骨骂？"村干部还有点委屈。

"你的顾虑，主要是老早的惯性思维作祟！"老邢顿了顿，"主要怪我们的宣传发动没做好。你看这样可行，明天开始，我们工作队的同志陪着'两委'包片干部一起下去宣传，把党的好政策讲清、说透！"

村干部犹豫着点点头，将信将疑地走出了老邢的办公室。

那天夜里，老邢在床上翻来覆去，怎么也睡不着。说实话，对于长乐村老百姓能不能接受村"两委"和工作队同志的政策宣传，自己心里也没底。

"不想了！"眼见手机上的时刻已经过了12点，老邢索性闭上双眼，"车到山前必有路！明天做了再说！"

第二天一大早，老邢先将工作队同志们聚在一起，简单进行了动员和布置,便跟着包片干部去往"刺头多、不大好说话"的某村民组。

刚进村口没多远,迎面走来了一位大妈。

"这个老奶奶姓夏,在这块一直不大好说话,也不怎么支持村里工作。每次下村办事,她们一家最让你头疼,大家(村'两委'干部)都不愿意跟她家里打交道。"见夏大妈迎面而来,一旁的包片干部赶紧跟老邢"咬耳朵"介绍道。

"我试试。"老邢便咧开嘴迎了上去,客客气气、礼礼貌貌地作了自我介绍,渐渐将话题引到了改厕上。

"没钱!一分钱都没的!"夏大妈误会很深,态度也很坚决:"你们当干部的不要拿我老太婆开心!装厕所不要钱呐?你们把我当孬子?!老太婆没那么好骗!"

听到这边大声嚷嚷,周围闲散村民渐渐围上来瞧热闹,个别不明真相的村民还热心肠地帮着夏大妈说话,场面一度尴尬起来。见状,老邢只得临时改口:"好了好了,我们不讲厕所的事了,本着自愿原则,你不愿意,我也不跟你推销了!"

见一旁的村干部一副"果然如此"的尴尬表情,老邢暗暗打定主意:我们政法干部有自己的"三心二义"工作法(嘘寒问暖,对群众要时时关心;不厌其烦,做群众工作要讲耐心;严守底线,群众工作要坚持公心。将心比心,对群众要有情义;言出必诺,对群众要讲信义),我就不信,使出浑身解数,拿不下这个改厕"钉子户"!

打那天傍晚开始,老邢晚饭后的绕村散步路线必定要到这个村民组晃荡一圈,几乎每趟都能遇上夏大妈。每一回,老邢都会礼貌热情地同夏大妈打招呼,就是不提改厕一事。

连着一个礼拜下来,夏大妈成了老邢的熟人,每回遇上,脸上的笑意也越来越浓。"邢书记这个'生产队长'人真不错,没得架子,到我们底下(村民组)也跑得勤快!"她对一同纳凉散步的乡邻说道。

每回遇到夏大妈一行,老邢隔老远就大声招呼:"哟!这不是'熟人'吗?"总会引来一阵善意真诚的笑声。

一天中午,老邢和包片干部顶着烈日再次下村宣传,鼓励村民积极报名申请改厕时，在自家门口乘凉的夏大妈问道："书记啊！大中午不休息，跑到我们这块晒太阳啊？"

老邢满头大汗，干渴的嗓子嘶哑道："还不是为了村民改厕嘛，就想着让更多的人免费用上干净厕所！"

"真的不要一分钱呐？我不相信！"夏大妈的语气明显有所松动，再也不似刚开始时那般反应强烈。

"你不相信，可以看看其他报了名的，看他们可要花一分钱嚎！"老邢滴着汗珠微笑道。

"好好好，看书记跑得那么辛苦，算我们家一个，我老太婆就上个当嚎！"夏大妈主动对老邢说道——这一刻，老邢觉得一个多礼拜的路没白跑！

短短半个月后，夏大妈家里彻底告别了旱厕，用上了敞亮、干净、卫生的厕所，果真没掏一分钱！有了夏大妈的亲身示范和广而告之，附近的村民开始踊跃报名，这里很快就成为整个长乐村改厕率最高的村民组……没过多久，长乐村便在全县农村改厕推进工作中名列前茅。在当年下半年召开的全市改厕工作现场会期间，夏大妈夫妻俩咧着嘴，握着到家里来查看新厕所的市里领导的手，连夸党的政策好！

在老邢的亲身垂范带动下，长乐村"两委"的精神面貌和工作作风大变样，这个曾经落后的基层党组织，先后在脱贫攻坚、文明创建、关爱留守儿童等领域取得优秀成绩，多次代表全县乃至全市接受省内外领导视察和调研，在鲜红的党旗下凸显出"战斗堡垒"的作用。

公正的"生产队长"

展开这个话题前，不得不提一个现象：在同老百姓打交道、维护他们合法利益方面，官媒和自媒体都不止一次地批判过：一些地方部门主官，为了图省事省心、有的甚至为了给自己博眼球、挣官声，不吝"花钱买安"，没有原则、没有底线地满足个别上访人明显突破政策范畴的利益诉求。这种现象的存在，不仅会给国家和人民带来经济损失，更容易在社会上引发攀比效仿的"悬崖效应"，起到恶劣的反面示范作用。

老邢则不一样，出身政法系统的他在做群众工作时，严守法律和政策底线，绝不为求一时稳定乱开政策口子。

这天上午，有上级部门来村里了解产业扶贫工作对接进度。得知"市里来了领导"，家境尚好却一直要求申办低保的程奶奶立即窜到村部，当着上级领导和村"两委"、工作队同志的面大声嚷嚷、无理滋事，借机向村里施压，以满足其不合理诉求。

面对这种场面，特别是上级领导在场的情况下，属地政府可能都会想到息事宁人。然而，让程奶奶意外的是：当着上级领导和围观群众的面，老邢脸上却毫无畏惧。他斩钉截铁地明白告之："依法办事，我们欢迎！无理取闹，此门莫入！你家里条件这么好，村里还有人比你家苦得多，应该优先照顾他们！"——短短三言两语，就在光天化日下戳穿了程奶奶的诉求背景和私心。

眼见现场那么多双眼睛一副"原来如此"的神色打量着自己，程奶奶自知理亏，赶紧承认是自己言行有错，便快快离去，自此不再提申请低保一事。

刚在村里"脸熟"没多久，一个重大信访隐患浮上台面——由于往年管理缺位，造成了低保识别不精准：一些家境渐渐好起来的村民低保"出不去"，而因家中变故造成生活困难的家庭却"进不来"，引起了部分村民的强烈不满，矛盾一度愈演愈烈。用老邢自己的话说："那阵子，从早晨睁开眼睛到半夜合上眼，找上门来'要低保'的村民络绎不绝、不胜其烦！"

这种状况，严重影响了村里扶贫工作和日常村务开展。为了维护村里的公平公正，在老邢的亲力推动下，工作队不得不开始着手甄别和清退不符合条件的低保对象。

没想到，前头刚开了"两委"工作会部署，后头村书记和主任就分别找上门来："低保是个大'地雷阵'，碰都不能碰！千万不能搞！""下人家低保，就等于挖人家'祖坟'！你去干这个得罪人的事干什么？"——两位村里老人推心置腹道。

老邢眼睛直眨巴，愣了好半天才回味过来："怎么就不能碰了？就算低保是个大'雷区'，我也要带着工作队趟一趟！我不相信，在共产党领导下，还有下不掉的低保！"

没过两天，老邢特意把镇上低保审核管理部门的业务干部请到村里，面对面给"两委"干部和工作队同志上课。在"课堂"上，老邢一面认真听讲，一面将重点内容详细记到本子上，俨然一位刚入门的"小学生"。

直到后来，同志们才品过味来：后期的低保清退工作之所以能顺利开展下去，正是源于这一堂关键的科普课。课堂上，所有同志头一回晓得了：低保是国家的惠民政策，"是每个居民都能享受的权利……低保有'进'也有'出'。"

统一了大家的思想认识，老邢便开始组织实施低保对象的甄别和清退工作。

"易进难出"，是村里所有人对清退低保的一致观点，如何打开局面，成了摆在大家面前的大难题。

曾经的贫困户李爱农患过重病，生命一度垂危。当时村里根据他家的实际困难，为其申请享受了低保待遇。病愈后，李爱农承包了近30亩土地，靠着起早贪黑、顽强打拼，家里日子渐渐好过起来，经济收入越来越接近低保"红线"。与此同时，到村部反映他家情况的村民也渐渐多了，甚至有人谣传说李爱农"认识村里干部，低保肯定不会拿掉"云云。

熟识李爱农的老邢，便将突破口选在他的身上。

一日，老邢敲开了李爱农的家门，坐下来同他拉家常谈心，渐渐把话题引到低保上。李爱农很憨厚却也不傻，一听原本享受的低保要被拿掉，立时眉头紧锁，支支吾吾地说："家里条件是比以前好些，但绝对没有人家讲的那么富！"并信誓旦旦地赌咒发誓。

老邢开导道："低保是国家红线，（收入）一过线就不能享受……你家里日子越来越好，还有更困难的人等救命钱过活！"同是苦过来的李爱农听了，沉默许久。老邢也在一旁陪着不作声，耐心地等待李爱农开腔。

思量了半天，李爱农终于放下了思想包袱，当场表态："好，邢队长，我听你的！我放弃低保，给更需要国家帮助的人。"

李爱农主动放弃低保的事，很快在长乐村传开了。在这名曾经的贫困户带头示范下，老邢的工作推进得很顺利，村里先后清退不符合条件的低保对象5批96人，同时将真正家庭困难、需要国家保障兜底的4批71人纳入了享受低保范畴。

期间，有部分不符合条件、低保待遇被取消的村民来找老邢闹腾过，被老邢一句话就怼走了："你家儿子女儿都有工作，买了（商品）房买了车，比真正家里苦的好了去了，还想着国家这点救命钱，你自己可好意思?!"

"挖'祖坟'、踩'雷区'，大队长是讲公道的!"听闻村里有车有房的人陆续被清退出低保范畴，村民们对老邢竖起了大拇指。

2017年9月，在一次脱贫攻坚"大排查"行动中，长乐村大彭自然村五保户徐太平老人进入了老邢的工作视线——徐太平常年独居，靠着耕作2亩多田地和打零工，生活虽不宽裕、却也无忧。当年6月，老徐因身体疼痛难忍前去就医，被确诊为肺癌晚期。在精神和经济双重压力的打击下，徐太平整个人瞬间垮了。

在几次登门摸清情况后，老邢根据贫困户"进出"有关规定，迅速为徐太平启动了新增贫困户"纳入"程序。但是，在村民代表会上，一位村民代表好心劝道："大队长的一片好心大家都晓得，但医生讲老徐可能活不过三个月……听讲上头还要对你们考核，多一户（贫困户）不还多个麻烦事不是？"其他村民一听，"嗡"地七嘴八舌讨论开来……

思考良久，主持会议的老邢坚持了自己的原则："徐太平的情况完全符合贫困户'纳入'条件，不管他还能活多长时间，党的扶贫政策一定要不折不扣落实到位!"——反对的声音瞬间消失得无影无踪。经过一系列严格的审核程序，徐太平于2017年11月正式被列为建档立卡贫困户。

针对徐太平的身体状况，老邢为其量身制定了"健康扶贫"方案并跟进落实——首先为其申请了近万元的贫困户医疗救助金，大大缓解了看病花费的巨大压力；随后为其落实的健康脱贫"351""180"政策，让老徐现在每次就诊只需自费很少一部分，为其精神和经济方面进一步减压；接下来，老邢广泛发动，协调卫生部门、医院、企业等各界力量，先后筹集2万多元捐款，解决了其医疗自费部分和营养费等开销。同时，为其免费签约了家庭医生，一对一提供健康帮扶。

几次上门探望，见到老徐躺在阴暗破旧的小屋里，老邢便在最短时间内为其落实了危房改造，让老徐搬进了明亮宽敞的新房……

望着这些实实在在的帮助，徐太平逢人便说：是邢书记救了他，让他燃起重生的希望，这辈子都无以为报！在一次上门走访中，他又对着老邢万般感谢。老邢握着他的手说："老徐，你开心过好每一天，就是对我们工作队最大的回报！"

一系列帮扶措施落实到位后，原本病怏怏、卧床不起的徐太平精神面貌发生了很大变化——村民眼中言语不多的"闲散游民"老徐，现在经常主动与村民交流说话，一点不像身患重病。他逢人便是一张笑脸，张口就宣讲党的扶贫政策和村里近期工作，竟成了村里的义务政策宣传员和驻村工作队的得力助手！老邢一度考虑是不是要为徐太平申请一点"村辅岗补助金"。

同个别家中条件尚可、却总想着"弄点好处"的村民相比，倔强的徐太平从不找帮扶责任人老邢要这要那，他总是对老邢说："我现在啥都不缺，不想再麻烦政府！"虽然病魔时常给他带来难以忍受的痛苦，但坚强的他从不在老邢面前呻吟作痛。

靠着强大的精神支撑，这位曾被医生断言"活不过三个月"的癌症晚期患者，活过了中秋、挺过了元旦、度过了春节。当徐太平的确诊期满一周年之际，他还端着自己最爱喝的牛奶同前来为其"庆生"的老邢"碰杯"庆贺。

望着因倾心帮扶自己而憔悴不已的老邢，徐太平感叹道："（我）多活一天，都是共产党给的，这就是我最大的幸福！没有共产党，我们老百姓哪有奔头！"

倔强的"生产队长"

就在村里紧锣密鼓地对接上级政府引进的扶贫产业、努力为村集体经济"造血"的节骨眼上，项目却被扬子鳄国家级自然保护区管理局喊了停——一打听方知：长乐村近八成面积位于野生扬子鳄栖息地保护区范围内，任何可能对生态环境造成影响的项目工程均不得上马——这也是该村致贫的根本原因！

眼见离年底脱贫出列"大考"的日子越来越近，项目立牌地却寸土未动,老邢坐不住了:不行,我得找管理局讨个说法!

听说老邢竟打算去"国"字号管理部门"上访",县里和镇上领导先后来劝:人家头顶"国"字招牌,哪会买我们地方的账?你是市里来的干部,为我们地方上老百姓做好事、争利益,我们已经很感激了!真的,你就别白忙活了!

一听县、镇领导率先打起"退堂鼓",老邢的倔强劲上来了:"我不是去胡搅蛮缠的!我就以一个普通的'生产队长'身份去讲道理,哪怕有千分之一的希望,也要争一争!"

几经沟通,扬子鳄国家级自然保护区管理局领导被这位百折不挠的"生产队长"所打动,双方约定见上一面,老邢遂带领村"两委"和扶贫工作队成员赶往位于宣城市的保护区管理局。

在管理局偌大的会议室里,准备充分的双方手握各项政策法规,就着地图据理力争、毫不退让。谈到关键处,老邢在铺开的保护区地图上,同管理局领导们一指一寸地"讨价还价"——管理局领导的手指一寸一寸地把项目地往南推,老邢的手指则一厘米一厘米地往北送。地图上的一厘米,就是现实中的50米、甚至100米!讲到动情处,老邢甚至当场立下了军令状:我代表驻村扶贫工作队和村"两委"郑重保证!绝不引进对扬子鳄栖息地环境造成危害的项目!

见老邢神色凛然、态度坚决,又听其言之凿凿、句句在理,管理局主要领导终于作了让步:项目可以在保护区"绝对红线"外落地!但是附加了一系列苛刻条件。眼见一番努力有了成果,老邢连声致谢。

看到这位五十多岁的县处级干部开心得像一个孩子,管理局主要领导笑着调侃他:"这么理直气壮地让我们开'绿灯','生产队长'里面,你,是头一个!"

当晚回到村里,老邢的呼噜声打得特别响——一墙之隔的其他队员晓得:老邢啊,终于放下了一桩心事⋯⋯

金牛村三年的脱贫之路

——记无为市泉塘镇金牛村第一书记、驻村扶贫工作队队长吴勇

沈光金

从"0"的开始

2017年的4月，时任市审计局党组成员、经济责任审计局长，有着35年党龄的吴勇积极响应脱贫攻坚驻村帮扶号召主动去金牛村扶贫，被任命为无为县泉塘镇金牛村扶贫工作队队长、第一书记。吴勇进村的时候，金牛村的全年的村集体收入基本为"0"。

第一次见面，是某个周一，吴勇开车来接我去他扶贫的那个村，我说不用接我，我自己坐客车去，他不肯，执意来接我，我也就不好拂之诚意。简单地寒暄之后，算是认识了，个不高，些微白发，架一副眼镜，语速略快却很清楚，语调略高但有顿挫。一路上，一边开车一边聊起三年扶贫事、脱贫人，滔滔不绝差不多两小时一直到村部，我中间也就插话一二。还没进村，我便基本上了解了他那扶贫村的基本情况，三年的艰苦，三年的变化，三年的成绩。开车一路，说了很多作家感兴趣的人、事，繁简剪裁得听起来犹如一本书的前言，让我有接下去深究的欲望。

金牛村地处无为西南，全村总面积7平方公里，水面730亩，林地130来亩，实际耕地5438亩。8个自然村，17个村民组，815户，总人口是

3111 人。

金牛村 2014 年建档立卡的贫困户 91 户 287 人，吴勇进村时，还剩下 26 户 52 人没有脱贫。国务院从 1986 年就开始提出脱贫，到吴勇进村，时隔十年，这 26 户仍未脱贫，症结在哪里？留下的难题，吴勇能如期在 2020 年解决吗？

吴勇一上任，就遇到了金牛村如此窘迫的经济状况，村里没有集体收入，靠财政安排的日常办公费用只能维持简单的办公运转，更别提用资金带动贫困户发展了，村集体没有一点资产和农业资源。没钱，你能干什么？那致富奔小康就是一句口号。

常言道，从 0 开始，脱贫致富，解困去忧，让金牛村、金牛村的所有的村民，一个不少地过上富足的小康日子，谁来助金牛一臂之力？吴勇怀揣着真扶贫的信念，肩负着扶真贫的重责来到了金牛村，来到了还未脱贫的金牛村，说去扭转乾坤有点夸张，说白手起家也许是一点不过分的。村集体年收入为 0，0 就不是一个抽象数字，而是一个残酷的现实。

但是，"0" 是一种状态，是一个从无到有的起步状态。这个看似为 0 的数字，实际上是一种从未消逝的能量，它蛰伏和蓄积在金牛村富庶的土地中，村民致富的渴望中，脱贫方式的引导中。吴勇，这个第一书记来得正是时候，不但带来了党的帮扶政策，还改变了金牛村僵化的生产观念，拓展了因地制宜的致富措施。

党中央、习总书记一再强调"精准扶贫"这四个字，其意在于，扶贫的对象要精准，扶贫的措施要精准，管理和考核要精准，贯穿整个扶贫过程的"精准"就是实事求是的精神。"精准"从何而来？精准是建立在细致深入的调查之上。从扶贫第一天起，吴勇就吃住在村，"接地气"地跟村民生活在一起，白天，事无巨细地了解每一户的生活、生产状况，事无大小地记下每一人"吃饭、穿衣、住房、产业"的问题。晚上，在灯下翻阅、查看白天记下的民情、问题、建议，思考自己合理的答复和解决的办法。日记一本一本记满了，翻旧了，村情也摸实了，思路也理清了，扶贫对象也就明确了。第一个精准落实了。

一个村就像一个家，没有一个好的当家人，一家人都得受穷，吴勇动情地说:"我来金牛,不管几年,都是临时的。村的领导核心也要不断地吐故纳新,故,就是不能跟上时代步伐的掌家人,新,就是有党性、有文化、有干劲的青年村干部。"这样一分析,就借金牛村两委换届之机,改组村的领导核心,选举了了年富力强的村支书和村主任。改组后的金牛村党、政干部,年轻化、知识化,能迅速而透彻地理解扶贫脱贫政策,保证了扶贫脱贫工作顺利进行。同时,争取镇党委支持,将镇上的一名年轻的大学生调到金牛村做扶贫专干。吴勇这个新官上任,"第一把火"就是加强党的核心领导作用。

"一个村的村部就像一个家的客厅,村民到村部来,要有接待的场所。因此,改善村部的基础设施就迫在眉睫了,不能嘴上说啊,要实际解决问题。市委组织部很支持我的想法,驻村的当年,就是2017年的7月27日开始对村部、为民服务中心进行改造。我和村两委干部自己动手,报酬?义务的,自家的事自己做,理所应该。审计局给金牛村投入的部分设备,起了大作用了。通过市人社局又调剂到了一些闲置的电脑、空调、档案柜以及办公桌椅,使村办公设备更加完善和充实。历时一个半月吧,8月下旬,村部设施、设备基本健全了,村部面貌也焕然一新。村的基本服务就更到位了,党、群服务,文、武建设都集中在村部来了,群众办事方便了,几乎所有的问题都可以在村部落实解决,为民服务嘛,就是要名副其实。"

至2019年底,全村已经脱贫89户284人,脱贫的最终目标快实现了,剩下的2户3人也会在2020年脱贫。更可贵的是,全村没有一户返贫的。2019年村的村集体收入差不多是26万元。从0到260000,不是一个简单的数字变化,其中饱含着吴勇辛勤的汗水和艰辛的付出。这一路走来就是三年,一千来天,日晒雨淋,风吹雪肆,艰难地却是踏实地即将达到攀上峰顶的胜利。

壮行之勇

角色的变换,吴勇觉得肩上又增加另外一种责任,对经济工作驾轻就熟的吴勇并不熟悉农村工作,尤其是扶贫工作,不熟悉可以学啊,只要坚定地按照党的扶贫政策做,金牛村就一定能达到脱贫致富的目标。"脱贫路上一个不能少",这是吴勇上任时的"扶贫宣言",也是他对市审计局党组立下的"军令状"。

决心下了,吴勇没有犹豫地打起背包,卷起铺盖,吃住在村里,落户金牛村了。户是落了,根也算扎了,可村里的从干部到群众,没几个看好这位第一书记的,城里人嘛,大干部,几天不就回去了。可他们不曾想到,吴队长一待就是三年,不论白天还是晚上都能看到他的身影,聊天、走访、问贫、宣传党的政策,最终成了村里每一个从干部到村民的知心朋友,有困难找老吴,找吴队长啊。

没有犹豫,是一种勇敢,一种勇气,是勇负重任、勇挑重担的党性,吴勇之勇并不是鲁莽之勇,而是一种为党的事业义无反顾的勇往直前的精神。

经费不足,吴勇就带领扶贫工作队和村干部们自己动手,建成了现在的为民服务中心、党员活动中心、扶贫e站,真正打通了服务群众最后的通道。

就拿"高标准绿叶菜生产基地"这个项目说吧。在市审计局的支持下,工作队争取到了这个500万元的项目,可村干部一合计,不愿干,流转土地非但要垫钱,还要挨家挨户地做工作,费事费时不说,就是建成了,招商没人来怎么办?赔了怎么办?还没建,就一大堆的问题。群众在观望、干部不问津,吴勇想,岂能让这样好的项目流产了?

常言道,耳听为虚,眼见为实。喊破嗓子不如做出样子,这就是吴勇的道理,于是,土地流转的村民说服,项目的招标投标,请专家老农对大棚设计会商研究,找县市管理部门批复调整修订意见,大棚施工,质量监理,吴勇都亲力亲为,没日没夜钉在工程上,我就不相信,我实际行动感动不了你们?好在吴勇以前在单位分管过多年行政事务,只要能够按照规定去做,就不怕做不好项目。

招商是"绿叶菜生产基地"遇到的最后的难题,当时,吴勇就铿锵有声地表态,"如果没有客商来,你们的土地流转资金,我来付",凭借着广泛的人脉资源、执着细致的工作诚意、忠于扶贫的一腔热血,感动了种植大户来村承租发展。如今,基地生产的西兰花远销海外,供不应求。金牛村干群的眼光变了,变得温暖而信任,敬佩而诚服。吴勇之勇是一种敢于负责的勇气,是一种坚定扶贫的信念。既喊破了嗓子,又做出了样子,吴勇在金牛村赢得了信任，立住了脚跟。信任是吴勇与村民之间建立起来的最宝贵的人际关系。下一步，就是要让金牛村干群自觉地把脱贫致富当做自己的事来做，只有这样，扶贫才有丰花硕果。金牛村，永远是金牛村人的，只有竭尽他们自己的智慧和勤劳，才能在这片沃土上，描绘最美的图画，过上最富足的生活。

建成的扶贫基地占地111亩，"高标准绿叶菜生产基地"共流转了56户79块农田，增加了村集体收入12万元，有15户贫困户在基地就业，每户每年增加收入5000元以上，还间接带动12户无劳动力贫困户资产收益分红。2017年，就是吴勇驻村的当年，金牛村走出了贫困村的行列，吴勇有理由感到欣慰。

扶贫之谋

摸清扶贫对象的具体情况就是精准扶贫的前提。初入金牛村，吴勇起早带晚地察看村情，了解民意；披星戴月地走村串户，促膝谈心。如此，挨家挨户核实经济状况，客观分析贫困农户致贫的原因，逐渐做到了对村情、农情、民情了然于胸，为将来在金牛村的精准扶贫施行"因户制策"奠定了坚实的基础。吴勇跑遍了8个自然村17个村民组，对全村815户3111人的基本情况熟记于心，对92户贫困户287人的情况更是了如指掌。

吴勇之谋，就是具体到每一贫困户的脱贫措施，就是为每一贫困户"私人定制"了一套脱贫致富的门路，打个比方吧，锁不同，那开启的钥匙也就不同，吴勇为每一把锁配了一把钥匙。

农户安计宏，一家三口人，致贫的原因是老伴常年生病，经济窘迫，生活艰难，安计宏一筹莫展。不是还有土地嘛，流转了不就有收入了，吴勇帮助安计宏流转闲置的土地，介绍老安务工，同时，代缴了新农合参合金，签约了家庭、义诊医生服务，解决了老安家人生病就医和大部分医疗费用。如今，老安除了种植荸荠之外，还涉足水稻、螃蟹的种养。现在，安计宏家彻底脱贫，老安虽讷言，却说了一番肺腑之言，没有政府的扶贫政策，没有吴队长的帮助，哪有我安计宏的今天，老安笑意两颊，真心言表。

种植荸荠是金牛村传统的产业，但是，这么多年来，荸荠产业在金牛村发展相当缓慢，以至停滞，甚至退化而面临淘汰。吴勇入村之后，就瞄准了以建设种植荸荠示范基地带动金牛村荸荠生产、加工、销售产业链。一番调查之后，吴勇更加明确，没有科技手段支撑的产业，迟早要归于凋零或者消亡。

要变靠天吃饭为靠技术脱贫。于是，吴勇带领种植户求教于市、县、镇的农技部门和技术专家，明了了症结和问题所在，通过推广新品种、新技术，培训种植户，耕整旧田地，提高了产量，增加了收益，此举带动了全村荸荠产业的发展。现在，金牛村的荸荠，非但人有我有，而且是人有我好，极大地提高了产品抵御市场风险能力。同时帮扶农户合作社建设冷库保鲜，扩大销售规模。好的销路就有好的效益，次年，基地内种植户增加收益10%以上，有10户贫困户（29人）人年均收入增加1000元。基地荸荠的销售收入过80万，净利润逾6万。

吴勇没有沉醉在初战大捷之中，他知道，荸荠丰收的背后是水田高强度劳作，长此以往，逐渐罹患的风湿病将极大地损害种植户健康，遗患无穷。吴勇想的下一步，就是与农机专家、种植农户商议如何用机械收获荸荠，既便于种植，又获益村民。

目前，规模化的四大产业已经是金牛村的经济收入的支柱。吴勇伸出四个手指头侃侃而谈，大棚种植，吴勇按下一个手指，"主要产品是西蓝花，经济收入不说，最重要的就是直接带动一批贫困户就业，有就业就有了稳定收益，扶贫项目嘛，就是要惠及贫困户，不然算什么扶贫项目。大棚种植，看起来容易，不就搭个棚种蔬菜嘛，其实不然。大棚未建之前，我一看设计，没考虑基地的地势低，主沟较少，辅渠低窄，积水排不出去，甚至倒灌，同时，大棚没有棚间沟，积雨积雪容易倒塌，都会影响种植结果的好坏。"吴勇提高了语调对我说，"未雨绸缪嘛，赶紧与农业专家、部门沟通，商讨，修改设计，严格把关，防害于成灾之前，这不，屡次暴雨和大雪，大棚没坍塌，没积水，种植无损，受益稳定。"吴勇的微笑透露出自豪和欣慰，又加上一句，"哪一样都必须亲力亲为，一点也不能马虎，扶贫不吃苦，致富会天上掉下来？看见扶贫有了脱贫的成果，别提有多高兴了，苦点和累点是很值得的。"

再则，就是 102 亩螃蟹特色种养业示范基地，带动贫困户 21 户 36 人就业，每户增收约 3000 元，还带动 54 户贫困户及 76 户边缘困难户有了资产收益，收益很稳定的。"至于个人养殖收益那就不一定了，这里牵涉技术、蟹种、管理等等问题。养殖专家的指导作用是不能忽视的，我的工作就是搭桥牵线，沟通联系，要让养殖户掌握好的、有效的技术，提高养蟹的效益。哪家养蟹当年收益增加，想要请我吃饭，我都是很乐意去的，与他们分享快乐，喜事嘛。"吴勇自信地说。

吴勇伸开手，缓缓地说，"荸荠养种我已经说过了，还有一项就是水稻种植示范基地的建设，基地稻种统一采用'秀水 121'，要求农户承诺不施化肥、不施农药，真正成为纯净的绿色食品，'秀水 121'的品牌推广，也带动了基地内的贫困户收益。"

扎扎实实的扶贫项目，收获实实在在的效益，就是扶真贫，真扶贫，吴勇说不敢有丝毫的懈怠，松劲。刚说完，门口有人喊，吴队长，安主任在村口等你检查项目。吴勇打个招呼，匆匆出了办公室的门。

脱贫之策

扶贫的路，也如逆水行舟，不进则退。退，便是脱贫户返贫，在金牛村，没有一户脱了贫又返贫。即使有一户返贫，也是你扶贫队长的责任啊，组织把你派到这个岗位上来，你就得负起责。吴勇眉舒目朗，语调铿锵，没返贫就是脱贫工作做得踏实、有效，你说是吧。

贫困吧，在金牛村，不外这几种原因。缺少技术致贫，有 40 户；缺少了动力的，有 18 户；因病致贫的有 8 户 28 人；因残致贫 16 户，户数不多吧，可人数不少，有 57 人；因学致贫，就是孩子上学花钱，就 2 户 7 人；还有自身发展动力不够的 7 户 23 人，这里面的原因就很复杂了。吴勇沉吟了一会儿说，原因是找到了，解决问题的办法不能头痛医头，而是要综合解决和各别解决相结合，才能收到效果。

说是"九大工程"，就是九大惠民政策，执行政策是要靠具体的人去想具体的办法，每个贫困户的贫困都是有不同原因的，你要针对原因，从每户贫困的根上扶起,不能治标不治本,输血不造血,那是脱不了贫的,就是暂时脱了,也会返贫的。吴勇捋顺政策与措施的关系,先说原则来给我脱"盲"。

就说就业扶贫吧,先后安排了贫困户的 6 名村民在七大员辅助岗位上班,实现了家门口就业,年均收入 5000 元左右;介绍外出务工 106 人,本地务工 31 人,这些家庭,有了稳定的收益,再结合其他措施,不就脱贫啦。

产业扶贫是脱贫最重要的手段,有产业就是"造血",一方面产业户有收益,二方面国家有奖补。吴勇指指摊开的报表说,特色种养的奖补是 1.795 万元,第一批是 1.4114 万元,第二批是 3836 元,这还不包括达标奖励金,奖补的作用就是鼓励和激发贫困户的产业积极性。吴队长笑道:"数字这东西,你听起来枯燥,实际上是最生动,最有说服力的,我喜欢数字,你工作的进退顺逆就体现在这数字中。""绿叶菜基地"通过土地流转,一年就增加农民收入 8.8 万元,集体净收益 3.2 万。荸荠种植示范基地,接纳 12 户贫困户,每户户均收入 1800 元,这一共就是 21600 元钱。村里用 20 万资产收益投入螃蟹养殖,带动 56 户贫困户受益分红,分红资金就是 19440 元,集体也有受益,同时还协议年度分红,户均年收入 213 元。"别看这些数字就那么简单的 1234、5678 的,可凝聚了全村干群多少心血和汗水,吃苦受累,值得,我来金牛村,就是来扶贫的啊,脱贫,那是最起码的目标"。

"也许你觉得数字太无趣了,有空,我给您说点有趣的,饭焦菜糊的事,初来金牛,工作千头万绪,连吃饭都难顾上。继续说正事,农村人,医保是个大问题,不解决谈何脱贫?贫困,有一个原因就是病、残。"正说着,听见屋外高一声低一声的争执,老吴立马站起身出去了。

我继续看我的材料,不去凑外面的热闹。健康扶贫,代缴了新农合参合金 3.124 万元,对 2016 年以后脱贫的建档立卡贫困户 53 户、142 人每人都有就医证;对在村的 96 人贫困户实现了家庭医生签约服务;多次邀请了芜湖市多名医学专家来村里为村民义诊。住房保障,近几年对贫困户和低保户共 25 户危房维修、改造、重建,外地回村养老的贫困户安兴根家危房改造补助了 2 万元。这些都是惠及民生的事,必须落到实处。金融扶贫,参与扶贫小额信贷"三合模式"新型经营的有 4 家,贷款给 33 户贫困户 120 万元发展种养业，带动贫困户增加收益64849.4元，户均增加收入2000元，都达到脱贫目的。14户贫困户家里增加了光伏发电扶贫项目，年户均增加收入3000元左右，为脱贫增加了一些筹码。

吴勇回到办公室，我便推开了材料，继续听他说："智力扶贫就是中央说的教育强基扶贫，自打我驻村起，资助各类学生的金额就达到37456.5元，从学前教育到读研究生，差不多有四十人次。智力扶贫，依我看，是潜力收益最大的投资，不定将来会出一个钱学森、邓稼先的。"吴勇说话中张扬着激动的神采，有点自豪。

社会扶贫，也就是通过双联单位和爱心企业，对一些特别困难的贫困户给予一定的资金、物品救济。这方面，市审计局每年春节、端午节、中秋节、扶贫日捐赠、慰问贫困户的物资资金就多达33424元；

海螺集团定向资助金牛村500万元用于小康道路建设、农电网生产用电改造，高标准绿叶菜部分项目。无为市广播电视台慰问金共9000元。市中医医院对村卫生所进行对口帮扶及设备支持，改善了村卫生所的办公环境和医疗条件；人本集团赞助5万元用于村公共卫生厕所建设，2家会计师事务所和6家工程造价事务所对金牛村扶贫工作捐款，奇瑞集团与市审计局、金牛村签订长期合同认购绿色大米等农产品，这些捐赠和支持无一不是争取而来的。他没有说是自己争取来的，但我知道，吴勇功不可没。

金牛村贫困人口不愁吃、不愁穿是做到了。作为扶贫队长就好像领着一支长跑队奔向脱贫致富的目标，可不光是领跑，还要经常回头看看，有没有人掉队，这一回头看，发现有一户三口没购买"新农合"，赶紧补交上，这三人的生病救治没有后顾之忧了。到今年，金牛村的义务教育、基本医疗和住房安全都得到了保障。还有，就是吃水安全得到了整改，扶贫要扎实地往前走，绝不能倒退。

贫困户要进退精准，流动管理，该进未进，该退未退不仅是工作作风问题，更牵涉到党和政府在群众中的形象和地位。吴勇一脸严肃地说："一点都不能马虎，我定期组织村两委及扶贫工作队对进退有疑，以及贫困边缘户、监测户进行排查，尤其是有老人、残疾、患病和低保的农户不时上门走访、调查。与外出人员及时进行沟通，了解情况，排查进退。无论是在村，还是外出，他们的情况都要心中有数，决不允许有糊涂账。"

乡亲之爱

吴勇陪我又去了"绿叶蔬菜基地"，第一茬的西蓝花已经收割，由于疫情的影响，西蓝花的种苗不够，就改种了水果玉米，长势正盛。吴勇与管理人员在大棚前的烈日下交谈许久，其中许多技术问题我也不懂。大棚门口热气蒸腾，恐怕有五十度左右吧，吴勇俯身查看玉米包穗，汗珠滴落在碧叶上，顺势滚下地来。只有深爱，才有深情，从吴勇的眼神中，我看出对这块饱凝他心血和汗水的土地热爱至深，关切至厚。

他临出基地对我说，明年要上个新项目，"太空彩椒"知道吗？见我点点头，又说，争取到了4万元的投资，村集体年增收，嗯，有1万元吧。

在回村的路上他边走边说，金牛村这几年的产品质量很好，可惜，就是知名度不高。要想办法让"金牛"扬起四蹄，跑出家门，让"市"人知道。2019年，市审计局组织金牛村产品参加了当年的芜湖市"农产品暨贫困地区农副产品展示展销会"，展销金牛村的农产品，极大地提高金牛村的知名度，酒好也怕巷子深啊。

美丽乡村，四个字，要有多少事做啊。村庄人居环境要整治，村民生产、生活条件要改善，尤其是厕所，把环境整治和改厕相结合，和旧居房、旧村貌整治改造相结合，和农村文化建设相结合。生活垃圾已经做到集中处理。一切都在有条不紊地去做，难吗？当然有难度，不难要我来做什么?!

进村的路口，"金牛村"的路牌赫然在目，笔直的水泥路基本完工，路两边的樱花树刚种上不久，生机蓬勃，绿叶油润。吴勇手一指，这是进村的主干道，金牛村的村标、门脸，我把它当作为金牛村人民奋发向上的精神支柱来建设，命名为"樱花大道"。审计局所有职工都来参加过义务植树，扶贫工作队、村两委及村民自然就更加义不容辞了。"你肯定会问，钱从哪来，我去争取啊，单审计局就慷慨解囊资助了两万元。"

说到金牛村的改造，吴勇历数扶助过他们村的单位，语调中充满着感激，也有感慨，"凡事都要争取，谋事当在人嘛，一有机会我就去争取。市民政局出资 10 万元，资助新型农村建设示范社区建设，用于村级基础设施改善；林业局资助 7 万元对赵村古树进行保护，四周道路硬化、绿化、美化，即将建成一个优美的休闲广场，我带你去看看"，边说边往那边走。

吴勇和我的交谈不时被路遇的村民打断，吴书记长吴队长短地絮叨一阵，很是亲热，吴勇也是嘘长问短，顺便就把村民的近况也问询一番，小孩子们便吴爷爷叫个不停，吴爷爷也笑答有应，鼓励他们好好学习、天天向上。

"我带你去看一处古迹，我这人吧，处处留心。"吴勇收住脚步站在一处修葺过的古迹前。仿古亭下一对石碾，既是古迹，我就问哪朝的？吴勇俯身看石碾，头也没抬地答道，清乾隆三十九年，1774 年。石碾的造型很古朴，难得的是，在露天下日晒雨淋，雪虐风肆地过了差不多两百五十年，仍然基本完好。

金牛村的历史可以追溯到元末明初，先是安姓三才公随戚亲赵姓由婺源迁居至此，因先祖三才公寿藏之地状如卧牛，其土色黄，遂名金牛。其后，许姓先祖由江西唐沟迁居，择高居而曰名神墩。宋姓先祖汶公迁居最晚，大概在明中期吧。正说着，住在对面的宋姓老汉踱步出来，吴队长，我早就看见你啦，带人来参观啊。吴勇转身说，老宋啊，没出门？热情地把我介绍给老宋。我故意问老宋，跟吴队长很熟？老宋一怔："跟吴队长还有不熟的？柴米油盐哪样都照顾到，待我和亲人一样，冬天穿的大衣都是吴队长送的，隔几天就上门一趟，你说熟不熟？"

为石碾，市文物局都来人啦，说是有保护价值，赶紧的，申请经费啊。市财政专项支持 8.5 万元，村民自筹 1 万元，缺口由审计局出，建了仿古保护亭和农耕文化走廊。我是这样想的，将石碾文物保护点，与蔬菜大棚、螃蟹养殖区、荸荠种植区、荷塘等连成一片，发展乡村旅游，为金牛村脱贫攻坚再找一个经济增长点。吴勇指指亭边的一条沟渠，拓宽一下，看能不能划个船，荡个舟。见我面有疑色，就说，是我初步想法，人嘛，总要想得远一点。又补了一句，想扶持几户搞"农家乐"，西九华、双泉寺、千年青檀、新四军七师故址都离这儿不远，有旅游资源，就是没成气候。

回村部的路上，吴勇带我去了初具雏形的中心广场，正在施工。施工的负责人迎了上来，说了一通如何如何难的话，吴勇微微一笑说："我知道，难，就想办法克服，技术问题你们是内行，我是外行，我只管质量。"指指脚下对我说，"这里将是广场的木栈道，下面水流蜿蜒，四围植树、种花，新农村嘛，就是要有优美的环境，宜居，什么叫宜居，就是很适合村民居住，出门臭水沟，那还叫宜居嘛？"

在村部，碰见正要外出的小安书记，我打趣地对他说，"吴队长简直就把金牛村当成自己的家了"。小安书记憨厚地笑道，"吴队长早就是我们村的人啦，金牛就是他的家啊"。我接上茬说，"吴队长不当队长了，退休了，还欢迎他来吗"？"吴队长任何时候来金牛，只当回家，双手欢迎。"吴勇转身悄悄对我说，"三年了，有感情，真要走，还舍不得嘞，安书记说得对，这就是我的家"。

吴勇设计的金牛村的规划图一厚本，内容非常周详，连何处建一厕所都考虑在内。吴勇怕我看不懂，拣重点的地方指点、解释了一番。我感叹道，"你可是太辛苦了，村民有你这样的扶贫队长，也太幸福了"。

"勤劳和幸福是互为因果的，这道理谁都懂，却不是每个人都能做到的。"吴勇话中有话，也许有指。习主席早在2012年就说过，人世间的一切幸福都需要靠辛勤劳动来创造。

有没有让你挠头或者棘手的人？和吴勇渐熟之后，我问了一个也许不好回答的问题。吴勇沉吟了一会说，"你指贫困户吧，有。有一户四口人，夫妻俩和一双儿女，男主人，我就不说姓名了，有一个恶习，就是赌，我屡次相劝，换得他口是心非。赌，哪有不输的，我去了他家，说家徒四壁，一贫如洗是一点也不为过的，老婆有病，儿、女渐大，还只能睡一张床。你肯定问，赌输了怎么办？输了，在田里挖点荸荠换钱再赌。我劝了无数次，真正是'苦口婆心'。怜其不争，憎起不改，可转念一想，先帮他解决实际困难吧，给他改建、修缮了居屋，儿、女大了就能分室而居；帮他家人治病，进入新农合；让他本人加入荸荠养种基地，挣钱养家，人总是知好歹的，再加上反复教育，劝导，恶习改正了，也就逐渐脱贫了"。

"刚刚陪你去看的那个养鸡的老汉，与村干部格格不入，总以为村干部算计他，哪有的事。我帮他查收支细账，疏导私人恩怨，站在他的立场上去理解他，开导与之有矛盾的干部，你是党员干部，就得宽容一些，哪能与普通群众一样嘞。帮他贷款养鸡，经常上门聊天，节日慰问也少不了他。你见到了吧，态度大变了，也支持扶贫工作了。总之，作为扶贫队长，就是要有爱群众的心，才会有帮扶的行动。"

吴勇说："我始终记住习主席的两段话，'人世间的一切幸福都需要靠辛勤劳动来创造'，还有就是'让每个人通过努力都有成功的机会'，至理名言，不勤劳，不努力，我再怎么扶，也是脱不了贫的。"

去看了吴勇的村里的"家"，床上罩着蚊帐，是啊，蚊叮虫咬的，生活条件远不如吴勇在城里的家。"夫人没来过？"我问。"经常来，有时一住就是一个多星期，她一来，我生活就好多了，不怕你笑话，忙起来，中饭要到一两点钟才吃，有几次，还把菜烧糊了，拍下照片传个老婆看看。""夫人看了，肯定很心疼的"，我说。那是，"老夫老妻，相濡以沫嘛，为了党的工作，她理解的"。半晌，跟了一句，"要说对不起，最对不起的是我老婆，但我对得起金牛村的百姓"。

屋子里放着一辆山地自行车，吴勇是个爱好运动的人，曾经数次骑车来回芜湖无为之间，一个来回有170公里。说起骑车，他的骑友结伴来金牛，吴勇招呼，别忘了把富余的衣服带来，送给需要的村民。骑友嘞，不光带了衣服，还捐了钱。吴勇无事无时都不忘金牛的村民，村民待吴队长也如家人，时不时在他的门前放点刚摘下的蔬菜，吴勇也时不时带点城里的点心给他们。

回到村部，工作队的小董给了我一份打印件，题目是"给＊＊＊的一封信"，我一看开头"＊＊吾妻"就明白了，因为篇幅的关系，我不能复录全信。接到去金牛扶贫的通知，吴勇有点忐忑和担心，因为"家里还有年迈的母亲需要照料，你还要上班"。"那天回家路上，我一直想着如何跟你说这件事，怕得不到你的理解。但当你听了我的想法后，甚至比我还激动，告诉我：这是一件非常有意义的事，我支持你。那天，你陪我畅想着金牛村的工作和生活。可是，我知道，你含泪的双眼、抽动的嘴角是不舍、是理解、是责任"，一个坚强的后盾是前方胜利的保障。"夜已深，想对你说的话还有很多。千言万语，现在，我最想对你说：军功章，有我的一半，也有你的一半，谢谢你"，吴勇的感激和深情溢于言表。

转眼，2020年六一儿童节到了，吴勇争取到了改建金牛小学厕所、助学的资金，那天，我也在村里，见证了吴勇、审计局的领导和孩子们欢聚、欢笑的场面。

表彰之誉

数年的扶贫工作，吴勇获得了很多荣誉。荣誉对吴勇是什么？是他扶贫路上克服艰难的小结，是再一程征途的起点。吴勇以矢志不二的信念，永不停歇的脚步，持之以恒的努力，换来了日新月异的"金牛"，金牛村"美好乡村"的目标就在前面。荣誉是值得骄傲的，但荣誉更应该视为昨日的辉煌。更美的愿景是需要埋头实干而又不懈努力的志士来实现的，吴勇应该是这样的人，也一定是这样的人。

吴勇扶贫三年，每年都收获荣誉，不负所期，不负众望。

2018年9月5日，获无为县精神文明建设指导委和扶贫开发领导小组颁发的"最美选派扶贫工作者"称号。

2018年10月17日，获芜湖市扶贫办、组织部、宣传部、传媒集团、工商联五部门颁发的"最美选派帮扶干部"称号。

2018芜湖新闻频道和芜湖日报采访报道文章，《让"老"产业焕发新生机》《聚力产业扶贫，拓宽农民增收致富路》《开良方拔穷根，精准扶贫显成效》《才下田头又上心头》表彰其卓有成效的扶贫工作。

国务院扶贫办2019年举办的全国扶贫日系列论坛——"驻村故事"评选中，《我给妻子的一封信》荣获中国扶贫杂志社和民生周刊杂志社联合征文优秀奖。

2018、2019两年连续被市委、县委组织部考核评为优秀等次。2020年芜湖市三大攻坚战先进个人。

根深扎乡土，叶繁荫梓桑

——记无为市严桥镇扶贫专职副书记花玉胜

张桂香

严桥镇地处无为市西北边陲，距离无为县城二十多公里。整个严桥地势是北高南低，西北为丘陵山岗，东南为圩田平原，面水靠山，有山地有圩田，用"山环西北，水聚东南"八个字来形容最恰当不过。这里环境优美，民风淳朴，老百姓世世代代都是依土地而生，种植水稻、棉花等传统农作物。不过由于受地理环境的影响，山岗丘陵多，交通相对闭塞。

严桥是个历史悠久的地方，有丰厚的人文历史底蕴。据说楚汉相争时，项羽曾经在此地设帐招兵买马，至今还保存了当年霸王城的石圃遗址。近代著名爱国名将丁汝昌就安息在严桥镇境内的小鸡山。抗日战争时期，新四军七师师部和皖江行政公署就在这里诞生，曾希圣、黄岩、张凯帆、吕惠生、蒋天然等老一辈革命家曾在这里战斗和生活过。其中七师政委曾希圣，周恩来总理称他是红军情报工作"创业的人"。1932 年参与创建中共中央军委二局（情报局）并任局长。毛主席说"长征有了二局，我们好像打着灯笼走夜路。"甚至还说过"没有曾希圣的二局，就没有红军。"皖南事变之后，曾希圣同志临危受命，在十分不利的条件下，经过多年的艰苦奋斗，消灭敌伪一万多人，七师自身由两千人发展到三万多人，根据地扩大到三万多平方公里，打通了与二师、五师、六师的联系，并为军部提供了大量经费和物资上的支援。而这位大名鼎鼎的曾政委和他妻子余叔的婚礼就在严桥镇凤坝凤家祠堂举办的,凤坝的老人们至今对这段往事记忆犹新。

花玉胜就出生在这片曾经洋溢着革命激情的红色土地上,作为家里第一个出生的男孩,父母对他寄予深切的希望,竭尽所有,供他上学。花玉胜也不负所望,刻苦努力,终于跳出"农门",成为政府的一名公务员。虽然离开农村,但是家乡的一花一木,乡民们的一生一息,他始终藏于心间。生活在这片红色土地上,质朴上进、勤奋进取、不忘根本这些已经深深融进他的血液里。

2017年3月,花玉胜积极响应政府号召,离开当时无为县委宣传部工作岗位,成为严桥镇镇政府的扶贫专职副书记。当他站在这片熟悉的土地上时,感到自己肩上这份担子是沉甸甸的。一方面,作为一名在政府基层工作二十多年的"老"党员,有一种使命、责任以及情怀;另一方面,他能感到家乡父老对自己的一份殷殷期待,这些期待的目光,交汇成一股力量,既是动力,也是压力。

(一)

严桥镇是革命老区,交通闭塞,自然资源较为匮乏,产业结构单一,加上种种原因,整个镇的贫困人口相对于无为其他乡镇来说不算少数,摆在花玉胜面前是块相当难啃的"硬骨头"——建档立卡贫困人口2981户,7957人。近八千处在贫困线的父老乡亲,让花玉胜常常夜不能眠,怎样才能让这些贫困家庭早点摘下贫困的帽子,是他这些年吃饭睡觉都在揣摩的问题。

改革开放已经有四十多年的时间,中国经济有了飞速的发展,人民生活水平也发生了翻天覆地的变化。在经济水平蒸蒸日上的今天,人们常常会看到别人的成功,羡慕他人的荣耀,却往往忽视那些比我们更需要关爱和帮助的弱势人群。然而,大到一个国家,小到一个村落、一个群体的文明程度和经济发展水平,往往并不取决于木桶最长的那块木板,而是最短的那块。只有带动这些暂时落后的人们共同前行,共同富裕,才是社会真正的进步,也是我们社会主义优越性的真正体现。

这些贫困人群当中,有的是因为生存地理环境闭塞,春风难度"玉门关",经济发展缓慢,贫困人口产生;有的因为遭受不可抗力的自然灾害,多年辛苦毁于一旦;有的是因为家庭成员生病,特别是收入低下的农村地区,一场大病让一个家庭生存状况"一夜回到解放前";还有的是因为残疾,失去全部或者部分劳动力,导致无法正常劳动生产;还有的地方是因为缺少产业支撑,劳动力富裕,却不知干什么,劳动力资源浪费,老百姓收入也无法提高;当然还有一部分贫困人口是因为自身缺少上进心,对生活没有追求,安于现状,不想干活,过一天是一天。果然是"不幸的家庭各有各的不幸",这种种致贫现象在严桥镇也有,怎么办?教育上讲究"因材施教",扶贫工作中看来也要"因贫施济",作为全镇专职扶贫负责人,花玉胜需要去考虑和解决的问题,实在是千头万绪。

为了解实际情况,他一头扎进群众中,调查走访,倾听民意,深入了解贫困户的实际情况,准确掌握第一手资料,做决策、定思路,一方面安排好产业、就业、道路、水利、社保兜底等各项政策,一方面又要针对各户不同的情况精准施策。作为镇政府的扶贫专职副书记,他的岗位有点像人身体的关节,联结着整个身体的各个动力部位,既要强劲有力,还要灵活机动。他要对党的扶贫政策进行深入细致地解读,深入领会,还要将上级各个部门的文件精神切切实实贯彻执行到实际行动中去。

当然,要想把这项工作做好,靠一个人的努力是不行的,必须带动发展一批有觉悟、有能力、能实干、勇担当的扶贫干部,特别是一些年轻人。花玉胜说:"脱贫攻坚让群众过上了好日子的同时,也为党和政府锻炼了一批好干部。"在他的带领下,镇、村一些干部工作作风变化很大,一个个年轻干部崭露头角,干劲十足。每每想到这些,他心里觉得非常欢喜,毕竟独木不成林,众人举烛火焰高,有了一批踏踏实实能干实事的"小伙伴",开展各项工作会更加得心应手,解决问题的速度和效率也高多了。

习近平总书记在中央政治局第八次集体学习时强调,打好脱贫攻坚战是实施乡村振兴战略的优先任务。2020年是脱贫攻坚的重要时刻,如何做好乡村振兴和脱贫攻坚的衔接,成为花玉胜要考虑的实际问题。"实施乡村振兴战略要立足村庄实际,在打好精准脱贫攻坚战的基础上,注重贫困人口的长远发展、脱贫攻坚效果的持续巩固。"重点为贫困人口创造更多的就业增收机会，引导困难群众克服"等靠要"思维，形成自立自强、勤劳致富的良好氛围。为此，他立足严桥实际，在居家就业上下足功夫。

严桥镇建档立卡贫困户2981户7957人，其中有4125人为普通劳动力，男性2261人，女性1864人。弱（半）劳动力1036人，男性735人，女性301人，其中还有408名残疾人。从就业状况看，女性普通劳动力及弱（半）劳动力就业情况不理想，而女性劳动力就业率低，并不是女性不想参加劳动，而是家中可能有失能老人、大病病人或者是正在上学的孩子需要照料，她们务工时间有限，没有办法全日制参加劳动。如果能为她们定制合适的岗位，在照顾家庭的额外时间里，能有一些收入，那就太合适不过。于是，花玉胜在这个方面动了心思。终于，在镇党委政府和各级扶贫工作者的共同努力下，引进了一些适合居家就业的方式。比如，可以发动一些贫困户家庭妇女发展养殖业，只要养殖鸡鸭数量超过200只，每只就领到补贴20元。等到鸡鸭这些家禽养大，政府再设法联系销路，给予大力宣传推销，这种方式解决了一部分贫困家庭的实际困难。

严桥镇还和安徽景程线束加工企业合作，把线束加工车间引入到严桥镇各个乡村。对于企业来说，如果集中工人生产，工人工资、社保等这些费用加大了佣工成本。但是把这些加工车间分散出去，产品质量不受影响，企业不需要解决厂房、工人住宿、伙食等这些实际问题，无形中提高了企业利润。而对严桥镇的农民来说，可以就近就业，既照顾家庭，还增加了收入，这对企业和个人来说是一件"双赢"的大好事。目前严桥镇现有线速加工车间4个，还有部分民宅加工点：象山村扶贫驿站为社会帮扶捐建300平方米，带动约30人就业，其中贫困人口10人；俞琳村就业车间为中桥小学旧址改建350平方米，带动45人就业，其中贫困人口15人；辉勇村就业车间为老旧村部改建200平方米，带动35人就业，其中贫困人口16人；福民村就业车间为旧花炮厂仓库改建230平方米，带动28人就业，贫困人口10人；民宅加工点5个，带动约30人就业，贫困人口约10人。除了线束加工企业，还有渔网加工。严桥镇一直有加工渔网的传统，渔网加工既可以集中操作，也可以分散到户。花玉胜和镇政府出面，让一些渔网加工企业，尽量安排一些贫困家庭成员进厂工作，也可以送半成品进入农户家中，让他们居家操作。

这项工作，特别适合妇女从事，目前已经带动了约 120 户贫困户居家就业，人均年增收约 8000 元。

（二）

榆林村的陈大姐，丈夫生病，孩子还在上学，整个家庭的重担落在她一个人身上。家庭收入有限，丈夫看病需要一笔很大的开支，女儿学业又不能中断，家庭困境让这个善良的女人一筹莫展。花玉胜书记了解到她家的实际情况后，细心做她工作，鼓励动员她去线束加工车间上班，结果勤劳的陈大姐马上就熟练掌握了这项工作技能，现在月工资超过三千元，大大缓解了家里经济压力，这个曾经整天忧心忡忡的女人脸上终于有了舒心的笑容。她曾经对花玉胜书记说，你们拉我，还要我主动站起来。话语虽朴实，但能看出来陈大姐已对生活重新燃起了希望，对未来有了信心。扶贫先扶"志"，解决的才是根本问题。

对于象山村的小翠姑娘来说，如果不是政府提供这个扶贫就业机会，或许她的人生就完全改写。小翠今年二十出头，正是一个姑娘家最美的年华，可是小翠很长时间以来却没有感受到人生的美好，这一切都是因为她长得比较胖。从初中开始，就有同学们用异样的眼光看待她，甚至是无情的嘲笑。她实在不明白，仅仅是因为自己比别人胖一点，就要承受这些歧视吗？这不公平！可她无能为力，她也想获得同学们的友情和关心，然而这些善意却迟迟不肯到来，以至于她的性格越来越孤僻，学习成绩也一落千丈。初中毕业后，小翠再也不想上学，也不想走进人群，她害怕承受更多的嘲笑和奚落，只想一个人静静地待在房间里，把自己封闭在一个狭小的空间，远离世俗的烦恼。

花玉胜书记得知这个情况，忧心如焚，怎么才能帮助这个孩子走出自卑和自闭呢？于是，他动员村里妇女干部，轮番对小翠进行思想工作，希望她能到象山村的线束车间去工作，通过工作，走进人群，打开心结，适应社会。终于，功夫不负有心人，姑娘动了心，走出了房门。花玉胜书记还多次叮嘱同车间其他工友，一定要善待小翠，让她感受到集体的温暖。不久，小翠熟悉了工作流程，工作效率还大大超过其他工友，她们都抢着和小翠结伴成一个小组，这让小翠姑娘无比开心。这么多年来她第一次感受到被认可是多么美好，原来自己并不一无是处，自己也可以闪光。劳动让一个年轻的女孩找到她存在的价值，集体的关爱让一颗冰冷的心重新回到春天。

花玉胜书记对我说起这件事的时候，发自内心的高兴。他说，一个女孩子，如果不融入社会，没有自食其力的能力，她以后找对象成家都难。她还那么年轻，人生才刚刚开始，不能让一个孩子的人生就此打住，我们能帮一定会帮。

一直以来，我以为扶贫工作只是帮助生活困难的人们改变物质生活状况，其他的事不是他们管辖范围之内，今天看来，我的想法实在太浅薄了。许多像花玉胜书记这样的基层扶贫工作者，他们一边在想办法改变贫困者家庭的经济面貌，同时还在改变他们的精神面貌，后者往往更加重要。

在对贫困家庭的帮扶过程中，贫困家庭孩子的教育问题也是花玉胜书记时刻关注的重点。一些贫困家庭孩子学习上资金资助都是不折不扣的按时发放到位。2020年年初，新冠疫情在全国范围内形势严重，整个社会运转基本处于半停滞状态。到了开学的时间，由于疫情影响，学校延迟开学，实行网上授课。网上授课需要借助智能手机、电脑等这些电子设备，有些贫困户家里没有办法提供，花玉胜书记就号召政府工作人员、学校老师把家里多余的手机捐出来，一定要解决所有贫困家庭孩子上网课的问题。

但是，网络从来就是一把双刃剑，特别是对未成年人，往往会因为使用不当，带来意想不到的危害。

家住严桥镇尚礼村的小敏是一名初三学生，自从妈妈和爸爸离婚以后，爸爸就像丢了魂一样，整天无精打采。这个沮丧木讷的男人，连自己都顾不过来，更不要说关心小敏和弟弟了，家庭状况非常糟糕。小敏最害怕的是夜晚，她觉得非常孤单，所有的恐惧和生活中的疑惑都不知道怎么化解，弟弟还小，不懂事，爷爷奶奶年纪大，和他们说不上话，小敏觉得自己是这个世界上最孤独的人。

得到小敏离家出走的消息已经是事发后一个多星期，花玉胜书记非常震惊，觉得此事非同小可：小敏那么小，还未成年，如果在外面遇到危险怎么办，必须想办法把她找回来。不过，警方调查发现，小敏是自己主动离家出走，没有受任何胁迫，从法律角度出发，警方不能立案。花玉胜没有放弃，立刻向上级有关部门汇报。县里负责人非常重视，由妇联牵头，和公安、司法、扶贫办组成一个专门寻人小组，通过一些技术手段，在浙江某个地方找到了小敏，和她在一起的还有一个四川籍打工男子。原来，小敏在网上认识了这名男子，他经常和小敏聊天，嘘寒问暖，让小敏感到一种许久没有感受到的关心和呵护，小敏对他产生一种依赖。终于有一天趁家里人不注意，偷偷跑去投奔这个素未谋面的"知心大哥"。

和我谈起这件事的时候，玉胜书记不断叹气，他说："这个孩子这么小，比我女儿还要小几岁呢，她应该好好念书，和我女儿一样，享受受教育的权利。"是的，这个家可能是让她感受不到爱的温暖，但是外面世界有多艰险她更加不知道，她还太小了呀。如果她早早辍学，可能会早早结婚，再早早生个孩子，等孩子生下来，假设她有一天自己突然觉得这样的生活不是自己想要的，那她的孩子可能又要重复她的命运，成为贫二代，这样的结果是我们最不想看见的。我们现在把她找回来，她可能会恨我们，但是我们仍然希望通过自己的一些努力，帮助孩子校准人生的道路，她还太小了……

我们常常说，一个人干好工作除了责任，还需要一些情怀。什么是情怀，我的理解就是，就像一个人去挑一担柴去赶集，只要把柴挑去集上卖了这个事情就可以结束。可是有个人，他把柴砍得整整齐齐，晒干，挑集上卖了，回来的路上，发现路上有个坑，他搬来土把坑填平，让后面的人走路不跌跤。路边上有荆棘，他忍着刺痛，把荆棘割掉，让来往的人不被荆棘绊住脚。他甚至还在路边种上花，栽上树，让后面人好乘凉能闻香。一个卖柴的，除了卖柴，他还铺路栽树，这已经远远超出一个卖柴人的职责。而我，在花玉胜书记身上看到有一种东西已经远远超过职责，那或许就叫情怀。

（三）

虽然已经是大暑节气，但是整个六月和七月都是湿淋淋的，没完没了的大雨让空气中少了许多暑热。环城河边凉风习习，散步的人群络绎不绝，广场舞的旋律依旧荡漾在环城河面。环城河里水涨了不少，此刻倒映着满天星斗。实在难得这样一个有星空的夜晚，接连的大雨，已经让长江水位暴涨，逼近历史最高水位，汛情形势严重。谁都没想到，疫情过后是洪水，2020实在是祸不单行！

我就是在这满天星光之下见到美灵，她穿一件红底白点的连衣裙，裙子上也如同缀满星星。借着点点星光和璀璨的灯光，看见眼前是一个端庄秀气的女子。她不施粉黛，笑语盈盈，观之可亲。二宝交给孩子姑姑带一会，她才有一点时间来见见我。我问她，你已多长时间没见你家花书记了？她想想说，不记得了，大概一个多月了吧。现在防汛任务重，他不能回来。

我在心里一盘算，一个多月？高考不是才过去半个月么，难不成连大女儿高考，花书记也没回来？要知道，对一个孩子来说，高考可是人生一次重要经历，也是人生一次重要转折，作为父亲如果不是万不得已，实在不该缺席。美灵说，女儿高考时我真希望他能回来一次，哪怕没时间接考送考，就是陪孩子去看看考场也可以吧。7月6号下午熟悉考场那天，雨下得像倒水下来一样，人家大都是爸爸陪孩子，还有爸爸妈妈同时陪着的，我家依旧还是我一个人陪，熟悉考场回到家，我和女儿衣服都湿透了……讲到这里，美灵的眼泪像珠子一样滚落下来，我在她脸上看到了闪烁的星星……

我问美灵，爸爸没回来，女儿有没有意见。美灵擦擦脸颊，女儿还好，很乖，没有说什么，她也知道她爸爸忙，习惯了。从女儿上高中以后，她爸就到严桥去工作了，基本上没有周末。女儿的学习，包括一天接送四趟，还有送晚餐，都是我一个人。女儿晚自习到家快十一点，还要写作业，都是我陪。她爸晚上回来，就带二宝睡，我陪女儿睡。她爸要是晚上不回来，我就带二宝睡，毕竟太小了，才一周半。

人家家里有一个高考生，家长就累得人仰马翻，你这两个孩子，一个要高考，一个才会跑，是怎么照顾过来的，家里有老人搭手吗？我带着疑惑询问。美灵说，我们家双方老人都七八十岁了，他们都没有精力帮忙，只有自己来，偶尔孩子姑姑会帮忙照看一下小宝。我开玩笑问，花书记这样忙，看来女儿班主任是男是女他都不一定清楚喽。美灵笑言，这些年她爸只参加过一次孩子的家长会，那是我怀孕，没办法去，他去了一次。有一回，他晚上在家，惊讶地问我，今天不是周六吗，女儿呢，女儿上哪儿去了。我对他说，女儿周六晚上也上晚自习，你竟然还不知道。我听美灵这么说，忍不住笑起来，果然是个粗心的爹！

通过美灵我了解到，今年由于疫情防控需要，花玉胜书记整个上半年只有 5 月 3 号那天上午没上班，那还是她"逼"的，下了"最后通牒"。美灵的父亲身体有点不舒服，"五一"之前做了手术，美灵觉得作为女婿应当去看看。对于美灵的要求，我觉得一点都不过分，都说是一个女婿半个儿，平常倒也罢了，如今老岳父身体不好，女婿去探望探望是天经地义的事情。但是花玉胜书记一直因为扶贫工作走不开，始终都没有去，妻子有点小意见也是正常。其实，花玉胜书记和我谈到这个问题的时候也是满脸愧疚，可是却没有办法。

我问美灵，在你一个人带俩孩子过程中有没有过什么让你特别难过的经历。她想了想说，其实每天买菜做饭，接送孩子不是最累的，最辛苦的是看到女儿学习状态不好的时候，自己特别担心焦虑，不知该怎么办，想和她爸说说，他又总是不在家，那时候觉得太烦，日子太难熬了。还有就是怕小宝不舒服。有一回小宝发烧好几天，我打电话给他，他又不能回来，我一个人抱着小宝挂号、找医生、楼上楼下跑，我都觉得自己快招架不住了……说到这里，美灵的眼泪又扑簌扑簌落下来。我也是母亲，我深深理解一个做母亲的心。那一刻，我的眼睛也红了……

等美灵情绪稍定，我开玩笑说，花书记这样不着家，你有没有找他吵架。她笑着说，吵什么呢，他不是出去玩，是去上班，有工作干，又不是出去娱乐瞎混，想想还是不吵了。看着这个善良的女人，我的心在微微颤动。

不久，她电话响，是孩子姑姑送二宝回来。已经很晚，二宝要睡觉，她匆匆和我作别回去了。我沿着环城河慢慢地走，垂柳依依，星光满河，跳广场舞的妇人们都回去了，不知道她们是否知道，自己能幸福地在灯光璀璨下跳舞，是因为有多少人在涨水的长江边、大小的河道旁日夜的守护，我们的岁月静好，是有人在替我们负重前行呀。人群散去，河边寂静了许多，眼前波光闪闪，脑海里有美灵的泪光点点。

我的孩子刚上大学，孩子上高中三年的辛劳还历历在目，虽然只忙一个孩子，却常常有累得窒息的感觉。而刚刚站在我眼前的这个女子，她在许多个日日夜夜中，各种生活琐事，大都落在她一个人肩上。这个看起来并不强壮的女子，却用柔弱的肩膀撑起这个家。或许她在累时困时，对那个整天忙得不着面的男人是有怨有嗔的。可是，等到他带着一身疲惫走进家门，站在她面前，看着她笑一笑，这个善良的女人就把所有的嗔怨丢到九霄云外。她曾经也有自己的工作，有实现自我社会价值的岗位，可是为了他，为了家，她甘心退居小家，做默默支撑他的人。"一心装满国，一手撑起家。家是最小国，国是千万家……"我的脑海中突然闪现了这首歌的旋律。她一手撑小家，他心里却装着许多家，他和她站在一起，都在建设最美的小家和大家。

7月23号安徽高考成绩公布，无数家庭在翘首期盼。我发信息给花玉胜书记问他女儿高考成绩，他发了女儿考试成绩给我看，超过一本线近一百分！我向他表示祝贺，他回我好几个龇牙笑的表情。我知道，这个还在圩埂上坚守防汛岗位的父亲，今天是怎样的满心喜悦。哪怕是最近工作辛劳，一边扶贫攻坚，一边不分昼夜地巡埂值守，此刻他也不会觉得苦。还有什么消息比女儿高考成绩这样优秀更让人激动的呢？他虽不能目送女儿进考场，但是又何曾有一刻不惦记女儿，惦记自己爱的人呢。只是，他不说而已。

后 记

在镇党委的正确领导下，经过花玉胜以及所有扶贫干部的共同努力，截止到2019年末，全镇已脱贫人口2948户7781人，只有极少部分人还暂时未脱贫。花玉胜书记自信满满地说，一定会继续努力，争取让这些老百姓早日过上好日子。

我想，如今的他如同一棵树，根深深扎进土地，拼命生长，叶繁枝茂，只为撑起一片阴凉，为家乡父老荫蔽风雨，不负党和政府交付的使命，不违初心。

"聚是一团火，散作满天星"，这句话用来形容那些千千万万辛勤工作在自己平凡岗位上像花玉胜这样的扶贫干部们实在是太贴切了。正是因为有他们，勤勤恳恳，舍小家顾大家，把党中央的优惠扶贫政策不折不扣地贯彻执行，我们的国家才越来越强大，我们的人民才越来越幸福。

山丹丹花开红艳艳

——记无为市高沟镇扶贫站副站长姜丹丹

白海燕

> 扶贫路上现双星，同志同心最美行。
> 人世夫妻能若此，万家一户少闻听。

这首诗是我写给高沟扶贫站副站长姜丹丹和她的爱人的。没见小姜之前，我以为她和我年龄相仿，同时我对她的形象想象也和平时在电视上所看到的基层女领导一样：短发、泼辣、干练。见面之后，才知道自己犯了经验主义错误，根本不是那回事。

在高沟镇政府门口约见那天，小姜一大早在忙人居环境的事，我稍等了几分钟之后，就看到一个扎马尾的女子，热气腾腾地走过来。"你好，白老师！"她热热地打着招呼，有点萌的脸上现出一个半羞涩的笑，分明像个大孩子。我反应过来，这就是小姜了！跟她去办公室的路上，细细打量她——一根马尾辫随意地束在脑后，白皙的脸上架着眼镜，中等微丰的身材，上身套一件天蓝色线衫，下着蓝牛仔裤，一双白色运动鞋显眼在脚上，整个人清新里溢着朝气，文静中透着沉稳。不是提前知道她的身份，若路遇，一定当她是个大学生。一打听年龄，也难怪，1992年生，比我儿子才长七岁！

这么小小年纪在脱贫攻坚的战斗中，是怎么做到在短短的时间里，从一个扶贫小兵成长为全镇扶贫工作的排头兵，一个闪亮的先进典型呢？我心里不由充满好奇与疑问。

而接下来，走近姜丹丹，了解了她的许多感人事迹之后，实在刷新了我对今天的"80后""90后"的看法。谁说他们都是些衣来伸手、饭来张口，缺乏理想和人生动力的无用之辈？不，这个小年轻甚至让我肃然起敬！

让我们还是从头说起。2015年11月27日至28日，中央扶贫开发工作会议在京召开。"我们要立下愚公移山志，咬定目标、苦干实干，坚决打赢脱贫攻坚战，确保到2020年所有贫困地区和贫困人口一道迈入全面小康社会。"习近平总书记的话，如时代的战斗号令，给予中华大地以巨大激荡。其时，小姜和她的爱人小沈一定想不到，他们有一天也会成为扶贫大军中的一员。其时，新婚不久的他们还在江城芜湖上班。

说起来，小姜和爱人也算青梅竹马：小姜的外婆家和小沈一村，他们小学校友，初中同学，高中不在一所学校，但高二起开始恋爱，经历了大学四年的异地恋，终于修成正果。芜湖工作不久，女儿出世，小姜于是辞了职带孩子。但小两口感觉生活不便，还是决定夫妻双双把乡回，在乡镇企业里先找事做做，反正高沟多的是电缆厂，待孩子大一些，再返芜湖。

可这时，一个机会来了。2016年底，高沟镇政府贴出公告，要招聘一批后备干部。小姜夫妻赶紧报了名，然后积极准备，经过严格的笔试面试后，底子不错的他们双双被录取。分配工作时，小姜被安排去了镇扶贫站，考了第二名的小沈自选了村所在的龙庵社区，好方便照顾家庭。人生中的某些事情某些时候，是一定讲究机缘的吧。对于这两个年轻人来说，一念之下的离开芜湖，仿佛是家乡的扶贫工作，正召唤他们归来，好贡献自己的力量。就是说，是家乡选中了他们，是扶贫工作选中了他们——当然，不久之后，他们以各自的工作实绩证明了这种选择的正确性：他们，无疑都是这支扶贫大军中的出色干将！

因为我们的主人公是姜丹丹，还是让我把更多的笔墨给予她吧。2017年2月，姜丹丹正式去镇扶贫工作站上班。作为一个新手，不容置疑，第一步是熟悉业务。初生牛犊不怕虎，这事可难不倒小姜：看吧，为了尽快掌握业务，缩短用时，她见缝插针，把一切可利用的时间都争取来，通读省市县各级下发的所有扶贫相关培训文件。好记性不如烂笔头，一边是通读，一边是详记，单这样的学习记录她就用去好几个厚厚的笔记本！大家都知道，年轻女人随身带的包里，以化妆用品为多，而她呢，塞得都是文件，一有空拿出来看几页。有时别人下班了，她还在办公室看呀记呀想呀，回到家，夫妻俩还就有关问题相互切磋，等孩子睡了后，继续灯下用功。迎战高考的劲头也不过如此吧，就凭着这样努力钻研的精神，小姜很快过了业务熟悉这一关。不，甚至达到精熟，只一年多，她就被提拔为全镇业务指导员。

镇扶贫工作站的主要任务是上传下达，把县级指示与任务传达给各村（社区），同时还有许许多多琐碎的工作。先期站里人手少，加小姜一起只两人，而另一人还兼职农委事务，所以全镇的扶贫工作都压倒性地落在她一人肩上。看看我们的小姜是怎么做的吧！她从开展工作的那一天起，就把镇扶贫站当成了第二个家，每天的大部分时间就在这里度过，加班加点成了家常便饭，双休日也少能休息。

作为全镇的十村扶贫工作指导员，身负重任，最多时一天要接好几十个电话，为大家耐心地答疑解惑，第一时间解决问题。对于县扶贫办布置的有关任务，作为"二传手"，她总是第一时间吃透注意要点，然后向全镇扶贫专干传达，这样避免了重复返工，提高了工作效率。还常带领扶贫专干共同学习，本来要讲一遍的东西，到她这里，十村十遍，不厌其烦。

指导之外，因为人手的不足，需要小姜去做的工作还很多很多。2017年夏，罕见的高温天气。可是，却有一个女子举着一把花阳伞，几乎每天都奔走在高沟的各个村庄里——那是姜丹丹在和光伏施工队验收项目，确保每一户的光伏可以正常发电。当高沟镇率先完成了光伏验收工程的时候，小姜白皙的皮肤已晒成酱红色，过了好长一段时间，才恢复原状。

2017年中秋节，小姜原可以休息，但她又投入到全镇扶贫的大排查工作中。每天督促各村（社区）第一时间上报排查进度，帮各帮扶责任人安装和调试扶贫系统App，还亲自和核查人员一道去贫困户家中，参与排查工作，并通过亲身体会，找出更加合理高效的排查方式，并第一时间传达给各位帮扶责任人。这就是小姜，工作起来有拼命三郎精神的丫头，不仅拼，还会钻。大家还记得她，冒雨到每村核对危房改造情况，确保每一个贫困户都能有安全的住房；与银行企业签订分贷统还协议，热情地对待每一个贫困户，帮他们复印相关材料，复印机前一忙就是半天……

而小姜还有一绝，更是让同事打心眼里服气。全镇原有963户贫困户，正常待家的，她绝大部分都走访到位，重点户更是多次走访。且各家的情况，她都能如数家珍，一清二楚：因何致贫，家有人口多少，几个孩子，何地工作，等等。据一个同事反映，他们平常在一起时，只要说到某个贫困户，姜丹丹总像说起自家某个亲戚那么熟悉，大家既佩服她的好记性，又感动于她的用心：那么多户人家呀！后来，填表登记什么的，一有情况不明，找小姜，没错。她脑子里就有一部高沟贫困户档案表。现在她所帮扶的龙庵社区与新沟社区有140多贫困户，每隔两三个月，她就要挨家跑一趟，了解情况，解决困难。除了办公室的日常工作，小姜做得最多的就是下村入户走访。以前的她最爱穿连衣裙，可现在为了方便入户，不得不换了行头，改穿牛仔裤、运动鞋。

工作都是干出来的，作为业务指导员，接手高沟镇扶贫工作一年多，姜丹丹就凭着活泼开朗的个性与认真负责的精神，影响了全镇十个村（社区）扶贫专干。大家在一起工作氛围好了，比以前更加团结更有热情了。他们每周都召开一次工作例会，对近期工作进行一次总结与反思，对下周工作进行安排部署。甚至，私下有了定期聚餐约定，实行AA制，交流工作，建交感情，抒发情绪……一个微信群里，大家像战友，像手足。小姜作为领导者与粘合剂，很快在高沟组建了一支精明强干的扶贫队伍，他们敢打敢拼，一呼百应，不论春夏秋冬，严寒酷暑，都奔走在高沟镇的每个村落，走贫访困，发现他们的困难，解决他们的所需。2018年，从年初到五月间，为完成县排查工作，大家曾有连续加班45天的记录，且每晚都到九、十点。辛苦吗？当然！可是采访中，我们的扶贫专干说，现在回忆起来，却觉得那是一笔宝贵的记忆，苦中作乐，拧成一股绳的劲头足堪骄傲！

这就是姜丹丹所带领的高沟扶贫队伍，走访中，说起这位年轻的副站长与业务指导员，大家无不啧啧夸赞。工作站的小陆说：我印象里，她是加班最多的人，没有花那么多的时间，她就不可能有那么熟的业务，不可能取得那么多的成绩！尚姐说：大家有目共睹，业务、性格、责任心，各方面都让人称道，连邻乡镇扶贫站站长一说起来都佩服着呢！新青村的叶茂枝，是最年轻的扶贫专干,他动情地告诉我:"我是2018年6月份上班的,初来乍到,业务不熟,姜姐就让我随时给她电话。有次忙到夜里十二点多了,被一个问题卡住,电话过去,她耐心指导,居然说了一个多小时。像这样的电话都记不清有多少了。还记得,我社区曾有一个大病致贫户,我向她反馈情况后,她一个月三四次亲自去了解情况,指导协助产业发展,当年该户顺利脱贫……"隆兴村的扶贫专干,大家叫他李大哥,是他们中最年长的。他扶着眼镜,跟我说起小姜,也感慨颇多:"我们是同年上班的,目前已共事三年多,一直当她是小妹妹。这个妹妹确实不怂,她能把年龄跨度十多岁的一个队伍融合得特别紧密,我们在一起共事特别轻松,有时为工作上的事也会激烈争吵,但马上就好。你随时烦她,她都能给你满意答复,她自己什么都做得好,你干不好工作会觉得惭愧……"

然而,一边是那么多的付出,一边就是不可避免的欠缺。一个人的时间与精力总是有限的。因为任务重,责任大,年轻的小姜也常常顶不住压力而失眠,不知不觉中,一头乌黑的长发里都有好些根悄悄"叛变"了。而工作站之外,姜丹丹还有一个家,她还是一个母亲、妻子、媳妇。说到这些的时候,她的眼里有黯然与歉意。

让她最觉得惭愧的是,对女儿的陪伴与照料太少太少。夫妻俩都忙,平时全都由爷爷奶奶照看。才上班时,女儿才一周多,常常晚上回去迟,女儿都睡着了,早上上班时,女儿常哭着喊着要妈妈,她只好硬着头皮走开。有次孩子不舒服,夫妻俩太忙了,也没重视,老人也没当事。结果拖了几天,孩子发了高烧,送去医院被告知是轻微手足口病,接到电话的小姜心痛得直落泪,可手头有一大堆工作,她还是狠狠心,托付老人们在医院照顾……女儿今年五岁了,她最爱问的是,妈妈什么时候放假呀!在家陪陪阳阳吧!甚至因为平时夫妻俩在家探讨工作的事太多,女儿都反感得不行,常捂着耳朵说:求求你们别说了,好不好?

说到这里,小姜顿了顿,深呼吸了一次。看得出,她心里也不好受。然后她又告诉我——

身边的不少同龄人都生了二胎,她们夫妻俩都是独生子女,双方家长都有这个想法,可是因为工作的原因,他们一直在推迟。2018年,这件事终于被安排进了家庭计划，其后不久，小姜怀孕了。可怀孕不到两个月的她，又迎来高校到地方的第三方评估工作。这些学生娃虽经过简单培训，毕竟业务生疏，小姜天天要陪同他们去村上、去宾馆，为他们解难释疑。因为多日的劳累，她不幸小产了。在家才休息了十天，又接到安排，代表无为县去参加省扶贫办组织的市级交叉考核。出门一忙又是多日，回来时已是腊月二十四五，接近年边了。

一个一心扑在工作上、对家难有贡献的女人，最需要的是家人的支持吧！带着这个问题，我见到了小姜的爱人小沈。坐在我面前的这个年轻人，架一副眼镜，俊朗阳光，说到爱人，说到工作，他马上打开话匣子——

因为忙，孩子又小，其实他们没少吵架，一度也过得是鸡飞狗跳。开始在社区上班，小沈的工作比小姜单纯得多。他说他没法理解，她常常加班到那么晚回来，有一回，又是很久还没回，他去路上迎她。见了面，他就按捺不住，跟她吵，并扬言：明天就去帮她辞职，不干了！咱不能不要生活，不要身体吧！吵归吵，心里是心疼的，他就是不想她太累着，他知道她是好性子，做事又特负责，认识了这么多年，他还不了解她吗？

一直到 2018 年 4 月，他被调进镇扶贫站，和她一起共事，他才真正知道她的辛苦她的不容易。但理解归理解，有时难免也有怨言。也是 2018 年，小沈的母亲生了癌症，在上海住院，没有女儿的她，很希望媳妇过去照料。但是工作，工作又一次让她不能尽一个媳妇的心意，小沈也抽不开身，最后只得由公公过去。为此小夫妻俩心里都不好受。小沈说，当母亲生了这样大病都不能尽孝，心里无法不痛，他承认当时他对丹丹多少也有怨，甚至对这样忙碌的工作本身也有一点怨。可是，人生有时就是这样难能事事周全吧。小沈又一笑释然。

说到婆婆的事，小姜也深有歉意。她叹了一口气说，一句话，我对不住我的家人，包括我自己的父母，他们只有我一个女儿，可我看望他们的次数太少太少。

可在谈到工作成效时，小姜又精神焕发了。她说，每看到贫困户因为政策的落实而过上好一点的生活时，别提有多宽慰了！她说，有时去贫困户家，有些老人会把你当女儿一样亲着，会拉着你的手问长问短，还说他们自家的孩子都不如你呢！她和我分享了一个贫困户的精准扶贫实例——

高沟镇上的贫困户李世根一家，三人都有问题。李世根年事已高，是直肠癌患者，妻子和小儿子都是残疾人。生活困境可知。扶贫工作政策落实到他家，先是帮申请低保，再帮申请残补残护，因为房子漏雨，以前又享受过危房改造和安全住房政策，现不能再次享受，小姜于是联系爱心人士通过社会捐助帮其修缮。因老爷爷直肠癌每天都要使用造物袋，但他所使用的造物袋不在医保报销范围内，小姜又通过卫生院联系多家制药厂，免费提供了很多试用的造物袋，从而减免了医药费负担。针对小儿子的聋哑状态，又为他安排了镇上开发的扑灭烧秸秆的巡逻工作，月工资几百元。

就这样，这么一户老弱残的人家，生活也能正常运转了！你看着怎么不特别欣慰呢？说到这，小姜的脸上现出特别灿烂的笑容，这笑容也感染着我。我想，这就是她一直以来的工作动力所在了！

去新华自然村吕爷爷家采访时，吕奶奶充满感激地告诉我：她儿子精神分裂，不能劳动，媳妇走了。现在他们家享受低保、独生子女费、计划生育特扶，儿子吃药有精补。以前孙子在江南皖江学校上学，因为在外县没有享受教育资助，是小姜特意到学校和老师反映情况，联系芜湖市教育局帮他申请教育资助。孙子高中毕业后，又是小姜鼓励他参军去了，现在在部队有补贴。爷爷被安排进镇上的环卫公司扫地，也有收入……奶奶说：真要谢谢国家好政策，让我们有日子过呀！日子也越过越好了！谢谢扶贫站姜姑娘，还有其他同志们，谢谢谢谢！吕奶奶不迭声地说着谢谢，那脸上的皱纹绽成一朵动人的菊，让我的心也温润了。

去古城叶显玉家，我了解到，他们家有四人，爷爷奶奶带孙子孙女生活，媳妇早亡，儿子在坐牢，两个孩子全靠爷爷奶奶照顾。而叶显玉患有胃癌，奶奶身体也不好。从叶爷爷口中得知：小姜姑娘入户走访了解到情况后，在孙女放暑假的时候介绍她去饭店打零工，增加家中收入。还常亲自帮助孙子辅导功课，因老人年龄大，和学校老师联系不便，平时有事需要联系时都是通过小姜代为转达，过年还给两个小孩压岁钱……"两孩子和姜姑娘亲着呢，几天不见就念叨……"叶奶奶也在旁边补充着，还动情地牵起一边的衣角，揩着眼泪。

山丹丹花开红艳艳·155

……

好了，不再赘述扶贫户们一口一个姜姑娘的感念之情了，让我们再来看看这些成绩与荣誉：这几年在姜丹丹的带领与努力下，高沟镇的扶贫工作上升到一个新台阶，在县级考核中，一直排在第一方阵。2018年，甚至排名全县第一。姜丹丹因为个人的突出表现，作为一个外聘人员，已被高沟镇政府破格提拔为扶贫站副站长。而作为县级扶贫代表，去外地考核学习，姜丹丹已去了三次，这是对这个年轻人扶贫工作的极大肯定！

我还了解到，自2020年初新型冠状病毒暴发以来，小姜从正月初六就一直工作在疫情防控的一线。开始是走访贫困户，分发口罩，宣传疫情防控知识，接着是帮贫困户销售农产品，解决产品滞销难题，再后是帮助贫困户就近就业，提供就业岗位信息。病毒无情人有情，小姜一直在把她的温度传递给需要她的贫困户们，她始终是他们的贴心人。她怎么不是他们的贴心人呢？据我所知，高沟镇还自主设立了公益性岗位，就是扶贫站向镇政府申请的，为相对困难的家庭争取就业机会。为了贫困户们，姜丹丹真是做到了：凡所应想，无所不想。凡所能帮，无所不帮。

最后再来说说小沈吧。透露一下，小沈的微信号昵称是"爱人可爱"，他给我解释说，有两个意思：一、爱人很可爱；二、爱人很值得爱。采访时，他已经于2018年底考上公务员，现在在临近的乡镇姚沟镇任扶贫站副站长。夫妻俩现在是工作一样，职务相同，开始你争我赶，唱对台戏呢！据说姚沟镇在去年的扶贫工作考核中市排名第四，高沟镇排第五名。

小姜表示，她为爱人的工作成绩感到高兴，但自己也不甘示弱，现在正积极准备公务员考试，后面要和他继续比拼，争取做得更好！

山丹丹花开红艳艳。让我们祝福并致敬姜丹丹以及她的爱人，祝福并致敬祖国大地上千千万万像姜丹丹一样的扶贫人吧！是他们一步一个脚印把中央的扶贫政策落到实处细处，让我们广大的贫困人民真正受惠，让党的温暖阳光照彻每一个角落，让中华民族伟大的复兴之梦，早日实现！

只争朝夕　不负韶华

——记无为市红庙镇马泽村扶贫专职副书记骆胜宝

倪旭生

坚决打赢脱贫攻坚战，是党中央、国务院的一项重大战略部署，是全面建成小康社会最艰巨的任务，也是中国人民向全世界作出的庄严承诺。

2020年，是脱贫攻坚决战决胜全面收官阶段。神州大地上，处处涌现出一幕幕可歌可泣的感人事迹和英雄壮举。和平建设时期，在这场伟大的堪称史无前例的"战役"中，数不胜数的扶贫人，夜以继日，顽强拼搏，殚精竭虑，在脱贫攻坚这条并不平坦甚至是充满各种艰难、严峻挑战的征途上，留下终日奔波的忙碌身影，洒下无数辛勤的汗水。他（她）们以实实在在的行动和成效，赢得广大贫困户的交口称赞。

本文的主人公骆胜宝，或许就是其中的一名优秀基层代表。

唯有奋斗　不负韶华

"我们自古以来，就有埋头苦干的人，有拼命硬干的人，有为民请命的人，有舍身求法的人——这就是中国的脊梁。"

2020年5月4日。青年节。立夏的前一天。气象预报：本市今日最高气温35摄氏度。而在这之前的两天（五月二、三日），也分别达到33摄氏度。

四日八点四十分，按照约定的时间，笔者准时来到无为市红庙镇的一处施工路段。盯着眼前一个没有戴草帽、被大太阳晒得满脸通红、浑身几乎已经湿透的四十上下的中年汉子,我狐疑(之所以有这种不确定的表情,是因为我无法将此人与在村部公示栏工作照片中的那个年轻、阳光、帅气的小伙子联系在一起)地问道,"你,就是骆胜宝副书记?"

"我就是,哈哈。实在是不好意思啊,这么热的天,还让你大老远地跑过来陪着我一起'晒太阳'。"骆胜宝用手擦了一把脸上正在往下滴的汗珠,微笑着说。

"今天是真热呀!这才五月初,居然有了盛夏的感觉了。"我说,"你在这里干了几天了?"

"连续七天了。如果顺利的话,今晚应该能完工。"最近一心扑在项目建设上,保障所有工程顺利圆满竣工的骆胜宝,很有把握地对笔者说。

"如今,行政村的干部也真是不容易呀,上面一根针,底下千条线;晴天一身汗,雨天一身泥。这就是你们工作最真实最客观的写照哇。"

"哈哈,我本身就是农村人嘛,早就习惯了。"他憨憨地笑着对笔者说道,"不瞒您说,我从大年初一到现在,一天也没完整地休息过。要是再往前推算的话,好像是从 2019 年或许还是 2018,不对,是从 2017 年开始吧,一直到今天。"

"啊?是吗?!"闻听此言,说实话,我真的是大吃一惊。尽管我早有思想准备——如今的行政村(社区)干部很忙,特别是扶贫干部,事情又多又杂分得还细,可谓千头万绪,但是我绝对没想到会是如此的忙。

"今年是全面建成小康社会和'十三五'规划收官之年,也是脱贫攻坚决战决胜之年。可是没想到,年初那场突如其来的新冠肺炎疫情,彻底打乱了我们的工作计划。最近三个月的时间,我们全力以赴在抗击疫情,但时间不等人呀!因此,我们现在必须要时刻绷紧弦,拉满弓,以更大的决心,更强的力度,奋力将'损失的时间'全部夺回来。"面部表情坚毅的骆胜宝如是说。

他一边忙着,一边向我介绍:眼前这条投资总额 67.8 万元的黄任路(起点黄村,终点任瓦自然村),全长 1.2 公里(资金来源:国家财政拨款 55.8 万元,群众自筹 12 万元)就要竣工了,可谓"啃下"一块硬骨头,也了却我的一桩心事，"抓好村级扶贫项目建设，一定要把好事办好，实事办实，因为各项基础设施建设，是广大群众看得见、摸得着的福利。你看，我们面前的这条水泥路建成投入使用后，将大大地提高周边几个村群众的通行条件"。骆胜宝不时地用手比划着对笔者说道："所有的扶贫项目，必须赶在6月20日之前全部竣工。因此，我们务必要赶在汛期来临前，抓住当前有利的晴好天气，加班加点地组织施工。再热的天气，总比下暴雨要好哇。哈哈。"

从三轮车上搬下一袋袋水泥，再拌起砂浆。骆胜宝一边不停地忙活着，一边继续笑着对笔者说："一下大雨，可就无法施工了。你再急那也只能是干着急。因此呀，我们现在只能是争分夺秒地干，别无他法。"

"是呀，的确是这个道理。"笔者先是点了点头，随后又难免带着疑惑的口吻问道："作为项目负责人，这样的活，你也要自己带头干啊？"

"噢，我忘了向你介绍了，眼下村子里许多青壮年人都外出务工或经商了。在工地上做小工的，大多数是上了年纪的人。因此呀，一些重体力活我尽量是自己来，尽可能地让上了年纪的务工者干一些相对轻巧的活。在他们中间，有的是贫困户，或是有这样那样的身体残疾，或是患病治愈后不久。安排他们务工，一天一百来元钱，这样也能增加他们的收入。"

虽然只是一名普普通通的行政村干部，但骆胜宝同志没有妄自菲薄。他很清楚：只有始终把群众放在心中最高位置，切实帮助他们解决在生产生活中遇到的实际困难，竭力排除他们的烦心事、忧愁事，才能赢得群众的理解、支持和信赖，才能在平凡的工作岗位上做出一点不平凡的业绩。也只有如此，才能不负组织和人民的重托。

习近平总书记曾这样说："扶贫干部要真正沉下去，扑下身子到村里干。""脚下沾有多少泥土，心中就沉淀多少感情。"在开展日常工作中，骆胜宝同志真正将习总书记的嘱托牢牢地记在心上，并转化为自己的自觉行动。长年累月，坚持不懈。

80后，"老村干"！

骆胜宝，出生于1980年1月，1999年3月参加行政村工作。自2014年开展精准扶贫工作以来，作为村里的扶贫专职副书记，骆胜宝积极践行"立足岗位做贡献，争做合格共产党员"。他干事雷厉风行，充分履职尽责，终日奔波于马泽村精准扶贫工作第一线，全心全意做党的扶贫政策的"宣传员"，群众致贫原因的"分析员"，精准脱贫一线的"联络员""勤务员"，常年为脱贫攻坚工作挥洒辛勤的汗水，奉献自己的青春和智慧。特别是从2017年起，骆胜宝积极接受组织安排，担任红庙镇马泽行政村扶贫工作队副队长，协助队长驻村巡查，精准施策，规范建立健全台账，协调帮扶单位——无为市审计局在该村各项帮扶措施的落地见效。

四年来，肩负组织重托的骆胜宝，勤勉务实，夙夜为公，用力用心用情开展精准扶贫，多次赢得上级业务部门的好评和辖区广大百姓的点赞。

"如何按期、按质、按量消除辖区贫困人口，确保贫困户稳定脱贫？确保监测户不返贫？边缘户和'双骤户'不致贫？"显得任重而道远。与此同时，还要持续不断地深化巩固扶贫成果，提高脱贫人口生活质量以及良好高尚的精神风貌、综合素质等方面，将更是一个长期的艰巨的奋斗目标。这些问题，也是多年来一直萦绕在骆胜宝脑海里挥之不去的一个重要课题。

一分耕耘，一分收获。2018年度，骆胜宝被原无为县扶贫开发领导小组评选为全县"脱贫攻坚工作先进个人"。2020年1月10日，经无为市市委常委会会议研究决定，拟推荐上报"芜湖市三大攻坚战"精准脱贫类先进个人公示名单中，骆胜宝同志榜上有名。

"从群众中来，到群众中去"是中国共产党人的一贯宗旨，也是一切工作取得胜利的不二法宝。"只有真正深入群众，发动群众，与群众打成一片，才有可能摸清最真实的情况，掌握第一手资料，从而做到有的放矢，对症下药，牢牢把握工作主动权，打好主动仗。"骆胜宝深有感触地道出自己的工作体会。

精准扶贫的关键，在于"精准"两个字。为做到识别"精准"、信息数据"精准"，骆胜宝同志虽为村党总支副书记，但他凡事都要亲力亲为，同村里"两委"班子成员一起，无论烈日当空，还是倾盆暴雨，他每日坚持深入走访群众，了解掌握贫困户基本情况，宣传党的相关扶贫政策，对群众嘘寒问暖，深得辖区百姓认可。

瞧，这一对扶贫战线上的好夫妻！

马泽行政村，位于无为市红庙镇东部，由原马泽、任泽、响塘、邵岗、建政五个小的行政村合并而成，目前是红庙镇最大的一个村。全村现有总人口 7162 人，共计 40 个自然村，贫困户 308 户，贫困人口 990 人。贫困人口占全村总人口数的 13.82%。作为该村扶贫专职副书记的骆胜宝，深知本村脱贫攻坚任务的艰巨性、复杂性、多样性。但是，他总是无私无畏，满怀信心地迎接各种艰难和挑战。

1997 年，只有 18 岁的骆胜宝，只身前往内蒙古自治区通辽市从事餐饮服务行业。其间，由于工作关系，他认识了现在的妻子刘慧梅。那时候的刘慧梅，在当地一所小学担任代课教师。作为家里唯一的女儿，父母自然是舍不得贴心的"小棉袄"远嫁至几千里之外的安徽。可是，"慧眼识珠"的刘慧梅，就是认定了勤劳能干、忠厚淳朴的骆胜宝。最终，意志坚定的她努力做通父母的思想工作。两年之后，骆胜宝带着刘慧梅回到家乡无为红庙，两人步入幸福的婚姻殿堂。

"既然我已经回到生我养我的故乡，就要设法为家乡的建设、发展尽上自己的一份绵薄之力。"这，便是年轻的朝气蓬勃的骆胜宝的初心。于是，他毅然决然地进入当时经济待遇非常低、事情多、任务重、无保障，绝大多数小青年根本就看不上眼的村部工作。

2014 年，国家"精准扶贫"大幕开启。骆胜宝毫不犹豫地"奔赴"扶贫一线。当时，他的妻子刘慧梅在村里担任计生专干。在这之后的 3 年时间里，夫妻俩虽然在一起工作，可工作的内容却几乎没有交集。芜湖市脱贫攻坚战打响后，事业心极强的骆胜宝是二话没说，积极接受组织安排，担任马泽行政村扶贫工作队副队长，夫妻俩的工作这才开始有了真正意义上的"交结"。

骆胜宝考虑到妻子电脑操作很熟练，业务能力也比较强，于是他建议村党总支部动员自己的妻子担任村扶贫专干。刘慧梅热烈响应组织上的安排，与丈夫成了工作上的搭档。从此后，夫妻俩一起为党的伟大的脱贫攻坚事业而并肩作战。

"以前，我常抱怨丈夫整天忙忙碌碌地不着家，自从我自己也投身扶贫工作后，这才真正理解了他的辛苦、他的忙碌，也更懂得了他终日忙碌的意义之所在。"2020年5月5日，"五一"小长假的最后一天。当日上午，室外，风雨大作，正在办公室里埋头整理台账的刘慧梅这样对笔者说。

"我听说你儿子在民办高中读书，你能不能谈谈有关他的具体情况？"笔者有些好奇地问道。

"不瞒你说，只要一想起我儿子来，我真的感觉对他有些歉疚。"在工作中看似风风火火的女强人的刘慧梅，此刻，当笔者一提起她的儿子，她的眼圈不禁变得红润起来。"就说前期吧，因受疫情影响，他整天一个人在家里上网课，中午经常就煮点速冻食品，或是以饼干之类的充饥。我儿子跟我抱怨，说他现在一看到速冻食品就反胃。"

"是呀，那些东西偶尔吃吃还行，经常吃，吃多了，的确是头疼。毕竟，我们从小就是吃大米饭长大的。"笔者笑着说。

"你看，这不，高一年级刚复学没几天，学校里又放五天假，而我们夫妇俩几乎天天都得加班，他还是要吃那些东西，也真是难为儿子了。唉，但这也是没办法的事情。"刘慧梅感慨道。

骆胜宝夫妇对广大父老乡亲如期脱贫致富的艰巨性任务是看在眼里，急在心上，抓在手中。2019年6月，他们夫妇俩唯一的儿子参加中考。成绩出来了，儿子原本是可以上城里公办重点高中的，但是考虑到工作非常繁忙，根本就无暇照顾到他。于是，骆胜宝夫妇与儿子一商量，毅然决然地把他送进马鞍山中加双语学校（民办，全封闭管理）寄读，两周才能回家一次。

夫唱妇随，琴瑟和鸣。

少了陪伴儿子读书的"羁绊"与挂念，骆胜宝夫妇俩甩开膀子大干起来。在他们夫妇俩夜以继日忘我地不懈努力下，红庙镇马泽村的脱贫攻坚事业开展得红红火火，不少工作走在无为甚至是芜湖市的前列。

"坚持示范引领，争创一流业绩"。为进一步做好脱贫攻坚档案整理工作，自2017年2月（春节）开始，骆胜宝放弃所有节假日，每天来回奔波于家、村委会与贫困户之间。访民情，摸数据，查资料。工作中，他认真按照上级规定，对村级"一户一档"、户级"一户一袋"中的资料一丝不苟地进行全面排查、清理，并及时整理归档，做到条理清晰，简单明白，一目了然。

多方位、地毯式、全覆盖、深层次、无死角的走访摸底，是脱贫攻坚中的一项极其重要的基础性工作，也是精准扶贫的关键环节所在。骆胜宝严格按照国家政策规定的"七不准"要求，一项项对照，一户户核实。对不符合贫困条件的家庭及个人，杜绝一切人情，克服任何阻力，铁面无私，坚决逐一清退。在"国办系统"基础信息采集录入期间，夫妻俩连续一个多月加班到凌晨一点多才回家休息。甚至还有几天更是通宵达旦地工作，确保按时按质按量完成各项数据的准确录入，从而为精准帮扶打下坚实的基础。

2017年12月10日，芜湖新闻网、《芜湖日报》以《无为这对夫妻不简单，不信来瞅瞅！》为题，对骆胜宝、刘慧梅夫妇的扶贫事迹进行专题报道——在无为县红庙镇马泽村，有这样一对夫妻：丈夫骆胜宝是村里的扶贫专职副书记，妻子刘慧梅是村扶贫专干。夫妻俩"搭档"，相继投身扶贫一线。他们俩互相支持、互相鼓励，携手帮助村里的每名贫困户解决生产生活上的各种困难，用真情、关爱点燃贫困户脱贫致富的信心和希望。

该报道积极彰显了社会正能量，在当地引起不小的反响。2018年第36期《美丽无为》电视节目对他们夫妻俩的事迹进行深入报道。同年5月22日，人民网—人民电视以《无为县马泽村：奔波在脱贫战线上的夫妻档》为题，以电视新闻的形式，对此进行转发。

经过夫妻俩共同努力，红庙镇马泽村的脱贫攻坚"一户一档"工作，先后受到芜湖市、（原）无为县有关领导及广大扶贫战线上的同仁的高度肯定。2017年5月中旬，无为县"一户一档"村级档案管理工作现场会选定在马泽村召开。主办方组织全县各乡镇扶贫干部、工作人员前来观摩学习。此后，无为、南陵一些乡镇多批次组织人员前来马泽村现场学习档案管理工作。这些成绩的取得，与骆胜宝夫妇的努力和辛勤工作密不可分。

"骆胜宝夫妇俩真是好样的！他们可是脱贫攻坚战役上的一对'黄金拍档'啊。"近日，无为市扶贫办主任曹静用这样一句简朴的话来评价他们夫妇。

"扶贫，一定要用心用情去做。只有这样才能获得贫困户的认可，才能增强他们脱贫致富的信心和决心。"骆胜宝经常把自己比作贫困户的"服务员"。在他看来，作为一名身处一线的扶贫工作者，就是要把党的各项帮扶政策用好、用细、用活、用正、用到位，设身处地地帮助他们解决实际困难。

2018年，为进一步提高工作效率，骆胜宝夫妻俩特意购置一辆电动轿车。"自从有了这'四个轮子'的帮忙，我们挨家挨户地服务起来可方便多了。"骆胜宝笑着跟笔者说，"等到2020年年底，脱贫攻坚战役全面打赢后，我这辆'老爷车'差不多也要报废了。呵呵。"

情系百姓，把工作做到群众心坎里

2017年8月。酷暑难当。

1946年出生、家住马泽村民组的五保孤寡老人骆以胜，因患有脑梗、高血压、高血脂、糖尿病等多种慢性、基础疾病，从而导致行动不便。他所居住的两间土墙瓦屋，由于年久失修快要倒塌了，无法居住，成为实实在在的危房。情况调查清楚后，骆胜宝二话不说，积极帮他筹措建设资金。很快，他在镇、村里给老人争取到三万多元的专项资金。由于当事人身患疾病，行动受限，无法打理自家房屋建设方面的事务。于是，自告奋勇的骆胜宝紧锣密鼓地帮老人张罗起来。从老人的家到红庙镇街道大约有八九公里的路程。在那酷暑难耐的八月里，骆胜宝骑着自己的电动车，来来回回不停地帮老人购买各种建筑材料。平均下来，每天不少于跑一次，最多的一天跑了三四趟。事前、事中、事后全程参与，还要建立完备的台账归档。正是他的这份无私、热心和坚持，骆以胜老人终于如愿以偿地住进两间崭新、亮堂的砖瓦结构的房屋。不仅如此，他还帮骆以胜老人购置了空调、冰箱和液晶彩电。从此后，老人的生活较之前发生了翻天覆地的变化。

"骆胜宝这个人啊，工作能力强，做事任劳任怨，勤奋敬业，奉献的意识也特别强。"提起骆胜宝来，无为市红庙镇人大副主席、马泽村扶贫工作队队长王兴俊对他是赞不绝口。

2020年5月3日。午后，天气闷热，室外气温高达三十三摄氏度。终日忙碌不停的骆胜宝，应笔者前日邀约，在村里走访贫困户。当我们踏进骆以胜老人的家时，他正开着空调，在房间里悠闲地看着新闻联播呢。

"老人家，最近身体还好吧？如果上街买药有困难的话，随时打我电话，我来帮你买。"

"我知道你们很忙，怎么好意思每次都麻烦你呢？"耳朵有些背的老人，说话的声音特别大。或许，他是生怕别人听不见吧。

"你千万不要这么想啊，老人家，不存在什么麻烦不麻烦，我们搞扶贫工作就是为你们服务的。"骆胜宝微笑着凑近老人的耳边，大声对他说。

随后，骆胜宝转过头来告诉笔者，"目前，老人的专项扶贫资金、五保、高龄津贴等全部加起来的话，每年大约有万把块钱，足够他购买药品和维持生活了"。

"感谢党，感谢政府的好政策！感谢你们扶贫干部的帮忙！我真是做梦也没想到，活到老了，还能过上这样的好日子！"

当我们提出告辞时，骆以胜老人坚持要把我们送到大门口，并一再说着感谢的话。笔者明白，这是老百姓发自内心世界的真心话，不吐不快啊。

同样的，出生于1950年的王育长老人，是2014年建档立卡贫困户。他无子女，也无劳动能力，几乎没有任何经济来源。在建档立卡前，他只能依靠远亲接济、好心乡亲们的帮衬才能勉强度日。被评定为贫困户后，镇、村干部及驻村扶贫工作队根据实际情况，对他实施精准扶贫。首先，将他纳入五保范围。以前，他住在老大队部一间闲置的小屋里，当房屋成为危房根本不能居住后，身患疾病的他，也是行动不便，于是，事无巨细，大到砖瓦、钢筋水泥，小到一根毛竹、一只灯泡，都是骆胜宝一手帮他操办购置，使他住上现在崭新的砖瓦房。

小康不小康，关键看老乡。

"如今啊，不仅吃喝不用愁了，住房条件也得到极大的改善。"午饭后在村里的小广场上溜达、健身的王育长老人，心满意足地对我们说。

"脱贫路上，一个也不能少。"习近平总书记的谆谆教导，骆胜宝将它深深地刻在心里，付诸于每日行动中。

"脱贫后不脱政策，不脱帮扶措施。"骆胜宝告诉笔者。针对村里三百多户已脱贫户，还有一些边缘户，我们要定期进行回访，密切关注其生产生活情况，防止其再返贫。截至5月上旬，我们村还有6户17人未脱贫。结合每户实际情况，我们镇、村和扶贫工作队正在积极帮助群众深入分析致贫原因，研究解决脱贫方法，帮助困难群众规划脱贫路线。

真扶贫体察群众疾苦　扶真贫解决百姓烦忧

"只有真正将贫困户的冷暖时刻挂在心上，视他们为亲人或朋友，这样才能做好扶贫工作。"这是骆胜宝最真切、最朴实的一句感受。通过扶贫工作队6年来的艰辛努力，预计到2020年7月底，马泽村将实现全村脱贫，从而圆满完成党中央、国务院布置的全面脱贫任务，使该村贫困发生率降至0%。目前，他们正在以实际行动来有力践行习近平总书记提出的"要真扶贫，扶真贫，真脱贫"；"找到'贫根'，对症下药"。

近年来，芜湖市通过"幸福路·爱心扶贫"项目，以"精准扶贫""精准脱贫"为抓手，大力推广各类园区带动、龙头企业带动、农民合作社带动、能人大户带动和贫困群众自主发展产业的"四带一自"产业扶贫模式，着力探索"产业扶贫示范基地+土地托管、务工就业、带动种养+贫困户"的利益链接模式，助农增收，成效较为明显。

扶贫，当然最好是先扶志；对贫困户既要输血，更要造血。咱们老祖宗有一句话说得好："授人以鱼，不如授人以渔。"作为受过党组织多年教育的骆胜宝，自然深谙其中的道理。为此，自1999年参加工作，特别是在2014年开展扶贫工作以来，他不分白天黑夜，时常都在琢磨这样一个古老而又充满巨大挑战性的问题——如何才能使有劳动能力的贫困户依托自己的勤劳、汗水和智慧，尽快走上一条可持续发展之路？

2015年，时年47岁的居民任士水（出生于1968年11月），家里有两个孩子，一儿一女，他们读书勤奋，也很争气，先后都考上了大学。为支付子女每年不菲的学费，无奈之下，任士水夫妇随熟人前往天津市打工。可是，四处飘零的他们，苦倒是没少吃，就是没挣到什么钱。灰心丧气的他们，只得又返回家乡务农。当时，他们一家人的全部经济来源，只有依靠几亩薄田的收入，可谓入不敷出，导致生活十分拮据。该夫妇俩整日愁眉不展，唉声叹气的。

随着精准脱贫攻坚工作扎实开展，农村供给侧结构性改革的深入推进，近年来，农业生产发展方式也随之发生深刻转变。

骆胜宝在走访中获悉任士水家的情况后，多次上门想办法帮助他规划增收途径。"任士水家致贫的主要原因，是因为两个孩子的大学学费，每年都得好几万。他干农活是一把好手，有能力也有意愿脱贫，只是他家的农田规模小，生产收益太少。"分析清楚他家致贫原因后，骆胜宝建议村里让任士水担任马泽自然村的村民组长，并为他家申请了低保；四处联系村里的共产党员、致富能人一起来帮助他。最终，在本村共产党员任乐宝的示范带动下，骆胜宝帮任士水成功流转到60亩土地，从而使他家实现了规模化种植。除此之外，骆胜宝还积极为他家申请"扶贫小额信贷"专项资金，以帮他扩大再生产；将任士水的妻子介绍到附近的羽毛羽绒厂里打零工。后来，结合农村人居环境治理和文明创建等工作，村里给她安排了一个公益性岗位（每年/3600元）；帮着给他家的两个孩子申请到教育资助……

2017年，任士水流转到的60亩土地，除了缴纳租金，以及其他一切支出外，每亩收入约700元，再加上自己家的土地，当年纯收入便达到三四万元，成功实现了脱贫。

"我们家现在的日子呀，真是好过多了，女儿已经大学毕业，在北京工作，开始拿工资了；等我儿子毕业后参加工作，我家的日子肯定会更好。"如今的任士水夫妇，再也不唉声叹气、愁眉苦脸的了。他们俩对未来的生活，充满了无限的信心和希望。

"说句真心话，看着众多贫困户的生活越来越好，我们打心眼里感到高兴，感到自豪。扶贫，对于眼下的我们来说，不仅仅只是一份普通的工作那么简单，它早已融入我们的血脉，成为生活中最重要的一部分。"骆胜宝深有感慨地说。

制度优势在脱贫攻坚战中得到充分凸显

"制度优势是一个国家的最大优势。"习近平总书记曾经说过的这句铿锵有力的话语，在中国史无前例的脱贫攻坚的伟大战场上，得到最好的印证。

为确保全村三百余户、990名贫困人口如期、全部实现脱贫，骆胜宝所在的扶贫工作队在镇党委政府的坚强领导下,在上级业务部门有力指导下,访贫因,察真情,挖穷根,结合每一户实际情况,精准施策,积极当好党委政府与贫困户的桥梁与纽带。

在帮扶措施的规划、制定上,骆胜宝充分尊重贫困户意愿,绝不搞千篇一律,不搞一刀切。他精心为每一户贫困户建立扶贫台账,详细记录帮扶措施及落实情况,不但做到底数清,情况明,自己心中有数,更要做到让群众认可、满意,让群众看到党的扶贫工作绝不是一阵风,走走过场,持续增强他们对脱贫致富的信心和决心,确保小康路上不落一户,不丢一人。在村"两委"团结带领下,在骆胜宝同志的持续努力下,马泽村的扶贫措施得到严格落实,扶贫效果显现。

作为马泽村扶贫专职副书记的骆胜宝,既是一名老党员,也是一位村属小型党支部书记。在村党总支领导下,依托党建阵地,强化宣传引导,他多次组织召开"扶贫先扶志,治穷先治愚"等思想培训会,耐心引导广大党员群众如何正确认识精准扶贫,努力疏通极少数群众一开始对扶贫工作的不理解,以及思想认识上存在的误区,大力灌输"扶贫不养懒汉,扶贫不是光发钱"的理念;紧密结合本地区实际,精心培育示范户,充分发挥他们脱贫致富的积极性和主观能动性,创造"户户争脱贫"的良好氛围。

用双脚细心丈量村里的每一寸土地

生于农村、长于农村,已在农村工作 22 个年头的 80 后骆胜宝,与生俱来地对农村、对农民充满深厚感情。一年中,无论是哪一天,只要他没出远门,他最大的喜好就是走村串户,与群众拉家常。长年累月下来,谁家空调出了故障,谁家的下水道堵塞了,甚至是谁家养的鸡或是猪仔生病了,都会想到找骆胜宝帮忙;还有,谁家需要换个户口本,办个身份证啥的,也通常会找他咨询,请他帮个忙。总之,群众家里遇上困难、纠结的大事小情,都愿意与他聊一聊。

"我们要把贫困户的小事当成天大的事来做,只有这样,才有可能做好扶贫工作;帮扶,绝不仅仅单纯是在经济上的给予,更多更重要的,我想还是在心理、精神上给予困难群众关心、关怀、关爱。"骆胜宝深有感触地对笔者说。"比如，像我们村里的贫困户，有不少人是老弱病残，一部分老年人没有子女，或是不幸意外失去子女。因此，他们所缺少的，更多的还是心理上的关爱和慰藉。"

思想是行动的先导。有事没事的骆胜宝，总是绕着村里的 11000 亩土地转，陪贫困户们聊天，说说心里话，总是像他们的亲友一般，努力化解贫困户心中的症结。如今呀，不管是不是贫困户，一看到骆胜宝来了，群众都会主动热情地上前跟他打招呼，喊他进屋子喝口水。

"扶贫工作，对我来说只有起点，没有终点。我的双脚，早已沾满马泽村的每一寸泥土；我的心，也必将注入更多的血脉亲情。我将在扶贫攻坚这场硬战场上，再次发挥出我的战斗力，努力践行好习近平总书记的话，争做一名优秀的最美基层扶贫干部。"骆胜宝如是说。

眼下的他，正为自己能日夜奋战在扶贫一线而自豪，为自己能够全身心融入如此伟大的历史洪流而感到庆幸，为能够在扶贫事业上做一点无足挂齿、实实在在的事而感到骄傲。

"确实，扶贫路上绝大多数都是些平淡无奇的小事，本不值得一提，但是有一点，我分明能感觉到自己过得非常充实，非常快乐。"满腔热忱、豪情满怀的骆胜宝，这样微笑着对笔者说。

"但行好事，莫问前程。"这是骆胜宝同志喜欢的一句座右铭。无论是作为一名普通的行政村工作人员，还是身处一线的扶贫人，都显得恰如其分。

这是一片深情的土地
——南陵县许镇镇脱贫攻坚见闻录

张诗群

暮春,许镇的田畴河谷间一片绿意葱茏。水稻和小麦长势茂盛,把车道两旁铺成了一望无际的绿毯,间或,一带河湖在窗外闪过一线白光,一大群白鹭忽地飞起,又次第落入远方的水田。这是被称为江南水乡的安徽省南陵县许镇镇最典型的自然风光。这一切,对于久居皖南的人来说,这些年唯一的不同,大约就是那些白墙黑瓦的村居门前,在艳阳下反射着银光的光伏电板,以及用于扶贫工程的农业大棚,让人想起脱贫攻坚的有力步伐。

"现在的许镇,那变化可大!许镇人,有福喽!"司机老许是土生土长的许镇人,他一路上都在不停地与我"拉呱"。

前方一辆运送苗木的货车上,一丛迟开的映山红灼灼耀目,它伴着货车轻微摇晃的节奏,欢快地向许镇驶去。

一

47岁的何志平,站在他家锃明瓦亮的客厅门前,还没等我们说明来意,憨厚的笑就已然荡开了。他长得敦实,不连续走几步,你很难看出他腿有残疾。这是一个爱笑的人,一张黑红的脸上,总有克制不住的笑意,仿佛有一些喜悦要迫不及待地向外流淌。因此我十分诧异,这居然是一个全家皆有残疾的一家之主。

要不是因病因残，何志平家的日子无论如何不至于陷入贫困。妻子智残，儿子脑瘫，十二年前出生的小儿子因患先天性心脏病，离世前让全家背负了近二十万元的医疗债务。一副沉重得让人窒息的家庭重担，压在何志平的肩上。

"没有扶贫政策，我天就塌了，真塌了！"只在这个时候，说起这段经历，何志平的眼角有泪光闪烁。

2014年，何志平一家被许镇镇识别为建档立卡贫困户。随着扶贫干部一趟趟上门，萦绕在何志平心头密不透风的阴云慢慢散开，阳光照了进来，他感受到了前所未有的松快。

刚一落座，何志平就弯起手指，一项项地数着让他受惠的扶贫项目：残疾人生活补助、残疾人护理补贴、一户多残补贴、"351""180"医疗保障、签约家庭医生、低保、新农合等等不下于十几项。"保生活那是足够了！"他笑着说。

2014年以后的日子忽然有了滋味和盼头，这个粗眉方脸的汉子重新对生活燃起了希望。

他先是养起了猪。三头五头的养，渐渐地越养越多。三间大屋让出来做了猪圈，一家人住进了隔壁的小屋，又在离家五百米的庄稼地边辟出几间猪舍，再一年年地加盖扩增。2017年，何志平的生猪存栏量达到了最高峰130多头，当年获利近八万元，另外还获得一万元的自种自养扶贫奖补资金。这一年，何志平不仅顺利地脱了贫，还干了一桩大事，他腾空了原本养猪的三间大屋，花五万元翻新装修，添置了空调、电视机等家用设备，一屋子的窗明几净亮亮堂堂，一家人住着特别舒坦。

但前进中总有风雨相伴。"谁知道猪瘟来了呢？要不是有国家补贴，就过不下去了。"2018年，一场猪瘟几乎卷走了何志平的全部积累，如果没有减损补助、"脱贫不脱政策"的扶贫保障和扶贫干部的关怀慰问，何志平很难再振作起来。

2019年，他开始养鹅养鸭，总数达4500多只。年底，眼看着活禽交易市场行情不妙，卖掉鹅鸭，他又开始养羊。"现在，16只羊，3头猪，风险小了，人过得安心些，也挺好。"说着话，他领我们去看他的羊。不远处的猪舍边，16只雪白的羊正低头啃田埂上的草，像16朵安静的白云。开阔平坦的田野绿意深浓，布谷鸟的叫声声声入耳。

在何志平家客厅光滑的仿大理石墙上，并排贴着两张玫红的表单，一张是"一户一方案、一人一措施"的扶贫清单，一张是家庭人均纯收入明细表，两张表单细致详尽地列出了上一年度扶贫工程在何志平家的落实情况，其中享受低保、残疾人生活补贴等转移性收入共计16336.68元，自种自养奖补资金4000元。两张纸的下端分别是帮扶责任人、所在村负责人、脱贫攻坚指导员和贫困户何志平的手写签名。"何志平"三个字写得极认真，一笔一画，郑重无比。

门外左侧是一方水塘，一株粗壮的栀子树开满了丰润肥硕的白栀子花，一大朵一大朵，临着水面，香气四溢，仿佛整座村庄都笼罩在香甜的空气中。扶贫清单上写着这个村庄的名字，许镇镇仙坊村仙酒组。地名的来历与诗仙李白有关。传说李白游历皖南时曾在南陵小住，因嗜酒，与本地酿酒师关系友善，于是地名演变为仙酒坊，又演变为现在的仙坊村仙酒组。

何志平像是喝醉了酒的样子，笑呵呵的，站在门口送我们离开。

二

从地形图上看，在南陵县城以北，许镇镇像一枚迎风而立的出水莲叶，纵横的河塘湖汊仿佛叶脉经络，遍布在全镇178平方公里的土地上。许镇有全芜湖市最大的淡水湖奎潭湖，泱泱万亩，水波潋滟。过去，许镇人靠水吃水，水产养殖业一度十分发达。2003年区划调整，许镇镇由原来的六个乡镇撤并组成，人口近12万，是全县排名第二的大镇。

2014年，许镇镇有建档立卡贫困户1916户4411人，目前已全部脱贫。镇党委书记孙丰云说，之所以出现四千多贫困人口，一是区划调整后人口基数变大，其次，也是最主要的原因，是因病因残导致的贫困，这部分人群占到70%左右。鉴于此，许镇镇本着"应纳尽纳，应扶尽扶"原则，采取"医疗再救助""防范返贫申报""重点关注临贫易贫人员"等精准脱贫措施，多渠道拉起了一张扶贫网。

许镇镇扶贫工作站。一面镶黄穗的大红绒布面锦旗，悬挂在简陋的白墙上。锦旗上竖排两行金字：情系百姓解民忧，真诚帮扶暖民心。署名是许镇镇华林村谷龙彪，时间是2018年9月26日。

这是我在扶贫工作站的意外发现，送锦旗的谷龙彪，却不在拟定的采访名单上。

面对我探寻疑惑的目光，站长许存宏显然没有事先做好讲述的准备，他轻描淡写地简要陈述了这面锦旗的由来。

谷龙彪是一位癌症患者，2017年被识别为贫困户之前，二十多万元的医药费，将他推至贫困的泥潭。扶贫办工作人员体恤谷龙彪的病苦艰难，与扶贫干部上门探视，为他办理一应扶贫资金的申报和落实。所有合规的医疗救助项目兑现完毕后，发现尚有近万元的医疗费用需个人承担。考虑到谷龙彪的生活状况，扶贫办将此事作为特例上报到政府，最终许镇镇采取"一事一议"，利用镇本级财政进行"医疗再救助"，将这笔费用全部报销。

2019年9月26日一大早，黎明的薄雾还未散尽，许存宏刚走进安静的政府办公楼，就看见了等在扶贫工作站门口的谷龙彪。他腼腆地站在那里，双手托着锦旗，郑重地将锦旗交到许存宏手中，用发颤的嗓音说了声"谢谢！"那一刻，许存宏觉得，这个清晨无比美好。

对因病致贫群众的救助，习近平总书记作出指示："俗话说天有不测风云。要建立健全医疗保险和医疗救助制度，对因病致贫或返贫的群众给予及时有效救助。"这是一道暖流，熨帖着贫困病患的心，并已在广袤大地化为切实的行动。

扶贫干部史雪萍快言快语，说起北斗村的程泽时显得格外开心，"现在他身体恢复得好，心情也好了，见到我噢，还开起了玩笑！"50岁的程泽时是家中的顶梁柱，2016年查出肝癌后，全家几乎陷入绝境。2017年，被列为建档立卡贫困户。史雪萍刚与他接触时，程泽时厌世情绪严重，对史雪萍的关心总是爱答不理。史雪萍从不计较，逐一帮他落实扶贫项目，还总是找程泽时"拉呱"，让他打开心结，积极面对生活。

有低保收入了，医疗费用能报销了，眼见着扶贫项目解了燃眉之急，程

这是一片深情的土地·173

泽时的心情开朗了起来，病情也逐渐好转，笑容又回到了他的脸上。去年，他申请了村里的公益岗，又承包了十亩鱼塘，尤其令他欣慰的是，大学毕业的女儿找到了一份稳定的工作。

日子有了希望，程泽时又看到了曙光。

三

章小槐的家在许镇镇黄墓村。黄墓，指的是黄盖的墓。三国时期，此地属吴，据说吴国将领黄盖曾在此地的黄公渡训练水军，死后墓葬于此。因了这段文史，便以黄墓作了地名。

远远望去，章小槐家的屋子像是一艘长船，停泊在绿色的田野中间。四周是正在孕穗的水稻，浩荡绵延，青绿逼眼。

章小槐不在家。邻居说他"涝田"去了，很快就回来。大门开着，屋子里静悄悄的。右边的墙上整整齐齐贴着扶贫清单、收入明细表，数字密密麻麻，精确到小数点。我简单看了一眼，这些数字大小不等，小到享受大棚收益分红500元、光伏发电分红600元、公益岗位补贴每月550元（现已提至1000元），还有电费补助、物价补助、居家养老补助、粮食差价补贴、自种自养奖扶补助等等凡十几项，最大的数字是总纯收入103922.85元。这是去年一年这个家庭的收入明细。

正看着，章小槐回来了。一张晒得黝黑的脸，裤角高高卷起，赤脚跐着一双人字拖。他摘掉头上的草帽，连声说刚从田里上来，今年承包了五十亩田，这些日子，天天在田里。

"除了五十亩田，我还有七十亩鱼塘，一年纯收入七、八小十万的样子。"他估摸得有些保守，今年比去年种养得多，应该不止这个数。他坐下来，表情是严肃的，但语气里分明透着豪壮。"就是忙，田里忙完了，还要割草喂鱼，还有村里的公益岗，管管卫生保洁、秸秆焚烧什么的。"

2000年是章小槐一家的黑暗之年。妻子毛孝花因脑溢血引起偏瘫。从医院回来不久，7月，正值高温天气，他在田里喷农药时伤了脚，导致破伤风发作。"讲不出话，不能起床，迎面过来个人都能把我震倒下……"后来住院十多天，床上躺了一个多月，差点没挺过来。妻子已无法料理生活，捡回一条命后，章小槐不敢懈怠，起早摸黑，当爹又当妈，拉扯着一双儿女，推搡着日子慢慢向前。

　　这是一段至暗的日子，一家人债台高筑，前路茫茫，章小槐至今回忆起来还是心有余悸。出现转机是在2014年，章小槐家被识别为建档立卡贫困户，有了扶贫托底的保障，他的胳膊腿似乎瞬间注满了力气。

　　章小槐不善于表达，却是干农活的好手，吃苦耐劳，干活不惜力。他找到他的帮扶人张月红，说想要承包鱼塘。张月红兴高采烈地帮他张罗了起来。很快，村委会为他落实了五十亩水面，张月红又帮他联系了养殖培训班，他一头扎进去，像是海绵遇到了水。把第一批鱼虾苗投入水中时，他的希望之苗也开始落地生根。

　　天道酬勤，辛勤的付出很快有了回报。第一年，鱼塘有了三万元盈利，他干脆将周边的30亩地流转了过来，走稻虾共生的新型种养模式。他自己都没有料到，第二年，他就顺利地脱了贫，开始致富了。

　　2017年，他与本村另一位种粮大户成立了华玲水稻种植专业合作社，带动全村建成生态稻扶贫产业基地4420亩，68户贫困户从中受益。

　　"党和国家真心实意地帮我们，我们日子好了，当然也要帮助其他人。"章小槐说着，起身从里屋拿出一张荣誉证书，这是几个月前在疫情防控最严峻的时期，他主动请缨在村口值守八天的证明。证书上的楷体字清晰工整——章小槐同志：感谢您在新冠肺炎疫情防控期间参加志愿服务，特发此证，以资鼓励。落款是许镇镇党委、政府。他用手轻轻抚摸着，微笑着扬起嘴角。此刻，他的内心是充实和快乐的，仿佛收获了一个无上的荣誉。

　　现在，女儿已出嫁，儿子大学毕业后留在苏州工作，他肩上的担子越来越轻了。说起儿子时，章小槐的眼中，闪过了一抹璀璨的光焰。

　　无独有偶，这样的眼神，我在另一位贫困户胡世海的眼中也同样看到了。

　　胡世海，马仁村人，十年前生过一场大病，2014年列为贫困户有了保障后，他开始养种鸽。和章小槐一样，2015年脱贫，成了远近闻名的养殖能手。

　　因病致贫，是胡世海章小槐们人生中的一道坎，跨过去了，新日子就来临了。

在最紧要的当口，是扶贫政策拉了他们一把，跨过了这道坎。

出门左转，胡世海领我们进了他的养鸽棚。

近百平方米的棚子里，立满了一排排的笼架。见有人进来，700多对不同毛色的鸽子在笼子里咕咕叫着，有的伸长脖子东张西望，有的从蛋窝里站起来，每一只都肥嘟嘟的。胡世海从笼架旁走来走去，看看食料和水，查查鸽蛋添了多少，打量鸽笼里有无异常，然后迎着窗口铺进来的明亮光柱，让我给他拍了张照。

胡世海高大、结实，他要不说，看不出他曾经患过肝硬化。2014年以来，除享受"351""180"、家庭医生、全免费体检、社保兜底等脱贫政策，养种鸽每年又增加了四千元的自种自养奖补资金，而他养鸽的利润，平均每年有四、五万元左右。

胡世海家的扶贫清单上比章小槐家多了一项智力扶贫，那是他的女儿胡婷婷的教育资助，三年大学共六个学期，每学期1500元。去年7月，胡婷婷顺利大学毕业。

"她在准备考研呢，她想考，就随她考。"说到考研的女儿，胡世海的话明显多了起来，眼神中有一缕快乐的柔情。

四

章小槐的疫情防控志愿者荣誉证书，傅书祥也有一个。

在他家堂前的白墙上，除了这张证书，还贴着一张傅书祥荣获"南陵好人"的荣誉证书。两张荣誉证书连在一起，使屋子里有些喜气洋洋。

我问这张证书的由来，扶贫工作站的工作人员说，是因为傅书祥对他患病妻子多年的体贴照顾，不离不弃。

傅书祥曾是一名称职的好瓦工，年轻时是乡里的能工巧匠，后来跟随建筑队外出打工，常年在苏州、上海等大城市的工地上做活，人虽然辛苦，但一方面这是家里的唯一经济来源，另一方面，他认真，活又做得好，工地上离不开他。因此，在这个不起眼的小天地里，他也活出了一份尊严和价值。

2010年，傅书祥记得那是腊月，他刚好回到家准备过年。屋外天寒地冻，雪花片子漫天飞舞，妻子何银花突患脑溢血瘫倒在地。此时，一儿一女正在外地学服装加工，傅书祥急忙将妻子送到医院，实行了开颅手术。从手术台上下来，妻子的病情稳定了，却变成了二级肢体残疾，只能在床榻和轮椅上度完余生。这次变故让一家人猝不及防，也改变了这个家庭男主外女主内的格局，傅书祥从此断了外出找活的念头，回绝了工地上的催促邀请，回到妻子的身边，成了何银花的全职保姆，家里的"煮夫"，整整十年，不易。

何银花的病残，使这个家庭坠入到贫困的深渊。2014年，许镇镇在落实扶贫政策时，将傅书祥家识别为贫困户，给予精准扶贫。首先，"351""180"医疗保障、代缴新农合和签约家庭医生等健康脱贫项目让他们看病医疗不再成为负担，比如，上一年度的医疗总费用是2633.64元，减免后实际只自付了131.54元。其次，还有低保金、农业支持补贴等转移类项目扶贫资金总计15147.3元，解决了最基本的生活保障。

在这些精细多样的扶贫项目中，章小槐的水稻种植专业合作社，傅书祥也是受益人之一。

章小槐住黄墓村后阳组，傅书祥属于黄墓村窑新组，两人都是黄墓村人。这个村是许镇镇28个村中唯一的建档立卡贫困村，已于2017年脱贫出列。

2003年区划调整之前，黄墓村原为黄墓镇，有一条古色古香的老街，临着一条长长的渡河，渡河边是久负盛名的黄墓渡码头。近几年许镇镇借助美丽乡村建设，挖掘东吴文化，赋予了这个村乡村旅游的休闲元素。

扶贫清单上虽然写着傅书祥是窑新组人，但实际上因征地拆迁，他在十几年前就搬到了黄墓街道上的小区居住。我们下车去傅书祥家时，两侧整齐排列的民居墙角边上，辟出了一长溜菜园子，几盆叫不出名字的植物开着红彤彤的花朵，几架瓠瓜和南瓜正在爬藤，白的黄的小花开得满架都是。

傅书祥家的房屋虽有些年头，但在去年，他用村级光伏电站的分红扶贫资金，将屋顶新换了红瓦。还不止这些。傅书祥的扶贫干部、1988年出生的夏辰说，黄墓村的蔬菜大棚、连栋大棚、光伏发电等村集体经济扶贫项目，傅书祥每年都能从中分红，去年，仅光伏电站一项，他家就分到了6500元。

傅书祥与我们"拉呱"时，始终咧开嘴笑着。"现在的政策还有什么不

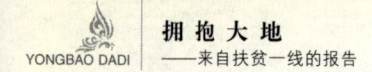

满足的？还说不好，那不是没良心？"他笑嘻嘻的，接着又打趣说："要说还有什么不称心的，就是上班的儿子还没找着媳妇。总不能这个事还要烦国家吧？"他双手一摊，哈哈一乐。

　　此时，阵阵花香自屋外飘来，深吸一口，沁人心脾。走出傅书祥家，放眼望去，正午的阳光如温暖的潮水，正泼洒在这片深情的土地上。站在被春风眷顾的庄稼地里，我听见了万物的欢唱，和拔节的声音。

山不在高

——南陵县籍山镇镇长张晓红的扶贫情怀

吴黎明

籍山是一座积土的丘山。徐乃昌主撰的《南陵县志》记是山:"城内主山,由屏风蜿蜒百折,穿田渡涧至此,突起小阜,年久颓削。知县沈尧中相其形势,礌石为台,建楼其上,盖县治之凭籍也。"

小阜者,言籍山不高,低而小小也;凭籍者,言籍山有所恃,为一域之仰仗也。公元704年,唐武则天长安四年,南陵县即在此建治,至今未有变迁。千百年来,凭山而栖,逐水而居,终于栖居成一个人烟辐辏的市镇。

无数次在籍山的城乡间行走,不见有山;但在我的心意里,却一直没来由地立着一座山。2020年5月的晚些时候,我又一次来到籍山。这一回,是因为扶贫的话题,采访镇长张晓红。

一见面,便不由得想起了来前做功课时得到的一个细节。

贫困户方小九,年纪大了,耳朵又不好,记不住张晓红的姓名,也搞不明白她是镇长,只晓得这个女干部贴心,知冷知热。在方小九的印象里,除了张晓红的好,就是张晓红那高高瘦瘦的个子了。只要稍长的时间没有见到张晓红,老人便念叨开了,那个大个子丫头去哪了?怎么没来哟?

大个子丫头,自家闺女似地从方小九的心中呼出来,那该是怎样的亲切和不见外呵!

坐在籍山镇政府显得有点朴素的会议室里，没来由地，我的意绪里又立着一座山了。不高，低而小小。

一

我站在长乐村的水岸。

那时，花事早已消歇了。细雨轻飞，绿色如泼，却正是水墨淋漓的宜人江南。

水面不大，恍若乡间常见的土塘。但这又不是普通的土塘，塘水清澈安宁，仿佛一枚透亮的碧玉镶嵌在绿野上；塘埂上生满杂树，蓊蓊郁郁，已经很久很久未经人迹的扰攘了；天地之间，水汽氤氲，弥散着浩漫的灵气。

这里是国家级扬子鳄自然保护区。扬子鳄，当地人唤做土龙，是与恐龙同时代的生物，一亿五千万年前便在地球上生活了。目前，野生状态的扬子鳄数量已经极少，被列为国家一级保护动物，其珍贵程度犹在大熊猫之上。

我面前的水塘里，就生活着一只名叫张龙的扬子鳄。塘岸两米外，住着张金银一家。从上个世纪七十年代开始，五十年以往，张金银与屋后湿地里的一只扬子鳄结下了不解之缘。

同行的村干部告诉我，为了更好地保护这只扬子鳄，在有关部门的帮助下，张金银先后三次把它送往扬子鳄保护区。可是，扬子鳄三次都爬回到了张金银的身边。相距百余里地，隔山隔水，有村庄，有城镇，甚至有高速公路，土龙是怎么认得路爬回来的呢？

鳄犹如此，人何以堪！从此，张金银再不提送鳄的事。像是自家的一个孩子，张金银还给这只扬子鳄起了个张龙的名字。站在塘埂上一喊张龙张龙，鳄鱼便浮出水面，悠悠地往岸边上游来。

张金银家的大门上，贴着黄色的门对子。我的心不由地沉了沉。果然，村干部跟我说，老人去年走的，八十好几了。

走进老人有些简朴的两居室，堂屋辟作简易的展览室，后门外便是水塘了。另一间居屋一分为二，前半间是厨房，后半间是卧室。厨房里，锅碗们原封不动地坐在那里，桌子上随意地放着一握的面条和一小塑料袋的朝天椒，仿佛是主人刚刚出门去了，又仿佛是他随时都可能回来。卧室不大，却显得空旷，靠墙放着一张小木床，床头是一顶黑旧得看不清原色的双开橱，床前是一只盖着单被页子的单人沙发。可以想见，老人生前的日子，过得比较清寒。

后门上方的墙上，挂着张金银夫妇放大的黑白相片。看上去，一脸的淳朴，笑得很满足的样子，让人不由地想起隔壁某个慈祥的老大爷。

人是物质的构设，更是精神的存在。从精神的层面来说，张金银，老人所拥有的，恐怕是再多的金子银子都无法衡量的吧。

忽然瞥见，窗外的水塘沿上，一枝叫不上名字的野花，正热情地灿烂地绽放出一小片水红。它并不需要什么注目，或许只是开着，适时而安，应季而好，自性而来，随风而去，恰如这屋内人一般，清而简，淡而远。

值得欣慰的是，在张金银和张金银们的努力下，野生种群慢慢地在长乐村的草泽间恢复起来，长乐村一带也自然而然地建成了扬子鳄自然保护区。

老人走得安详，唯一放不下的，就是他的张龙了。可以告慰的是，他的儿孙已经接过保护扬子鳄的担子。

我跟镇长张晓红说，怪不得籍山成为地方政治中心以来，一千多年都没有变更过。在籍山一走，才发现这里原来是一块风水宝地。长乐村的扬子鳄保护区，便是这宝中的至宝了。

然而，长乐村的村民守着宝贝，非但没有得到什么实际的好处，却长时间受到制约，整个长乐村更是成了籍山唯一的贫困村。

似乎是一个悖论，又似乎有着一些必然的联系。聊起长乐村守着大宝贝固穷的话题，一下子便让张晓红镇长打开了话匣子：

我们的发展，需要的是可持续发展。因此，绿色发展已成为"五大发展理念"的一个重要方面。习近平总书记说，绿水青山就是金山银山，意在生态文明，重在绿色环保。从长远来看，长乐，籍山，南陵，以至于更大的区域，扬子鳄都会是生态文明的一张靓丽名片。但是，很长的一段时间里，在扬子鳄保护和经济发展之间，我们却没有找到平衡点和着力点。

在张家不远的路边，有一块硕大的宣传栏，落款是"芜湖市林业局、芜湖市生态环境局、南陵县人民政府制"。上面是一篇《扬子鳄赋》，且不论遣词造句和谋篇布局，只是那字里行间，便弥漫着暖暖的人情味：

"扬子鳄，这一生长于1.5亿年前的白垩纪时代的家族，历史的长轮，繁衍至今。那是早先人类的种群，落户于地球村。近些年，随着国家严格的野生动物保护法律实施，这个生相丑陋的家族，因其栖息地保护，干部因失责被问责；居民因其而举家搬家；世代耕作的田亩被作为保护而流转，人们对其产生厌恶，甚至逆抗情绪，思想在囚笼中挣扎。"

这是《赋》里的一段文字，应该说是实事求是和恰如其分的，也得到了市、县有关方面的认可，立此存照。

"思想在囚笼中挣扎"。说到这里，张晓红有些动容，幽幽一叹，这些年，可苦了长乐村的群众了。我们绝不能让局面持续下去了，长乐人民付出得太多，我们有责任让他们在小康路上迎头赶上；从保护扬子鳄的角度出发，也必须让长乐人民的日子富裕起来。

长乐村土地肥沃，生态完好，交通便捷，人民勤劳淳朴，许多客商看重这里，想来投资。但是，长乐村约60%的土地处于野生扬子鳄核心保护区范围内，任何可能存在污染的生产加工企业和种植、养殖业，在此都会被叫停，甚至连村民洗衣的洗衣粉都属严禁之列。

张金银家屋后的水塘边，就立着一块绿色警示牌，上面的文字赫然在目："自觉保护野生扬子鳄栖息地生态环境，请您禁用洗衣粉等有污染的化学药品！"虽然有一个颇为温馨和客气的"请"字，但那一道禁止的语气，却又没有任何商量的余地。

为促进产业扶贫，2017年籍山镇依托长乐村农事服务中心新上谷物烘干项目，项目建成后，可较大地改善村集体经济状况，并为农户带来不小的收益。本来以为这一项目污染小，可是项目还没有动工，安徽省扬子鳄国家级自然保护区管理局就亮起了叫停的红灯。

一边，是自然保护区的红线，碰都容不得碰一下；一边，是脱贫攻坚时间和任务的红线，又容不得等待和拖延。那些日子，张晓红的心里总是萦绕着长乐村，那清粼粼的碧水和蓝莹莹的天，那蓝天下碧水间古老的土龙，那村民们期望摆脱贫困的热切的目光……

2017年4月，芜湖市政法委干部邢毅受组织委派，到长乐村任驻点扶贫工作队队长。邢毅，高大壮实的汉子，五十开外的年纪，生在城里，长在城里，工作在城里，偏偏没有多少农村生活的阅历；但他是一个热情而富于情怀的人，有想法，肯干事，能担当。来长乐村之前，他就暗下决心：要让与我接触的每一个村民，没有失落感，都能看到希望。

在村里一走访，一深入，邢毅也发现了长乐村贫困的症结之所在。与镇长张晓红一交换意见，两个有着崇高理想和目标的人一致认为，必须毫不动摇地坚持绿色发展的理念，一手抓扬子鳄保护区建设，一手抓长乐村的脱贫攻坚工作。

在籍山镇党政主要领导的大力支持下，变被动为主动，邢毅和村两委班子远赴地处宣城市的扬子鳄国家级自然保护区管理局，增进理解，寻求共识，以找到保护与发展的最佳结合点。

扬子鳄国家级自然保护区管理局认为，长乐村野生扬子鳄保护力度只能加强，不能减小；一直以来，为保护野生扬子鳄，长乐村干部群众做出了巨大的牺牲，失去许多致富的机会，帮助和带领他们脱贫奔小康，是时代发展的必须，也是我们义不容辞的责任。

最终，经过扬子鳄国家级自然保护区管理局认定，长乐村获得了无污染生态农业项目在保护区外落地的许可资格。

虽然有着诸多的限制，其一，落户的只能是生态农业项目；其二，项目要求绝对无污染；其三，项目虽然可以入住长乐村境内，但必须在野生扬子鳄保护区之外，也就是说，可供选择的区域只占长乐土地面积的40%以下。

但张晓红心里明明白白，这一许可资格的取得，已经殊为不易。究竟上什么项目，这又让张晓红颇费思量。恰在这时，籍山镇界山村的食用菌种植能人赵前飞进入了视野。张晓红立即主动找到赵前飞，动员回乡创业的他参与扶贫基地建设，最终促成大棚食用菌种植项目落户长乐村。

张晓红心心念念的一件事，就是被扬子鳄国家级自然保护区管理局叫停的稻谷烘干项目。当初决定上这个项目，正是基于当地盛产水稻。芜湖能成为著名的江南四大米市之首，当与南陵稳定地提供质高量大的水稻有着极大的关系。可以预见，项目一旦投入生产，既可以解决一方农民水稻加工的问题，又能够形成产业优势，建成效益明显的扶贫基地。

一个偶然的情况下，张晓红从永兴米业有限公司门前经过。也许是心有所思吧，张晓红突发奇想，能不能在野生扬子鳄保护区之外建立扶贫基地？如此一来，创建了扶贫产业基地，同时又解决了当地农民水稻加工问题。

有了思路，张晓红便立刻付诸实施。与永兴米业一联系，张晓红的想法得到了总经理吴祥的热烈回应，项目也马上得以实施。

2017年底，长乐村终于摘掉了贫困村的帽子，从扶贫村的名单里出列。出列，毫不起眼的两个字，可是谁能说得清楚，为了这两个字，张晓红们，究竟付出了多少的心血呢？

说起长乐村的扶贫工作，陪同我采访的籍山镇扶贫工作站站长秦婷婷说，你可以去与邢毅队长聊一聊。于是，我走进长乐村村部二楼紧东边的一间屋子。其时，邢毅坐在办公桌后面，正在电脑的键盘上敲着。

这间屋子，就是邢毅工作和生活的地方了。进门，一桌一椅，算是办公区。椅子的后面，顺墙是一张床，那便是生活区了吧。

或许是同时代人的原因，或许我也有过村里工作的经历，在邢毅办公桌对面的长靠椅上一落座，我们便熟络地聊起来。正说着话，一位大爷在门口逡巡，想进来说事，看到我正与主人聊得好，又不好意思进来打扰。邢毅抬起头说，熊大爷，定好的，我下午开车回芜湖，您跟我一起走啊！

熊大爷站在门口，连声说着好，道声我走了，便愉快地离去了。大爷刚转身，一位大娘又进来了。邢毅说，我跟大爷说过了，下午我们一起走，您老来还有什么不放心的地方么？

大娘说，放心放心，我也没什么事情，就是想来望望你。

邢毅让坐，大娘不肯坐，在桌子前站了站，脸上笑了一笑，便也心满意足地走了。

看我一脸的疑惑，邢毅说，父亲86岁，去年更是确诊为肺癌晚期，母亲也已经84岁，俩老年事都高了，自理起来很困难。自己又在远离市区的长乐村做扶贫工作，放心不下父母，却又不能时时陪侍在父母身边。村里的熊大爷，年纪和身体都适合，正好也没有什么事情做，说好了让他去照顾父亲，按天算，一百块钱一天，包吃包住，既解决了我的后顾之忧，又能增加熊大爷的收入。

说起病中的父亲，邢毅的声音一弱。今年新冠疫情防控最紧张的时候，父亲住进了医院，我却在村里忙着，二十五天没有回去。父亲反而在电话里安慰我，我已经86岁了，可以走了；但村里的乡亲父老离不了你，你千万不要因为我耽误了大家。

也许是碰着内心里最柔软的那一块，这个高大的汉子眼里竟然起了水雾。

图个什么呢？诚如邢毅自己所说，我已经五十多岁的人了，到村里来扶贫，每天见到那些帮扶对象的艰难困苦，我的内心真是既感动又煎熬；在长乐，我似乎找到了人生的感觉，我有责任、有义务帮助长乐村的困难群众走出困境，走上小康之路。

邢毅有一个心愿，那就是扶贫工作结束后，他要出版两本书，一本是自己在扶贫日子里的所见所闻所思所想，他要让人们知道这个时代有一项伟大的工程叫扶贫攻坚；另一本是摄影作品选，他是一位不错的摄影家，几年的长乐村扶贫，一朝一夕，他用镜头把大量感人而美好的瞬间定格成了永远，他要让世界认识长乐的美丽和精彩。

聊起扶贫的话题，我们自然而然地便说到了镇长张晓红。邢毅以为，籍山镇的扶贫就像是演奏一部交响乐，张镇长就是乐队的指挥，我们都是各执乐器的演奏者，在她的指挥下共同完成一部关于脱贫攻坚的作品。她对农民有感情、对工作负责任，是带着情感和责任在指挥籍山镇的扶贫工作。

秦婷婷是一位性格温和的女性，作为镇里的扶贫专干，她对扶贫工作的个中滋味深有体会。她说："累一点没有什么，最让人不能忍受的是，个别扶贫对象素质不高，经常提一些无法解决的问题出来。工作中遭到误解的时候，张镇长无论多么忙，总是找我们谈心，用自己的经历鼓励我们，化解我们的心结。遇到需要承担责任的时候，张镇长又会主动站出来，自己把责任担下来。有时，我真的想不干了；但一想到张镇长，她比我们谁都累，我的念头就打消了。"

秦婷婷提起一件事，有人说张镇长记性好，籍山镇贫困户家里的大事小情，她的心里都有一本清册。"其实，我晓得，张镇长手边总是带着一个小本子，以便随时记下什么。久而久之，贫困户的情况，细到哪个贫困户家床上还没置凉席，哪个扶贫对象鞋子尺码多大，都会在她的掌握之中。张镇长不但自己记，还叮嘱我们也要学会随时记下一些有用的信息。"

在贫困户方小九家里，我见识到了扶贫帮扶责任人的"记性"。我很随意地问着，这位扶贫干部毫不打顿地报出一串数据，并且说出支撑这些数据的各种理由来。

张晓红说，"扶贫是一项系统工程，要靠大家齐心协力才能成功，我不过是做了我分内的事"。她一再跟我说，"籍山镇的亮点很多，我建议你到几个扶贫基地去看一看，你不但能感受到企业家们救助贫弱的大爱情怀，而且能看到他们干事业的智慧和拼搏精神"。

二

隔着一条街，远远地就能看见永兴米业有限责任公司大楼顶上醒目的精准扶贫标语了。走进公司大门，脱贫攻坚的宣传栏、横幅，让我对这家企业的精神品格有了一定的感知。

这是一家一二三产融合的大型粮食加工企业。让我颇为惊讶的是，它的行政办公区，是在一座简易的二层工棚房里。踏上一踩上去吱吱叫的楼梯，走过一脚下去颤巍巍的廊道，我们来到公司的会议室。会议室窗明几净，摆放着几盆花木，简朴里透着欣欣的气息。

公司老总吴祥，年龄四十左右，显得朴实而不乏精明。我们的话题，就是从办公区开始的。吴祥说："办公楼有计划了，以后还是要建的。目前企业正在发展之中，我想把钱先用在要紧的地方。这里虽然是简陋了一些，但也不影响办公和洽谈业务。"

说起扶贫，吴祥说："企业的目标是发展和盈利，但企业是社会的一分子，必须要有社会责任感。我觉得，积极参与脱贫攻坚，就是企业社会担当的最好体现。"

话语间，吴祥站起来招呼我们，"我们还是去生产车间转一转，边走边聊吧"。在烘干车间的对面，是一大片的空地。吴祥指着那里对我们说，不久之后，那里就会扩建起新的生产区域。这一刻，他仿佛是一位运筹帷幄的将军，正在指挥一场胜利的进军。

走进烘干车间，那些现代化的大型生产设备，让我第一次发现，原来稻米生产并不简单，竟然还有这样现代化的方式。草绿色的烘干机外壳上，从上到下，贴着四块扶贫图标。其一，图标的上半部分是精准扶贫的 logo，下半部分是"长乐村农事服务中心烘干机 3 号"两行蓝字；其二，是一个大大的"3"字，意在突显这台机组作为扶贫设备的编号；其三，图标上两行字，上面一行是"国补机具"，下面一行是"安徽南陵 20170572"；其四，单独一张精准扶贫的 logo。

吴祥带着我们，一边沿着车间的通道往前走，一边细细地念着他的扶贫经。在这个基地里，由长乐村农事服务中心出资 65 万元购买 4 组烘干机，再以出租的方式租给永兴米业。

这已是 2017 年的事了。至今，每年收取租金 6.35 万元，以作村集体经济的来源。扶贫基地项目建成后，当时就带动有劳动能力的贫困户就业，户均增加年收入 500 元。用当下的生活水准衡量，钱不多，但对于贫困户来说，也算是雪中送炭了吧。

从 2018 年起，永兴米业开展电商扶贫，他们在淘宝的网店每成交一笔生意，便向中国红十字会捐赠 0.02 元作为扶贫基金。

永兴米业承诺：对于贫困户送来的稻谷，免费烘干，并且加价 20%收购，目的就是鼓励种植水稻的积极性，加快推进脱贫的进程。

吴祥说："看起来，我们米业是吃亏了，但放眼未来，从长远考虑，我们这么做是对的。我们承担了社会责任，回报了社会，企业的信誉好了，企业的精神内涵得到了丰富；同时，作为扶贫基地，我们也得到了社会各界的大力支持和认可，享受到了一些优惠政策。所有这些，那是金钱都买不来的。"

吴祥清楚地记得，当初张晓红找到他，谈创建扶贫基地的事，自己并没有完全认识到扶贫有多么了不得。吴祥甚至觉得，一个企业，只要埋头干事业，把生产经营搞好了，有了发展和收益，那就是对社会的贡献了。是张镇长绵密诚恳的思想工作和跑断腿、磨破嘴的功夫，深深地感动了自己，也让自己和自己的企业有幸能够融入脱贫攻坚的伟大事业中来。

永兴米业扶贫基地创建之初，恰逢企业发展的关键时刻。为了扩大生产规模，需要征用土地和扩容电能，但相关手续一时难以办得下来，致使扩建工程无法进行。而且，因为架设电力设备占用农田，又引发了企业与当地村民之间的纠纷。

正在吴祥一筹莫展之际，张晓红镇长了解到相关情况之后，主动上门，为企业排忧解难。那正是酷暑盛夏，天热如蒸。张晓红顶着毒日头，跑现场查看工程建设情况，跑田间地头与农民交心，跑相关部门和单位陈说企业的发展前景和扶贫工作的要义与酸甜苦辣。那些日子，毒日头把女镇长烤黑了，也把这位本来就高挑的女镇长烤得更瘦了。可是，看到永兴米业的扩建工程得以顺利推进，张晓红笑了，一转身又投入到繁重的事务之中去了。

当我和吴祥聊起这个话题时，虽然过去了几年，这位精明的企业家依然记忆犹新，感动莫名。他说，张镇长跑得两脚土，常常连喝口水的工夫都没有。就冲张镇长的为人，我也必须把扶贫基地的事情办好。

我在永兴米业看到一块展板，其中"电商扶贫"一节的内容，引起了我的极大兴趣，也让我对吴祥的精明有了更深的印象。

作为精明的企业家，吴祥已经敏感地注意到长乐村国家级野生扬子鳄自然保护区潜在的巨大商业价值。为此，他特意引进"泰香米"优质水稻品种，指导贫困户在保护区种植。不打农药，不施化肥，杜绝任何化学品，光照、水质、土壤、气候都上佳，收获的水稻品质当然十分优异。公司把这些来自长乐村野生扬子鳄保护区的稻谷进行精加工，制作成小包装，通过邮乐购的网络渠道推向市场，立刻引起了较大的反响。

如果说吴祥是一位善于经营企业的企业家，那么，赵前飞则属于专家型的创业能人。

本来，我想去长乐村的食用菌种植基地采访。赵前飞在长乐村的基地140亩，共计112万个菌包。但联系之下，赵前飞说，长乐那边的基地正在休整期间，你们还是来界山吧。

界山是籍山镇的另一个行政村。在界山，赵前飞的食用菌种植场占地200亩，其中50亩是扶贫基地。他的公司总部也坐落在这里。

接待我们的是村里的一位扶贫干部，她说赵总一大早就驱车进城里办事去了，正在开车回来的路上，我受赵总的委托，先接待你们一下。

远处的一片空地上，几个工人正在那里竖着柱子，并在柱子上架着横梁。他们应该是在搭建新的食用菌大棚吧。我的眼前，是正在等待下一回种植的食用菌大棚，一端整整齐齐地码放着刚刚收获过的菌包。站在大棚外，放眼望过去，整个大棚空空荡荡，呈现着少有的空旷和安静。我想，这大约就是繁忙的生产空隙之间的休息吧。这极其难得的静谧，是否预示着另一场更加绚烂和精彩的盛放呢？也许，这就是所谓的张弛了；唯有张弛有度，才能更好地发展和前行。

在我胡思乱想的时候，脚边的一枚蘑菇不经意地就落入了我的眼际。它生长得那么壮实，那么自在，那么美好，那么不管不顾，那么心无旁骛。是一粒偶然掉落的菌种吧，当菌包全部收获过，便容余出了空间，便成就了这一枚蘑菇了。真是无心成荫啊！

在赵前飞的办公室，我们甫一落座，赵前飞就说，"我现在所做的，当初根本没有想到，可以说是无心插柳吧"。

2017年，镇长张晓红找上门来。一见面，就开门见山地说起了长乐村的状况，道明自己上门的目的。

对于长乐村的情况，赵前飞还是有所耳闻的。他有一个徒弟就是长乐人。或许是张镇长的诚心和直爽打动了赵前飞，或许是长乐村人民为保护生态环境所作出的牺牲让赵前飞感动，或许是善心使然，赵前飞带着徒弟胡根生到长乐村实地察看。这一察看，也就把赵前飞的事业留下来了。2017年7月，食用菌大棚扶贫基地建成，当年就为长乐村集体经济带来5万元人民币租金收入，5户有劳动能力的贫困户实现了家门口就业，户均年增加收入近千元人民币，为41个贫困户带来数百元不等的集体经济分红收益。

赵前飞，五十挂零的年纪，正是人生最成熟的时节。1984年，才二十岁出头，就开始在南京农学院学习食用菌栽培技术。1998年起，在上海农科院做了三年的技术员，这也是他系统地学习食用菌栽培技术的三年。数十年来，赵前飞没有离开过食用菌行业。长期的行走世界，积累和研究，让这个原来只有初中学历的聪明人，人生境界得到了质的升华。目前，赵前飞担任着安徽省食用菌协会的常务理事，4名专家组成员之一。

赵前飞很忙。从他公司大门口挂着的三块牌子上，就能看出一丝端倪。其一，安徽省菌健灵生物科技有限公司；其二，南陵前飞食用菌种植专业合作社；其三，安徽省皖南食用菌菌种站。

三块牌子，涵盖了从食用菌研究到社会化协作生产、销售的诸多领域，其工作量之繁，不难想象。

在公司办公楼的大门上方，还有一块宣传牌，上面的业务又是不同。其一，互联网+食（药）用菌产业扶贫示范基地；其二，安徽省农业信息化产业体系皖中（合肥）试验站。

2018年9月，寄托着一方百姓的厚望，赵前飞被界山村全体村民推选为村委会主任，这让他忙中更加忙碌了。食用菌业界的同行，多不赞成他担任村委会主任。他们认为，赵前飞应该在更大的平台上为食用菌发展作出贡献，而不是局限在一个村子里。他的女儿女婿，出于关心他的身体和事业，也请他好好斟酌斟酌。

赵前飞说，女儿在郑州，今年5月添了小毛毛，自己这个做外公的却一点时间也挤不出来去看一下子。说着说着，这个从不肯认输的汉子眼睛一暗，脸上布满了歉意。

"我是一个共产党员，群众这样信任我，我能辜负他们的重托而贪图自己的安逸吗？现在，已经不是我想不想当这个村委会主任的问题，而是我能不能干好这个村委会主任、怎么干好这个村委会主任的事情了。"

赵前飞脸上的失落一扫而光，眉眼之间又透发出自信和坚毅。

赵前飞不经意地给我算了一笔简单的账，长乐村和界山村共有52个贫困户在他这里就业，其中有两位耳聋的残疾人。一年下来，多的一人有不低于3万元的收入。

这只是他产业扶贫的一个极小的局部。其实，在产业扶贫这一块，除了南陵县本地食用菌种植扶贫基地外，他还担任着灵璧县、石台县、金寨县等地食用菌扶贫基地的技术员，负责提供技术支持和产品销售。

他淡淡地一笑，自己现在星期一到星期五一般都在村里，星期六和星期天在合肥，并兼顾全省各地的食用菌指导工作。

对于扶贫，赵前飞有着自己的思考，他已经颇为超前地想到脱贫攻坚以后怎么巩固脱贫成果的问题了。他的想法是，建设一个食用菌种植创业园，带动贫困户一起创业。如此一来，增强了贫困户们的造血功能，可以从根本上解决贫困户脱贫以后的返贫问题。他设想，建一亩田食用菌大棚需 1.5 万元人民币，可以采取以下方式出资：贫困户自筹资金 5000 元，扶贫支助 5000 元，自己的公司出资 5000 元。一亩大棚可以种植 5000—10000 个菌棒，成本 2 元/棒，利润 1 元/棒。技术和销路由创业园统一负责，种植和管理交给贫困户，预计一季下来，一个贫困户种植一个大棚可获利 5000—10000 元人民币，是种水稻收入的 10 倍。

在食用菌大棚种植方面，赵前飞也走在前沿。他已经利用数字化和网络技术，建成了两个全封闭、全息化食用菌大棚。他热情地邀请我们跟随他去实地看看。

五月末，天气本来有些热了，但夜里才下过一场豪雨，空气便显得格外清爽，微风轻拂，乡野间特有的草树青气直往心脾里沁。净蓝的天上，堆积着大块大块的白云，却是那么辽远而明媚。阳光热情地洒下来，落在肌肤上，肌肤上便起了微微的热灼。沿着村村通水泥路走过去，弥望里，是大片大片江南初夏才会有的灵动的绿。人家的粉墙，明亮的水塘，远远近近地掩映在绿色里。一只鸟隐在某一棵高树的枝叶里，那声声浅唱，仿佛是从极好的弦子上溅起，穿过空际，便在空际里响出一片天籁了。那该是一只怎样的丽鸟儿呢？一群半大的鸭子在近路的水塘里游来游去，两只土狗在路边的绿化带里旁若无人地你追我赶着。

赵前飞仰起头，说天气真好。

我深深地吸了一口清风，说天气真好。

说话之间，我们已经来到了一个被银灰色厚布密封的大棚前。

赵前飞告诉我们："里面正生长着食用菌。从菌种种下到完全成熟，大棚始终处于封闭状态。水、营养物、温度、湿度，全天二十四小时，实施数字化控制。通过网络，我在手机上，家里的电脑上，能够随时掌握大棚里面的情况，能够随时看到食用菌的生长状态。"

另一个同样的大棚，已经收获了一季食用菌，正值空闲期，正好可以一睹它的真容。我有了心理准备，但走进去一看，还是十分惊讶。地上铺着地砖，已经不露一寸的土地。两排铁架子一长溜地排过去，恍如走进了一间硕大的货物仓库。架子上，一层一层地堆放着干瘪的菌包。棚顶上，连通着各种管线，吊着空调、显示屏等设备。

赵前飞说："工厂化生产，数字化控制，生产出来的食用菌，品质非常高，市场上供不应求。未来，我还想运用区块链技术，开辟'一朵菇'业务。简单地说，也就是消费者提前认购某一包食用菌，从菌种的接种到成熟采收，通过网络，随时都能观察到认购蘑菇的生长情形，以体验种植的乐趣，以感受生长的过程，以得到收获的满足感，最后还能品尝到自己种植的美味的食用菌。"

这时，一个电话打进来。赵前飞接听后说，村民找我说种植食用菌的事。说罢，这位大忙人挥了挥手，与我们作别，我们也踏上了赶往另一个扶贫基地——南陵县绿丰园生态农业有限公司的路。

行了不长的时间，我们的车子在路边的一座院子前面停了下来。刚刚下车，我就闹了一个大乌龙。

事先联系好了，我们的车子到了目的地，路边上已经有三个人在候着了。握手，寒暄，未及介绍，大家就往院子里面走去。此行的目的，是采访公司的总经理刘宝根。看情形，刘总不在，我的采访将会受到影响。心中疑惑着，我便问陪同我的秦婷婷站长，刘宝根刘总呢？

秦站长一指走在头里的人，说那不就是刘总么，哦——也怪我，事先没有给你们互相介绍一下。

握手的时候，我见他晒得黢黑，一身衣服沾着湿湿的泥水，好像从水田里劳作才上来似的，便想当然地以为他是公司里的一位普通员工了。

刘宝根听到我们的说话，回过头来，对我粲然地一笑，我是刘宝根，一个种田的人哩。

我不觉有些尴尬。好在刘宝根对我的以貌取人并不介意。

话头还是从扶贫开始了。

刘宝根说："起先，张镇长找到我，动员我创建扶贫基地，我并不看好这事，也就不怎么热情。不过，张镇长来得多了，熟悉了，我觉得她是一个好人，不好意思推了。最主要的是，在张镇长的宣传教育下，加深了我对扶贫工作的认识,也让我对那些贫困户有了一定的了解。扶贫不能只是政府的事情,我们企业也有责任和义务。这事,你不干,我不干,让谁来干啊?"

说干就干。刘宝根让贫困户用承包的田亩和小额贷款以参股的方式,在自己的绿丰园入股,当时就有7个贫困户入股,每户每季可以分红450元。镇里投资80余万元,在刘宝根承包的水域建成循环水养殖项目,一年可获扶贫的租金4.5万元,随着项目投资的增加,年租金已经增长到8.5万元。

在用工上,刘宝根优先考虑的是扶贫对象。目前,绿丰园有13个员工来自贫困家庭,每个人的年收入都有近2万元。

我们正说着,一个高大的中年汉子走了进来。看得出,这是一个土地一般厚朴的人。他听说我是专门来采访脱贫攻坚事情的,便自我介绍起相关的情况来。

中年汉子名叫赵开华,59岁,糖尿病、高血压;妻子,胆结石、高血压、子宫肌瘤,不能负重;儿子赵文武,39岁,尿毒症,丧失劳动能力,还要定期血透;孙女,13岁,小学6年级学生。他们一家4口,3个病人,1个学生,典型的因病致贫的贫困户。

老赵说,我们一家4个人都享受低保,每个月共有1744元的低保收入。我在老刘公司上班,老刘人好,一年下来也有小两万的收入。加上其他收入,日子过得不差了。再说,病了有"351"和"180"保障,孙女儿上学全免费。

我问陪同的秦站长,"351"和"180"是怎么回事。

秦站长解释道,"351"和"180"是健康脱贫的两项政策。贫困人口新农合个人缴费部分,由财政全额补贴,落实"351"兜底医疗保障政策,贫困慢性病患者实行"180"政策。"351"具体来说,是指贫困人口个人年度自付费用:在县域内就诊不超过0.3万元,是谓3;在市级医疗机构就诊不超过0.5万元,是谓5;在省级医疗机构就诊不超过1万元,是谓1。剩余部分合规医疗费用,实行政府兜底保障。"180"具体来说,是指在贫困慢性病患者实行"351"兜底保障后,个人一年内剩余合规医疗费用,再按80%予以补偿。

赵开华说得有些激动起来,"多亏了政府帮助,让我们一家摆脱了困难。

我跟儿子说，你要好好地过，不要灰心。我们一家4口人，和和气气，比什么都要紧。我身体不是很好，但我还能做事。我自己对自己说，只要我有一口气，还能爬得动，我就要干事"。

说着，他的双眼竟然有些红了。他有些不好意思起来，跟我们道了一声谢就出去了。随后，我们也离开了餐厅兼会议室，往刘宝根的绿丰园里去。

走在绿丰园的田间小路上，我确信，刘宝根不但是一个肯下力气做事的人，也是一个会做事的能人。

绿丰园位于籍山镇新建村境内，基地1000余亩，是种植、养殖、农产品加工和销售一体化农业龙头企业。土地在这里得到了充分的利用，释放出了极大的效益。

一条平整的土石路，不影响走工具车，踩上去，却比水泥路柔和养脚，比沥青路天然养眼。路上方架着铁架子，一长溜地望过去，便又构成一道长廊了。路两边栽着葡萄，正被牵引着往长廊的顶上蔓延。或许是心急了点，间忽地就有一根两根的藤蔓牵到正顶上来，并且毫不迟疑地织成了一小片的绿。明年，或是后年，走在这长廊下，春绿，夏荫，秋硕，冬瘦，当是一种别样的风景吧。

路的两侧，便是一望的莲藕了。有时候，田里的绿荷密密匝匝，根本望不到下面的水。有时候，莲叶却稀疏得可怜，水面上散布着一些新枯的莲梗莲叶，是采过莲藕不几日才会有的景象。

主人说："这是大棚种植的东湖藕，上市早，口感好，性价比也就高了。我的藕，多是走往江浙沪大宾馆，还未出水就已经被定掉了。"

我注意到，藕塘上面果然还存着铁架子，只是保温的塑料蒙膜已经撤去。心里不免起了波澜，以我水乡人的经验，这时节，莲藕才发芽长叶不久，旧年的藕在市场还未退尽，哪里有新藕上市？由此可见，在刘宝根这样能人的手里，农业已经呈现出新的风景和境界了。

转过去，另一条小路的两边，一色的桃树。一只一只硕大的桃，从绿叶间红红地亮出来，让人不由地口舌生津。

一臂桃枝从小小过水沟那边伸过来，几乎要挨到我们的腿上了。在那柔枝上，却挂着三颗硕大的桃，这让我想到那些矮小的坚韧的孕妈妈。

刘宝根顺手摘了一只凑到他手边上的红桃，递给我，说绝对绿色，你尝尝。

我接过来，顾不得斯文，一咬之下，唇齿间立即浸满了香甜。

循环水养殖是绿丰园的产业扶贫项目。刘宝根带我们来到他的鱼池边，往池子里撒了一把饲料，原来还算平静的水面，好像热油里注水，一下子就沸腾了起来。望着纷纷赶来争食的鱼，刘宝根又撒了一把饲料，目光更加柔和起来，对鱼说别抢别抢，都有的。

据刘宝根介绍，这里的水始终处于循环状态，水质就好，鱼不但生长得快，而且品质很好。

不知不觉间，日头已经向西了。回程的车子上，忽然想起张晓红镇长跟我说过的一句话，有吴祥、赵前飞、刘宝根这样的能人加入进来，农业农村大有希望，扶贫也有了坚实的基础。忽然有些明白，张晓红为什么一再鼓动我到扶贫基地采访了。

三

方小九，籍山镇长乐村的贫困户。

在她家堂屋正面的墙上，贴着好几张明白纸，从扶贫政策解读，到扶贫小额信贷情况，直到贫困户家庭成员的年龄、身高，可以说应有尽有。

我在方家的墙上看到了彩色的全家福照，方小九和她的女儿笑得灿烂。照片的下面，记录着一段文字："户主方小九，女，文盲半文盲，1949年出生，支气管扩张（慢性病），丧失劳动能力，可以做一些负重轻的事。之女王爱兰，女，文盲半文盲，1966年出生。低保户。耕地面积2亩，居住面积50平方米。近几年，其居住环境条件得到了明显改善，用上了安全饮用水，解决了'两不愁、三保障'问题，于2017年脱贫。"

墙上有两张"扶贫小额信贷明白纸"，一张明白纸上，详细解释了什么是扶贫小额信贷，小额信贷的资金来源、数额、贷款年限，小额信贷的使用范围，以及"一自三合"的运作模式。其中特别说明：是小额贷款属于财政专项扶贫资金对获得贷款的贫困户给予全额贴息支持，且免抵押、免担保；

贷款只能用于生产发展，禁止用于购房、购车、婚丧等非生产性用途，禁止用于赌博、放高利贷等违法活动。"一自三合"主要是指小额贷款支持的4种发展模式：户贷户用自我发展模式、户贷户用合伙发展模式、户贷社管合作发展模式、户贷社管合营发展模式。

另一张明白纸上，记录着如下信息：户贷户用合伙发展：方小九；合伙企业：安徽省南陵金穗米业有限公司；金额：5万元；银行：南陵农商行惠民路支行。

墙上还有一张"全体成员身高及鞋码"的表格，标明方小九和女儿王爱兰的身高和鞋码。

我问方小九家的帮扶责任人王平，为什么要细到性别、年龄、身高呢？

王平说，曾经发生过这样的事，扶贫对象收到捐赠的衣物，结果不是大小对不上号，就是性别、年龄不适合。张镇长说，干脆把这些信息一一上墙，送衣送鞋的时候就有谱了。

后来，我在别的贫困户家采访，也见到了这样的表格。

初夏。一个轻雨飞飞的日子，我造访了方小九家。

车子在路边停下。我们下车岔进一条村子里的小路。右手边一户人家屋子的山头下，生着一蓬高大的端午锦，紫色的花开得正旺。花后面的墙上，隐着一台海尔空调的外机。

陪同我的人说，到了，这就是方小九的家了。

转过去，屋前是一片不大的场地，收拾得干干净净。场地的尽头，一条水渠静静地流过。渠畔，是一水泥砌的洗衣埠子。

也许是熟识镇扶贫专干秦婷婷和帮扶责任人王平吧，方小九一见到我们，就满脸带笑，屋里屋外地忙碌开了，又是端板凳让我们坐，又是拿开水瓶给我们倒水。不过，她又好像在寻找着什么，看看我们，又探着身子看看外面。

秦婷婷凑到她耳边，大声地喊，"您老不用找了，张镇长没有来，她忙得很，就是她要我们来看您的"。

方小九头点点，又摇了摇。秦婷婷会意，继续大声地喊，"是那个大个子丫头让我们来的，她要我们向您老问声好"。

方小九这才笑了。她的女儿靠在椅子上，看见母亲笑，也相跟着咧开嘴，羞羞地笑了。她是小时候脑子受到损伤，落下了智力障碍的毛病；但母亲照顾了她五十多年，相依为命，在她残存的智力里便尽是对母亲的依恋，母亲就是她的天，母亲就是她的好，母亲笑了她就笑。

能看得出来，方小九对女儿照顾得很好。五十多岁的人，又长期有病，脸部的肌肉却一点都不见松弛，连眼袋都没有，从根的白和梢的黑甚至可以推断出母亲为她染过发。上身的T恤和下身的长裤，清清爽爽，没有一丝儿污迹。脚上穿着一双泡沫塑料底的黑布拖鞋，也黑是黑白是白。左手心里攥着一只塑料小玩具，象牙黄，看起来还是新崭崭的。

方小九自己的身上也拾掇得好，外面穿着带拉链的花开衫，领口微露着里面的蓝条白底T恤，加上因长年劳作而练成的不胖不瘦的身量，让她怎么看都不像七十多岁的老人了。

我注意到，方小九的家不大，两间屋子。一间做了她和女儿的卧室，房门紧闭，只见到门把手上挂着一只淡紫色的口罩和一把明锁。我忽然想到，来时在屋山头看见的那台空调外机，当是装在这间卧房里的。另一间拦腰隔开来了，我们说话的前半间做了堂屋，后半间做了灶屋。我在堂屋的角度能够望得见灶屋的门里，顺墙放了一张二屉桌，桌上罩着一只淡绿色的塑料饭罩子，上面铺着一条洗得干干净净的蓝毛巾。一只落地电风扇立在灶屋门口的墙下，白色的叶片也是擦得不落一点灰尘。堂屋里，鞋子和生产、生活的小用具沿着墙根有序地摆了一圈，便让人在堂屋里活动有了很大的容余了。我掏出采访本，放在迎门的桌子上打开来，一边听人们说话，一边想记一点什么。

镇里不止一个扶贫干部跟我说，方小九曾经非常邋遢。张晓红来镇里工作不久，到方小九家里走访，见到的情景让她不由地大吃一惊。大门上方的遮雨棚不晓得已经朽烂多长时间了，遮不住雨水不说，光是那摇摇欲坠的样子，就让人害怕别被掉下来砸着。一进门，又乱又脏，没法子下脚。凳子上糊得又是饭又是菜，根本不能落座。女儿王爱兰就坐在冰冷的水泥地上，脸上、身上脏兮兮的，脚上趿着一双看不清颜色的破布鞋，两只手在地上乱抓，也不知道她在抓什么。卧室里黑乎乎的，找到开关一按，电灯是瞎的。问方小九，她也不记得什么时候就不亮了。再问，方小九仿佛早就习以为常了，竟是一脸的无所谓，将就着过哩，糊一天是一天啊……

张晓红一时语塞，心里一酸，瓷在那里许久。

一一记下了这些，转天，张晓红安排人为方家重新换了大门上的遮雨棚，修亮了电灯。再上门的时候，为方女汪爱兰带来了新买的鞋子。大夏天，发现方小九床上连席子都没有，细心的张晓红掏出随身带着的尺子量一量，第二天方小九和女儿就睡上了凉爽柔软的新席子。方小九每天都要去门前的水渠里淘米、洗衣，年岁大了，水边不好立脚，随时有滑进水里的危险。张晓红找来村干部一商量，特意为方小九修建了水跳……

走访贫困户汪玉耕一家，张晓红见到的境况也好不到哪里去。

第一次进门，屋里屋外，乱糟糟的，散发出一股浓重的霉味。张晓红一行，找不到地方坐不说，连笔记本都只好铺在蹲着的腿上。

汪玉耕夫妻，八十多岁的老人，两个儿子，已经四十好几，都是智力残疾二级，日子曾经过得非常恓惶。

汪玉耕老人上过学，健谈，我们的交流一无障碍。老人一再说："就是不放心两个讨债鬼啊。小儿子汪志荣还好，不乱跑。大儿子汪志文喜欢跑，跑出去又不记得回家的路。一次跑到贵池，幸亏遇到好心的熟人开车路过，带了回来。另一次，跑出去快一个月了，有人送信来说在许镇。我过去接的时候，冬天了，衣裳撕得破破烂烂，脚上趿着掉了帮子的破运动鞋，整个人像是从灰堆里扒出来的，瘦得更是皮包骨头，见到的时候已经不认得我了。"

汪玉耕老人深深地叹了一口气，"你说我这样一家，还有什么奔头？没遇到张镇长以前，我只是怕两腿一抻两眼一闭，老伴和儿子们没法子活，所以强撑着，糊一天是一天。张镇长一来，就给我们打气，说日子再怎么说也要过出来"。

老人轻拍着面前的柏枝八仙桌说："这张桌子也是国家买的。这些年，我们吃的穿的住的，都有国家扶贫照顾，害病也没什么负担。张镇长经常来安慰我和老伴：二老尽管放一百二十四个心，好好地活着，万一你们二老老了，真不能动了，儿子进养老院，会有人照顾的。"

老人感慨不已："国家的政策好，等来的福分啊！我跟老伴说，我们要好好地活下去，多看看这个好世界，享受享受这大好的日子。"

老伴是一个寡言的人，安静地坐在大门口的小板凳上，和靠在她身边的一个儿子看着我们说话。透过开着的里屋门，我看见汪家的另一个儿子正躺在床上安睡着。屋子里颇为整洁，我胳膊下的柏枝桌子也擦得可以照见人影。最显眼的，是双门冰箱顶上一块红地金字的荣誉牌。凑近一看，是表彰"农村'四员'先进户"的。

从汪玉耕家出来，天上又飘起了细雨。在这雨雾里，江南初夏的绿越发地酣畅淋漓，仿佛在欢快地流动着。廊下的竹竿上，挂着洗换的衣裳，白的洁，红的柔，蓝的静，且理得有棱有角。一大群土鸡在廊下躲雨，并没有因为我们的到来而受到惊扰，三两只闲不住的，低头在地上寻找着可吃的东西。门前的水泥场院，让雨水洗了，越发地显得清爽。

我说下雨了，让汪老不要送，老人非要把我们送到路边，看着我们上车。

我一直记着汪玉耕老人反复跟我说的两个字：尊重。

尊重！贫困户梅占木也不止一次地提到这两个字。梅占木说，"我们也是人啊，张镇长对我们好，关键是十分尊重我们"。

早年的时候，梅占木也是一个能人，做竹木生意，经常跑江苏上海，日子过得红火。谁也想不到横祸突然降临，女儿出世没几天，在往上海押送货物的途中，突然双目失明。一查，眼底血管破裂，视网膜脱落，黄斑变性。

梅占木头发花白，跟我隔着一张桌子对面而坐。虽然眼睛看不见，言语之间却透着精明。"都说夫妻本是同林鸟，大难来时各自飞。这话不假，女儿还没满月，妻子就丢下我们走了。年轻啊，跟我太遭罪，我现在也不恨她了。瞧病带日常开支，我一下子就欠了二十多万的债。没办法，只好把女儿丢给母亲，自己在外讨饭，到处流浪。"

"女儿4岁多一点，母亲到上海打工养家，我带着女儿讨饭。小孩子什么都不懂，我怕女儿跑远了抓不住，拿一根带子，一头绑在女儿的腰上，一头绑在我的手上。我提醒女儿问路，要问戴大盖帽子的。大盖帽不是警察，也是国家工作人员，让人放心啊。世上还是好人多，我跟女儿讨饭讨到南京，遇到一个做生意的朋友。他看到我们父女沿街乞讨，大吃一惊，没想到几年不见，我竟然混到这样的地步！他妻子正巧在南京卫视上班，把我的遭遇在电视上播了。电视播出来以后，四面八方的好心人都伸出了援手，米啊油啊洗衣粉啊，什么有用送什么，还支助我9万块钱。"

"南陵县人也看到了电视，朋友们知道我的情况，埋怨我，女儿该上学了，不能误了孩子。"梅占木感慨地说，"如果没有公安局的警官徐家友和陆津，没有县医院的医生卢晓，我女儿哪能读得成书？女儿上初二晚上补习，不是徐家友接送，就是陆津接送。2014年，我家被列为贫困户，更是受到政府的特别照顾。女儿四年大学，都是国家支助才读完的"。

"张镇长到籍山后，记不得来过多少趟了。有一回，我正在厨房里烧开水，也不晓得她进来了。她站在我后面，看见我摸着瓶口装开水，手都让开水烫红了，当时也没说什么。谁知道过了几天，她带来一只新水壶，说上次看到我装水烫到手了，看了心里好难过。这回给你带了一只来，用这只水壶就不会烫到手了。"

说着话，梅占木的母亲从厨房里拿出一只浅绿色的水壶，告诉我们这就是张镇长送来的。

我见水壶是从塑料袋子里拿出来的，有些疑惑。老人说，舍不得用，我们要留着哪。

老人还拿起身子下坐的一只四方凳子，说这凳子也是张镇长送来的。

老梅笑着说，"那凳子是我拿花跟张镇长换的。我从小就喜欢花草，现在眼睛看不见，但还是种了一些盆栽。张镇长到我家来，看到我养的滴水观音，就说想要一盆，我说你随便拿吧。没想到，下一次来，张镇长竟然带了一只凳子，说是她不能剥夺我的劳动成果，占我的便宜，拿一只凳子换吧。还说我坐在凳子上的时候，就会感到政府扶贫的温暖；她看到滴水观音的时候，就会想到我梅占木也在劳动，培养的好花。我晓得，这是张镇长在用另外一种方式鼓励我要好好地过日子啊！"

扶贫专干秦婷婷说："凳子和水壶，恐怕都是张镇长从自己家的店里拿的。她家先生开了一爿店。"

我在梅占木家上了一趟茅房。令我十分惊讶的是，他家茅房极干净，几乎没有难闻的气味。顺着墙，一丝不乱地摆放着各类用具。我数了数，一块11把铁锹，一块六、七把锄头和钉耙。两把大竹丝扫把，倒过来贴靠在墙上。

梅占木面向着我说："张镇长讲究卫生，她每回来，都要看看我家里卫生搞得怎么样。我不能让她屡次说我，再说东西放整齐我也好拿。"

聊起扶贫的好，梅占木说，"我也算找到了职业，2015 年起每年养一季老鹅，苗和技术由镇上扶持，最多的一季可净赚 3 千元哩"。

梅占木说："女儿大学毕业，今年考上了公办老师，我总算放下一颗心了。哈，这日子……"

哈，这日子！老梅指着房前的几盆滴水观音说，"你们要不要？要要，随便拿一盆啊！"那时，小晌午的阳光正透过茂密的树叶，斜斜地投射到屋子前面的空地上来。一只黄土狗人来疯似地绕着人腿跑，一会儿又追着阳光似地，欢欢地跑过斑驳的树荫，一下就跑到阳光正浓的水边上去了。

四

我跟张晓红聊起凳子和水壶的事。

她说："那的确是在自家的店里拿的。先生早年也是学校毕业，分配了正式工作，后来碰到单位改制就自己开店经商了。这些年下来，也不记得在店里拿过多少东西给人，先生也习惯了，对我的工作是无条件地支持。"

张晓红说："2016 年我从县文明办主任的位子调任籍山镇镇长。我是两度在乡镇工作。这一回，是主持一个几十万人口的大镇，心里的压力还是挺大的。但我记着父母亲的话，你是从农村出来的，脚踏实地就好；不贪不占，哪怕是小便宜；世上没有什么事是办不成的，只要用心。"

刚到籍山镇，正值脱贫攻坚的鼓点越敲越紧。张晓红一户一户地走访，这一走就发现，许多贫困人家，不但是物质上贫困，而且精神不振的问题更加严重。

于是，镇党委和镇政府统一意见，坚持物质扶贫标准不降低，同时注重精神扶贫，从根本上树立起贫困户对未来、对生活的信心。也许有过文明办主任的经历，经过深入的调研和广泛的论证，张晓红决定把乡风文明、村庄整治、乡村治理、脱贫攻坚等综合考虑，创新农村"四员"新形式。2017 年 5 月，籍山镇在全县率先实践，在农村实施"农村环境保洁员"

"公用设施协管员""社会管理信息员""乡风文明宣传员"等"四员"管理制度，聘请贫困群众担任"四员"。"四员"不离村，工作量较小，非常切合贫困群众的实际。这样一来，不但转变了原来的扶贫模式，变纯粹的送钱送物为送就业岗位，而且使贫困户们认识到自身的价值，不断地树立起人生的信心。担任"四员"后，贫困户们要别人搞好环境卫生，自己首先得打扫干净自家庭院。

年底，在全镇范围内开展"四员"评比，评上先进的，戴红花，披绶带，登主席台亮相，电视广播宣传。贫困户们腰杆子挺直了，十分看重这份荣誉。

贫困户们的"志"终于立起来了。汪玉耕老人原来觉得光靠政府扶持，虽然生活大为改善，但人前人后总是有点抬不起头来。自从担任了"四员"后，老人像换了一个人似的，每天一大早就起来打扫自家庭院，然后带着两个儿子去村边捡拾垃圾。秸秆焚烧高发期，他挨家挨户地进行秸秆禁烧政策的宣传；夏季高温期间，他又会不厌其烦地宣传防溺水知识。在汪玉耕的带动下，周边群众也积极参与到公益事业中来，邻里的人际关系和睦了，村容村貌也更加整洁了。

秦站长跟我说，张镇长劝人要孝顺，常常念叨"子欲养而亲不待"。其实，这是有一段故事的。2016年，她到籍山镇工作才三个多月，就遇到特大洪水。仓溪西七圩溃破了，她几天几夜没合眼，嗓子嘶哑发不出声音，脸和胳膊被烈日烤得脱了一层皮，整个人一下子变了样。正在这个时候，母亲病重住院。救援，安置，灾后重建，哪一桩哪一件能少得了她这个一镇之长。没办法，只能把对母亲的牵挂深深地埋在心底。

本来不想提起这个颇为沉重的话题，但从全面了解采访对象的角度考虑，我还是问起了。

张晓红说："我曾经哄过老人，好好照顾自己，防汛结束后我送您去弋矶山医院检查，待我将来闲点或退休了，我把全部的时间用来陪您老人家。母亲病重时，正值圩堤决口，我根本抽不出时间送母亲去医院。从破圩到母亲去世的四个多月里，母亲两度住院两个多月，我只能偶尔抽空，利用晚上的时间去陪一下，然后又匆匆离去，赶往工作现场。母亲病危，我正在参加一个会议。匆匆赶到母亲的病床前，用救护车把她老人家送回老家，半个小时后母亲就走了。"

张晓红有些动容，"我对不起我的母亲啊！母亲走后，我想的最多的就是子欲孝而亲不待；我无愧于我的工作，可我有愧于我的母亲。作为一个女儿，我毕竟没有好好地侍奉过她老人家，哪怕是一天！"

缓了缓情绪，张晓红说，"我曾问过自己，我是谁？我到底为了谁？我该做怎样的取舍？"

哦，答案就在我的这篇采访报告里。因为你是一座山，不高，低而小小，却是一域之所凭藉也。

其实，山不在高。

三大战役传捷报

——记无为市泥汊镇新板桥村第一书记、驻村工作队队长张棕初

郑芳芳

江水奔流,不舍昼夜。

2020 年的雨季比往年更长。

长江告急,汛考先锋守家园

持续的强降雨,两湖告急,长江中下游告急。

紧临长江的无为市泥汊镇新板桥村圩内万亩良田、千亩鱼塘和数十户村民居住安全也在告急。

汛情就是命令。自 6 月下旬,新板桥村党总支第一书记、驻村扶贫工作队队长张棕初坚持党员干部靠前指挥,组织村两委干部轮班巡查圩堤,严防水位高涨淹没圩内农田、鱼塘。

随着水位的持续上涨,保证堤坝内村民安全成为张棕初的首要工作。他不分昼夜地在堤边守护,积极参与转运防汛物资、铺设子堤等工作。千里之堤毁于蚁穴,每个草丛张棕初都扒开仔细看,如果在防汛中没有及时发现渗水,可能会导致大堤崩塌。

7 月 13 日上午 8 时左右,刚结束夜间巡堤的张棕初,在折叠床上睡了不到两小时,就被外面的大雨惊醒。快速穿上雨衣冲入雨中和干部群众一起铲

土、装袋、码放、压实。大雨依旧下着，大家一直奋战到中午，终于完成子堤的加固工作。休息时手脚都软到不行，裤角滴出的汗水和雨水湿了脚下的地。

7月13日下午1点，上级指挥部传来新的指令，要求转移圩内全部群众。

新板桥村在圩内有18户33人需要劝离、安置。张棕初与村干部一道挨家挨户走访堤坝内每户村民，耐心细致地做思想工作，帮助村民转移至安全地带后，又和村干部返回逐户检查，加贴封条，确保新板桥村所有村民全部安全撤离，不漏一户、不少一人。

村民全部安全撤离，张棕初仍坚守在大堤："虽然新板桥村的村民已经全部转移，但堤坝内仍有其他村的村民没有完全转移，我们还要坚持！"

7月14日，长江芜湖站水位已经超越1998年，达到有资料以来的第二高，在抗洪救灾的主战场，张棕初用行动诠释责任和担当，与村干部、村民们坚守圩堤，筑起守护人民群众生命安全的坚固堤坝。

从小到大，张棕初不知参加过多少场考试，近几年的考试成绩得到更多的肯定："全县扶贫工作先进个人"、全镇"扶贫先进""优秀党务工作者"，并提名为无为县"最美选派干部"。

眼下的"汛考"相当于加试赛，虽然紧张忙碌，但各级管控部门经验丰富，大局可调可控。而2020年初的"疫考"，那是一场完全没有复习提纲的大考，张棕初在这场考试中果断出击，严防死守，取得优异成绩。

新冠突袭，疫情防控阻击战

"爸爸写这封信，你们或许能听懂，或许以后才能明白。我希望你们能理解爸爸现在在做什么，也能记住，在这个特殊的春节里，千千万万的人们，面对病毒疫情，面对困难所做的努力和坚守。爸爸坚信我们能取得胜利，也希望以后你们能成为有勇气面对困难，战胜困难的人。"

深夜写给孩子们的信，是自然的倾诉，是思念的深情，更是一个父亲百里外的守护。潮湿狭小的宿舍，忙碌一天的张棕初，没有倒下就睡，僵冷的手写下一行行的字，他有两个年幼的孩子，陪伴成长的缺失在想起孩子的时候，总有些自责。

一、多方协调，物资保障

这是一场没有硝烟的战争。

与完全陌生的新冠病毒作斗争，比战胜已知的传染病不知要困难多少倍，也必定要付出更大的代价。据有关部门通报，无为是安徽省外出务工人数较多的县级市，监控显示，截至1月29日，自湖北省返乡人员6967人，其中自武汉市返乡人员4440名，分布在全市各地，点多面广量大，防控形势异常严峻。

共产党人的初心和使命不是写在书本上，必须实实在在落实到行动中。

张棕初讷言敏行，针对村里防疫物资紧缺，早在大年初一就开车跑遍县城药房。当时的口罩已经按个卖了，张棕初只买到100多个，零散的口罩丢给妻子。整包的100个全部带到村部，分给村干部。一人发了10个，当天就没了。

这些口罩远远不能满足需求，张棕初果断致电市气象局，请求协助解决。芜湖市气象局在自身储备并不宽裕、春节长假物资调配困难的情况下，发动全局人员通过个人资源，找到私人诊所买到口罩200个、消毒液4瓶、双氧水洗剂20瓶，立即送到新板桥村。芜湖市委组织部也在第一时间分配给选派干部每人50个口罩；在整个大环境物资都严重缺乏的情况下，配发的物资杯水车薪。张棕初想到大城市物资相对丰富，电话联系南京、成都等地同学请求帮助，收到同学快递来的酒精、双氧水等物资。

收到这些物资的张棕初，第一时间全部合理分配给村委干部，所有的村干部必须做好自身健康保护，才能坚决落实疫情防控工作。

得知同事李凤敏春节在伊朗旅游，张棕初的求助代购电话也随后打通。一切为了防疫，同事李凤敏将出国前兑换的现金买了200个口罩和50个N95口罩。张棕初收到后将50个N95口罩代同事转赠给县医院，200个口罩放发给从湖北回来的人员。

为确保所有防疫物资科学发放，物尽其用，张棕初的笔记本清楚地记录了每一笔物资用在刀刃上的过程。

二、舍家驻村，蹲点排查

"源源慧慧，还记得给你们摘橘子的盛奶奶家，给你们送花生的胡奶奶家，还有你们喂过山羊的骆伯伯家，他们家里没有口罩，没有消毒水，他们需要爸爸告诉防病毒的知识，需要爸爸帮他们认出可能带着病毒的人，帮他们拦住可能带着病毒的车，他们都需要爸爸的保护。所以爸爸才在新春第一天离开你们回到了村上。"

新板桥村全村 1700 多户，5500 多人，面积大，人口多，外出务工返乡人员众多。张棕初敏锐地认识到农村疫情防范的薄弱之处，他们从一开始便瞄准返乡人员这一疫情防控重点：第一时间要求在村内两条主要道路四个主要出入口设卡，派人值守并确定路卡负责人，阻断外来车辆、人员进村。

9 名村干部分片包区，全面摸排从武汉、湖北返乡人员、车辆，详细记录各类信息。不管是在广州上学，途经武汉的学生；还是在广西做生意，路过武汉返乡的商人，一个都不少，全部摸查清楚，心中有数。共排查出湖北返乡人员 18 户 31 人，返乡车辆 1 辆。

对返乡人员，张棕初及时上门开展解释和宣传工作，安排村医每天为他们测量两次体温，并在其家门口设立警示牌、警示横幅，要求他们在家隔离观察。打工的村民，上学的孩子，从湖北回家的时间基本在 1 月 20 日左右，当时有关方面通报疫情潜伏期在七到十天，一月底二月初，正是容易爆雷的时候，身心俱疲的张棕初白天稳若泰山指挥得当，深夜特别害怕电话铃声，怕电话那头传来"某某发高烧"的消息。

三、强化宣传，有序应对

"爸爸不是医生，也不是军人，但爸爸此刻就是一名战士，这个村爸爸工作了 3 年，这个村就是爸爸的战场！我会和村里的叔叔阿姨一道，战胜病毒，保护村子。"

疫情防控最终要依靠群众。自疫情发生以来，张棕初坚持做好疫情防控宣传工作。

自1月26日起,用大喇叭第一时间在村内广播宣传市防疫指挥部1号通告,将政府的声音直送群众耳中;在全村设立了20个宣传点,及时张贴市防疫指挥部下发的通告、致全市人民一封信等宣传材料;悬挂镇政府下发防疫宣传横幅共计30余条;每天全天候开车循环于村内大街小巷,不间断播放宣传疫情防范要点。

多媒体,全天候采用各种方式方法引导村民科学有序应对疫情,不信谣、不传谣,宅在家中拒绝传播,安安稳稳度过特定时期。

1月30日下午,芜湖市委组织部副部长郝代伟来镇看望选派干部,赞扬张棕初合理安排疫情防控,村级网格化防控管理有措施、有成效,发挥了选派干部的带头示范作用。

四、家书口罩,小家大国

2月,张棕初写给孩子的信广为流传,这正是他心理压力最大的时候。

想家,想孩子,更想所有的人,都平平安安度过这段艰辛的时光。

疫情过后的初夏,阳光明媚,张棕初谈起这段日子,无限感激!

不同战线、不同岗位、不同职业的人都在用自己的方式抗击疫情!

除了村里党员,村干部,滞留在村的公职、事业、教师等人员也加入了防疫值守摸排宣传工作。

气象局排除困难,送来好几批物资;同事李凤敏原本代购的物资,回来主动捐赠,小姑娘原本浪漫的伊朗之旅,因为没有现金全部中止,辗转回国的行李中,只有大包小包的口罩,不胜唏嘘。

张棕初的包里,也有一个口罩,一个N95口罩。

说起这个口罩,他有些不好意思,自己买的N95口罩,只留下两个。一个给超市上班的妻子,她工作的地方,流动人员特别多,家里还有老人、孩子等她回家;另一个放在包里随身携带。当时没有防护服也没有护目镜,穿了许久的棉服都不敢换,每天用双氧水喷洒消毒。村里真要出事了,首先上报,后面必须有人冲上前处理,那就将普通口罩换成N95口罩,自己第一个往上冲。

庆幸的是：N95口罩一直没有用上！整个疫情期间，张棕初一直在防疫的第一线，一个N95口罩也没有用过。

和这个N95口罩一起保留下来的，还有巡逻臂章，通行证，千元捐款收据等，最重要的还有写给孩子的信。在父爱永恒的期待中，给成长留下了丰富而深刻的启迪：

"最困难的时刻已经过去三个月，很多细节都记不清楚了。很幸运有这么一封信，可以让我们通过文字，照片，影音，留下记忆和印记。现在他们不懂，到心里会有印象。等到他们长大，有了孩子，有了职业生涯，才能了解我现在做的事。"

攻克堡垒，收官之战候佳音

没驻村扶贫前，张棕初是无为市气象局的一名副局长，日子过得忙碌而温馨。精准扶贫攻坚战打响后，张棕初克服家里幼儿需要照看的实际困难，在组织需要的时候，担起驻村帮扶工作队长的重任。

扶贫初始，张棕初一片茫然，精准扶贫、帮扶措施、扶贫手册、明白纸等等，这些和自己熟悉的大气科学专业相去甚远。为了尽快地熟悉业务，准确把握新板桥村现状，认真细致地进行调研摸底，用脚步丈量着新板桥的每一寸土地。

2016年新板桥村已经贫困村出列，贫困村出列后的贫困户脱贫，总量不大，找出问题症结，找准致贫原因，在此基础上，进一步确立了扶贫工作思路，制定脱贫规划。

张棕初，正是接了扶贫工作的最后一棒！

驻村3年来，张棕初充分争取利用国家政策资金，建设基础设施，每年为村里建成多条到户路，现在20户以上的自然村道路全部通畅。今年行政村将向上申请和落实：道路畅通工程，修建闵村路、谷老路、建丰路、外埂路，预计2020年上半年开工，极大地改善了村民出行困难。

消除安全隐患，张棕初带领村民改造危桥，新建陡门，改造台区，完成小型水利工程，对塘口扩挖清淤，计划2020年5月动工建设水利"八小工程项目"黄湾控制闸一座，基础设施水利、供电、农村电网等设施得到改善。

产业扶贫多项目齐头并进，张棕初带领大家大力发展苗木花卉特色产业，2018年增加种植面积300亩，村内周边江川和大自然两个经营主体，目前发展苗木花卉产业，产业现有规模和经营情况，已带动117户、225人发展产业；

村集体通过光伏发电等项目创收近10万元，同时建成户用3千瓦光伏电站11户，预计2020年户均收入3000元。村级光伏公益性岗位开发22个，为部分贫困户带来新的收入。

建立领导包抓、责任分解、检查监督的机制，持续加大资金投入，始终坚持"两不愁、三保障"基本要求，强化"一户一策"，贫困户通过自身发展产业，特色种养业达标30户。

真抓实干埋头苦干，扎实推进扶贫工作稳步发展。2017—2019年全村共脱贫58户104人。芜湖市委副书记、市长贺懋燮到新板桥村走访时听到了张棕初的事迹后给予充分肯定，并多次在不同场合对他进行了表扬。

全面打赢脱贫攻坚战收官之年，脱贫攻坚，攻下来的都不再是难题。最难的事情，永远在当下。本来就有不少硬骨头要啃，又遇新冠肺炎疫情，这场硬仗怎么打？

一、产业扶贫，一人一策

精准扶贫是一种造血式的扶贫。

56岁的张丽平，致贫原因是血吸虫病晚期肝纤维化。在帮助代缴新农合保险，代缴养老保险，签约综合医疗服务包等健康扶贫工作后，张棕初力图通过产业扶贫让张丽平一家彻底摆脱贫困。

依江而居的新板桥村，水网密布，鱼塘千亩，张棕初多次与张丽平交谈沟通，根据张丽平有多年的江边生活经验，建议水产养殖，不仅能自己脱贫，还能带动周边群众就业致富。

张丽平承包了20亩鱼塘，通过政策享受金融扶贫政策，银行贷款三年，金额五万。可银行贷款只能贷一年，还清后继续再贷第二年。但张丽平养殖的是鳜鱼，养殖投入大，生产周期长，要两三年才能上市有收益，贷款要到期时，张丽平无力按时偿还银行贷款。

张棕初了解情况后想和妻子商量借款给张丽平，但他没敢和妻子说，自己已经做好心理准备："借出的钱能按时还，那是皆大欢喜的好事。万一真的还不上，自己也不可能去追债，那就不要了。"

妻子掌管家中财政大权，除了日常生活费用，攒的钱都买了利息更高一点的理财产品，现在要借钱给贫困户，他自然明白：提前支取，利息损失不说还担着本金要不回来的风险。但妻子还是默默地将家里的理财产品提前取出。

第一次借一万，第二次借两万，除了两张借条，谁也不知道这两笔账什么时候能还。

由于市场原因，张丽平养的鳜鱼没挣到钱，加上身体原因，不愿在鱼塘辛劳。张棕初又想法帮助张丽平劳务输出，到上海当保安。包吃包住，每月还有四五千元的收入，儿子也去无为打工，慢慢积累就有余钱，小日子会越过越好。

同样还有一批劳务人员，通过县、镇、村等提供就业信息，进行劳务输出，帮助陈龙友、张学田等46户贫困户实现就业116人，户均年增收15000元；

二、社会帮扶，直播带货

针对"病残""孤老""弱小"等困难群体，针对部分生活条件差、无发展能力的贫困户，聚焦特殊贫困群体兜底线，通过帮扶单位、企业等，采取节日慰问送温暖活动等，给予一定的资金物品救济。对于一些特别困难的贫困户争取市气象局等社会力量给予帮扶，计划2020年帮助骆良忠、谷学华等20户贫困户获得社会帮扶200元。

贫困村的发展、贫困户的脱贫，更主要的还要靠内生动力，靠自我的发展能力。

根据相关政策，鼓励贫困户扶贫养鸡，可以享受国家的扶贫政策。但去年鸡长大了正好遇到疫情，市场管控较严，张棕初和娘家人气象局及时通报。

气象局得知情况后，以高于市场的价格买下这批鸡。当时活鸡不能直接运输，张棕初自己雇车收鸡后和村干部一起，送到屠宰场进行杀鸡打包装箱，整整忙活了一天，才将这批鸡处理好。

说起此事，张棕初笑道："这事，说来在责任范围内，也不在责任范围内，作为扶贫干部，我们不仅要帮用户寻找生钱之道，还要负责给村民找销路，其实这事如果打个电话给村里的电商，也能解决。但有娘家人的支持，自己多跑点腿费点事，就能给贫困户带来利益最大化。"

没有摄像头，没有直播间，张棕初无意中当了"带货"的小网红，原来干部扶贫是完成任务，现在更多是一份责任。"当官不为民做主，不如回家卖红薯"，当为民做主和帮助贫困群众融为一体时，扶贫队长直接上阵带货"卖红薯"。

张棕初反思这次的"带货行动"，因其特殊的背景有虚高的价格支撑，后面再"带货"要加大力度，更要"阳光操作"。不能因为社会关心贫困群众，就把价格抬上去，更重要的还是要建立一种市场的机制，才是真正的长远之道。

农村强，必须产业强。产业强，要有龙头带。

在张棕初的设想中：新板桥村螃蟹、鱼类养殖户多而零散，价格、品牌都没有形成规范，可以利用当地生态养殖优势，将养殖户集中起来，对外能够统一定价打品牌，对内可以互助，严格生产标准，控制品质，做大做强养殖品牌，积极培育脱贫增收产业为突破口，长远巩固脱贫攻坚工作成果。

三、教育扶贫，影响深远

走近胡知秀老人的小院，干净整洁，院角的鲜花正在怒放。

胡知秀迎了上来，憨厚得不知道说什么，望向扶贫干部张棕初的眼光却掩不住的笑意。很难想象，这位 68 岁身有残疾的老人，在儿子失踪、媳妇远走他乡后，和老伴拉扯着唯一的孙女，艰辛度日。天有不测风云，丈夫姚知全 2018 年 3 月因病去世，家里唯一的顶梁柱老伴撒手离世，老人无法承受，常常在老伴的坟头以泪洗面。

张棕初一次次和老人谈心，舒缓老人的郁愁。给这个家庭带来扶贫政策帮扶，既要解决眼前问题，更要考虑长远利益，最重要的帮助是——教育扶贫。

影响最深远的是教育扶贫，教育是扶智治愚的根本。

不让困难家庭的孩子失学，这是张棕初扶贫的底线，也是庄严的承诺。娘家人市气象局对孙女姚美玲进行教育资助，张棕初同时申请落实"雨露计划"，经常根据实际需求给予孩子精神和物质上的帮助。

姚美玲目前在芜湖职业技术学校会计专业（中专）二年级就读，这样的学历水平，即便无意深造，选择外出打工，也足以帮助解决家庭的贫困问题。但张棕初还是明确和老人说："只要孩子想上，读完中专读大专，学费这块不用考虑，我们一直支持。如果学业继续深造，孩子的发展前景会更好。"

教育扶贫虽是缓慢、艰苦、长期的投入，但带来的影响却是内生的、根本的，不但帮胡知秀老人减轻家庭经济负担，更重要的是让孩子掌握知识，学到一技之长，改变命运造福家庭。

四、健康扶贫，防范返贫

如果不是疾病，骆良忠的生活是让人羡慕。

他有 65 亩蟹塘、15 亩鱼塘，两层小楼绿树掩映证明昔日的辉煌，但不幸的是：喷门癌病和心脏病缠上了他，无法从事重体力劳动。更糟的是儿子骆茂勋在 17 岁时（2014 年）确诊患有克罗恩病。这病无法正常饮食，且无法治愈，前几年一直定期前往上海接受治疗。进口药物"类克"费用巨大，即便近三年中国残疾人基金会对骆茂勋开展资助，每次提供 1 年使用的药物，原本富裕的家庭还是被拖进无底的深渊。

2020 年初"类克"纳入安徽省医保范围，在确保疗效的前提下骆茂勋转入省内就医，可以充分享受我省的健康扶贫政策，既减少医药费用支出，也减少因看病导致的交通、住宿费用，做到"能治疗、可报销"。

生活不易，让骆良忠对前景没有信心。

骆良忠挂在嘴边的话是："日子怎么过？"

自己带病也要在鱼塘忙活，但市场不景气只有投出没收入；儿子身体不好不能正常找工作；家里两层小楼造好这么多年，也没有钱粉刷漂亮；女儿年龄小上幼儿园学费贵……说着说着，情绪激动起来。

张棕初静静地听着，等他说完再一笔一笔地算细账："通过多种政策帮扶，一年有 3.7 万元收入，保证家庭生活，医疗也有保障，并且以后每年医药费用不超过 2 万元，同时争取市、镇两级扶贫基金和芜湖市气象局的支持，进一步减轻负担。孩子不能正常上班，但可以尝试电商等新兴行业。外墙粉刷漂亮不在国家住房安全范围之内，若以后房屋有危房问题，将按政策给予上报，或由村委会协商解决。小女儿上学有学前教育补贴 2000 元，气象局教育资助 2000 元，单这块补贴都 4000 元了，今年，这些钱都拿到没？"

群众有气就让他撒，撒完气了，我们再来讲道理……

扶贫先扶志，对于新板桥村的村民来说，只要身体健康，愿意打工，很难成为贫困户。让老百姓心热起来、行动起来，同时，从产业帮扶、制度保障等方面持续发力，才能激发出强大的内生动力。

前线无惧，模范团队全力撑

众人拾柴火焰高，个人的努力离不开集体的支撑。

芜湖市气象局积极落实市委市政府有关精准脱贫工作要求，持续开展以"温暖贫困群众、温暖驻村干部"的暖心活动，经常对村里贫困群众走访慰问，为特困户提供资金和协助解决家庭贫困户日常生活等问题；了解"类克"纳入安徽省医保范围，针对骆茂勋的病情，芜湖市气象局 4 月 29 日派人派车陪同骆良忠一家前往安医大附属第一医院寻诊。

对驻村干部也时刻关心，有困难积极帮助。疫情期间，芜湖市气象局从口罩等奇缺物资到大喇叭等不常用物资全力支撑。2 月 4 日，局长带队，去张棕初的家中进行慰问，了解家庭生活情况，送去组织温暖和新春祝福。

张棕初依托市、县两级气象局的大力支持，充分发挥好单位与村的"桥梁"作用，开展了多项有气象特色的精准扶贫工作。

通过积极联系沟通，芜湖市气象局近三年来投入资金 20 余万元，在村内基础建设工程、村部改造、办公设备添置等方面给予大力的支持。

2017 年张棕初向市气象局争取到在新板桥村中心学校建设多要素自动气

象站，投入十余万元，同时联系市气象台专家对中心校学生开展气象灾害防灾减灾知识宣传，丰富了孩子们对气象灾害的认识，有效增强应对突发事件和自然灾害的能力，使防灾减灾观念深入孩子们心中。

芜湖市气象局争取芜湖市防洪安保项目支持，在村部建设安装户外气象预警显示屏，可实时显示本地气象要素和天气预报，滚动发布预报预警信息、农事生产建议及气象科普信息，切实发挥气象服务在扶贫工作中的趋利避害、减灾增收作用。这台显示屏在2020年的防疫、防汛工作中发挥积极重要的作用；

面向生产一线的气象为农服务工作，根据农业生产需要，开展夏收夏种、秋收秋种等农业气象专题服务，芜湖市气象局不定期发布各类农用天气预报，同时注意做好农业气象灾害监测及对农业生产的影响分析评估工作。通过镇为农服务中心每周向种养殖大户发布"气象为农服务专报"，指导服务生产生活；

一件件小事，一点点驰援，驻村干部有担当、有能力，扎实落实精准脱贫各项要求，芜湖市气象局一如既往地当好坚强后盾，做好工作、生活、安全等各方面保障，让张棕初心无旁骛投入到疫情防控和脱贫攻坚工作中去。

"全面建成小康社会，一个不能少；共同富裕路上，一个不能掉队"。

脱贫，标准有硬杠；成就，背后是汗水。增强敬畏之心，在脱贫攻坚领域取得前所未有的成就；常葆"赶考"心态，努力向党和人民交出优秀答卷。

一草一木皆关情

——记无为市泥汊镇韩庙村驻村扶贫工作队副队长冯娟

唐玉霞

"梅子时节家家雨,青草池塘处处蛙。"这是江南梅雨季节司空见惯的景致。2020年6月23日,第一次到无为市泥汊镇韩庙村采访驻村女干部、扶贫副队长冯娟,正是这样的梅雨天。韩庙村村部是两层楼水泥房,周围大片农田,被雨水清洗得浓翠逼人。一只小黑狗安静地卧在屋檐下,看见我们,只抬了抬眼皮。一丛蓬蓬勃勃的南瓜藤蜿蜒爬到村部门口,开出大朵大朵娇艳的黄花,点缀出田园之美。

田园之美,是中华文明蕴郁的底色,滋养出数千年来生生不息的诗意和乡愁。然而,数千年来,在广大的农村地区,贫困,也是乡村生活难以摆脱的一部分。

新中国成立后,政府一直高度重视农村贫困问题,尤其是党的十八大以来,习近平总书记站在全面建成小康社会、实现中华民族伟大复兴中国梦的战略高度,把脱贫攻坚摆到治国理政突出位置,提出一系列新思想新观点,作出一系列新决策新部署,推动中国减贫事业取得巨大成就。

习近平总书记强调,打好脱贫攻坚战,是全面建成小康社会的主要任务。而如期完成脱贫攻坚任务,在全省率先实现全面小康社会,是芜湖市委、市政府的庄严承诺。

来自芜湖市各部门的扶贫干部们奔赴市有扶贫任务的无为和南陵等地,

本文主人公冯娟就是其中一员。

一、当然要去

韩庙村，位于无为市泥汊镇西北部，与无城、福渡接壤，地势平坦，沟渠纵横。总田亩 5995 亩，主要耕种棉花、水稻。总人口 5823 人，住户 1624 户。有贫困户 156 户，贫困人口 326 人，是泥汊镇最大的贫困村。

从芜湖驱车韩庙村，一个小时左右。

刚到韩庙村村部冯娟的办公室坐下，韩庙村的蚊子们就嗡嗡嗡来了段插曲。这些小小的黑蚊子一叮一个包，冯娟一边拿防蚊液给我们涂一边笑着说，也是到韩庙村，她才真正见识到蚊子的厉害。带一身包回家，那是常事。

我们面前的冯娟戴着眼镜，文静秀气得犹如一位女大学生。在城市生活了 37 年的冯娟，如今说起驻村扶贫，感觉还是复杂的：既出乎意料又早有预感。

说出乎意料，是因为原来驻韩庙村扶贫的是另一位同事。驻村一般都是"一干到底"，但是原来驻村同事因故不得不提前结束，上报批准后，妇联要再选拔一个女干部去驻村。

掰着手指头数一数，冯娟预感，会是自己。

冯娟是市妇女联合会的组宣部部长。2006 年大学毕业后在巢湖市妇联工作，2011 年，安徽省人民政府正式宣布撤销地级巢湖市，冯娟选择来到芜湖妇联。

跨江而过这十年里，和无数芜湖人一样，冯娟过着平凡而幸福的生活，每一天的轨迹是固定的。工作虽然忙碌琐碎，长期负责宣传事务的她，已经处理得游刃有余；生活上一切都按部就班，最操心的事莫过于女儿的生活和学习。

流水般淙淙的平静日子在 2019 年 6 月中旬的一天结束：7 月，冯娟要去韩庙村驻村扶贫。

韩庙村是市妇联对口扶贫村，冯娟每年都会去看望对口贫困户，并不陌生。但是长期驻村是不一样的，冯娟心里很清楚，不过眼下，她最大的担忧

一草一木皆关情 · 217

是家里人的态度。

听说妻子要去驻村扶贫，爱人凤卓的第一反应是"当然可以呀"，等冯娟说"至少一年以上，两三年都有可能"时，凤卓沉默了。

结婚以来，冯娟和凤卓可谓是非常默契的搭档：作为妇女干部的她风格雷厉风行，在高校任职当代文学教师的凤卓心思细腻，夫妻俩性格互补，相辅相成，也鲜少分开过。"你这一走，我不得又当爸又当妈呀？"稍一犹豫，凤卓便说："我尊重你的决定和选择。"他甚至反过来鼓励冯娟："你没什么基层工作经验，出去锻炼锻炼也好……"

四口之家的另外一个人，是婆婆。日常家务、照顾孩子，婆婆承担了大部分，自己这一驻村，几乎全部压到婆婆身上，她会同意吗？冯娟心里盘算着——婆婆退休前是巢湖一家化工厂工人，思想觉悟一直很高，每天晚上雷打不动看新闻联播，关心国家大事，坚定不移地拥护党的领导，对于扶贫并不陌生。

冯娟告诉婆婆驻村扶贫这件事时，专门强调了一下——"您知道精准扶贫是谁提出来的吗？习近平总书记在湖南湘西十八洞村考察调研时，首次提出'精准扶贫'理念。我要去驻村，就是要去脱贫攻坚的第一线，做好精准扶贫这件事！"

没想到，婆婆举双手赞成，还反复和冯娟强调："你只管放心去，一定要完成党交给你的任务！家里我肯定帮你操持得好好的！"

冯娟心里轻松了一大截，看来只需要说服女儿阿美。阿美9岁，正在上小学。

但是出乎意料的是女儿最难说服。回忆着一年前的这一幕幕，冯娟说，女同志想做个事情，顾虑太多困难也太多。

第一次，阿美知道妈妈要去村里，每周一早上走、周末回时，当时就"炸了"，决不接受。"我要每天在妈妈身边。"阿美从来没有离开妈妈，有时冯娟加班回来迟了，阿美眼巴巴等着妈妈回家才肯去睡觉。怎么办？冯娟下定决心，一定要让女儿真正完全接受扶贫这件事，这不仅仅是情感上对女儿的尊重，同时冯娟希望让女儿了解扶贫工作的价值和意义。这也是一种品德教育。

一个月间，冯娟每天都和女儿动之以情、晓之以理。冯娟说，真是多年的妇联工作，培养了自己的耐心。第二次第三次第四次，冯娟说一次，阿美哭一次。但是冯娟没有妥协，不管女儿是哭泣还是闹脾气，冯娟始终保持着坚定却温柔的态度。等意识到妈妈在这件事上丝毫不会让步，最终，阿美眼泪汪汪地点头了，和妈妈约法三章——"要保证周末早点回来""每周一早上不许偷偷走，要抱一下才能走""每天下班后要视频通话"。

至此，冯娟放下所有的心理负担，轻装上阵。

二、从新开始

2020 年 7 月 10 日，我们第二次到韩庙村采访冯娟。冯娟说，再迟几天，正好是她来韩庙一整年的日子。

2019 年 7 月 22 日早上 7 点，冯娟永远不会忘记这一天。带着简单的生活用品、几件换洗衣服、一床被子，自己开车到无为市泥汊镇韩庙村，开始驻村扶贫。

车轮沙沙滚动在无为的大地上，车窗外是一片片绿油油的稻子，稻穗在拼命地吮吸着阳光，为丰收积攒力量。目光所及，到处生机勃勃。微风送来植物的清新气息，这对于常年生活在钢筋水泥中的冯娟来说，新鲜且充满诗意。

但是扶贫工作，不是诗歌和远方，是访贫问苦，是事无巨细，是现实。

屁股还没坐热，芜湖第一批驻韩庙村的扶贫队队长拉起冯娟坐上扶贫队专用的"小蚂蚁"电动汽车，往村子开去。说得再多想得再多，不如先到村子里，来个感性认识，从情感上走进韩庙村。

没有真情实感，扶贫是纸上谈兵。

队长指着各处房屋，给冯娟介绍这是哪个贫困户的家……那户致贫原因是什么……那边矮房子那户是前年脱贫的……

七月骄阳下，来过多次的韩庙村一时间显得如此陌生。冯娟意识到，自己面对的是全新的挑战。

队长在一家门口停下来，门口没有人，农村人朴实，门就这么大开着，队长亲切地招呼："汪奶奶在家吗?"听到声音，87岁的汪凤英老人满脸笑容迎了出来。

从队长和汪奶奶的闲聊中，冯娟了解到，老人早在几年前就脱贫了，如今的帮扶措施有土地流转、粮补、低保、养老金、家庭农场资产收益等。别看年纪大了，汪奶奶精神矍铄，手脚麻利，特别支持村里的工作。每次看到扶贫干部，奶奶不记得谁是谁的时候，干脆直接称呼他们"共产党"。

队长询问着汪奶奶的情况，又特意查看了老人家里的"户袋"。前几天有一项汪奶奶的帮扶资金刚刚落实，虽然帮扶干部和包片干部都已经过来落实并在户袋中的扶贫档案里填写过了，今天路过，队长还是想着要进来核实一下。队长告诉冯娟："咱们作为队长、副队长，就得这样，把扶贫的事当做最日常的活……"

驻村扶贫第一天上午就这么过去了。冯娟明白自己是扶贫战线的新兵，需要从一点一滴学起。"工作中，我一直是个有计划、追求效率的人，每天要做哪些事，我会提前一天晚上在自己的本子上一条条写好，第二天逐条去完成。"扶贫工作的节奏完全不一样——千头万绪，压根无法像过去那样有条有理地罗列出待办事项，机械地去完成。

妇女工作的老兵，现在要以最快的速度融入到扶贫工作中去。难是难，再难的工作，怕就怕迎难而上。认识冯娟的人都知道，这个看上去文弱的女同志有着一股子不服输的劲头。

首先，作为扶贫干部，扶贫政策不仅要熟知，还要非常精通，才能做好落实工作。这难不倒冯娟，在最短的时间内，她不仅让自己成了"扶贫政策通"，还把村里贫困户特别是脱贫监测户情况摸得清清楚楚。

如何做到的？在韩庙村村部冯娟办公室内她有一叠档案，这是冯娟自己整理的扶贫政策一览表、自制地图以及扶贫台账。

"具体的扶贫政策非常复杂，而且新政策很多。家庭医生签约服务、建档立卡学生教育资助、特色种养业奖补……一系列的政策有很多种类和补助标准，我索性就自己制作了一个政策一览表。"文字工作一向是冯娟的特长，所以吃透政策这件事自然是难不倒她。真正难的是熟悉村里的贫困户，每户致贫原因、扶贫政策都不相同，她得一家家去跑，一家家去看村档户袋。

韩庙村有30多个自然村，一开始冯娟简直搞不清方向。于是她又自己制作了一份自然村的地图，哪个贫困户属于哪个自然村、在哪个位置，边跑边了解边制图，全部跑下来，一张完整的地图制成了，韩庙村的地理状况、所有贫困户的分布情况也熟稔于心。

冯娟还有一件"法宝"，就是我们在她的办公桌上看到的贫困户帮扶措施台账，一本本整整齐齐。这也是她自己整理出的。韩庙村每个贫困户的家庭人口、贫困类型、家庭收入、人均收入、帮扶和收入情况，以及帮扶干部和包片干部等等，都做成了一页页的表格，随手一翻一览无余。"我们的扶贫电子系统中就有详细的记录，我其实是在用'笨办法'，自己整理出来，让自己随手就可以翻到，制作过程也是熟悉的过程。"冯娟说，这个台账是动态的，每个月她都会进行更新，一次次地整理，她对这里的扶贫工作越来越熟悉，对贫困户的感情也在一点点加深。

扶贫工作不是简单的传递政策就完事了，如果说妇联的工作界限明确，做了的事情完成了就算是完成了。扶贫工作不一样，很多政策的落实、贫困户的情况，冯娟一遍遍去跑、一遍遍去核实。跑贫困户家，也不是说跑一遍就可以了、跑了就能落实某个扶贫政策，冯娟一遍又一遍地了解情况、制定措施，确保政策的落实，确保贫困户真正受益。

三、任重道远

都知道扶贫工作千头万绪，每个月、每个星期、每一天，可能工作重点都不尽相同。但工作一段时间以后，冯娟发现，"万变不离其宗"，所有的事情，都离不开扶贫政策的精准把握。

8平方公里的韩庙村，156户贫困户，每一户的情况和具体帮扶办法，都不一样。贫困户每一户都有每户的特点，扶贫要有感情，感情让人在做这些事情的时候有足够的耐心和细心，但是光有感情还不够，还要带着政策、依照具体情况去落实。

政策熟悉了，情况了解了，跑多了，思考多了，冯娟渐渐找到了工作的节奏：章从德老人是低保户，一家三口人，除了老两口，还有一个正在读书的小孙女。针对他们的帮扶措施主要是土地流转、低保和养老金,如今这一户的家庭年收入已达 17531 元。冯娟针对他们的具体情况,在危房改造和孙女教育方面给予扶持。

章桂莲是因残致贫,小时候因病丧失听力。在具体帮扶中,村里通过公益性岗位、土地流转、粮补、低保、残疾补贴和护理补贴、养老保险等方面进行帮扶,如今一年收入已达到 9339 元。章桂莲经常生病,今年 1 月,冯娟联系泥汊镇的卫生院和章桂莲签订了无为市家庭医生签约服务。

陈思义家是因病致贫。几年前,这个五口之家的顶梁柱陈思义不幸患病,小康家境一落千丈。村里为他制定了帮扶政策,通过养老、低保、教育资助等进行帮助,并为陈思义及儿子介绍了工作。如今,家庭年收入已达到 56499 元。冯娟了解到陈思义的儿媳妇很有内生动力,因为要带孩子无法出门务工,便为她介绍在家做雨衣的兼职。孩子也照顾到了,收入也增加了,家庭经济情况越来越好……

"这些贫困户的类型一定要细分再细分,才能有针对性地用好扶贫的各项措施。"冯娟坚持将政策帮扶到刀刃上,帮扶对象得到真正需要的帮助,生活才会越来越有奔头,自己跑的每一趟、走的每一户也才更值得。

去年韩庙村大米销售难,冯娟迅速协调市妇联,多管齐下,3 万公斤无公害大米一售而空;冯娟积极争取社会爱心人士结对帮扶贫困户,共获得社会捐赠 3.46 万元"春蕾计划"款,专项资助韩庙村贫困学子 34 人次……

但是对于冯娟、对于扶贫工作队来说,在韩庙村的工作远远不止是扶贫。

2020 年年初疫情袭来,冯娟与村两委、广大群众并肩作战,全身心投入到疫情防控工作中。

疫情防控需要宣传员和巡逻员,冯娟挨家挨户走访宣传,详细询问村民身体状况和近期人员来往情况,并对外地返芜人口进行排摸登记;村里要设置防控检测点,冯娟主动加入队伍,站在了守护好全村人民生命安全和身体健康的第一道防线;村里有居家医学观察户,孩子奶粉喝完了、尿不湿用完了、家里缺少生活用品、慢性病药吃完了等等,冯娟和村干部主动上门当起义务的"跑腿代购"……从 2 月 3 日回到村里,冯娟一天不落坚守了一个月。

2020年年中汛情,作为扶贫干部的冯娟,再一次冲到前面。韩庙村防洪压力主要来自旁边的西河,水位开始上涨时,村里就启动防汛应急预案。冯娟第一时间和镇村干部一起,进驻防汛值班点,参与上埂巡查。

冯娟说,无论是抗疫还是抗洪,都和当地老百姓息息相关,那就和她的扶贫工作息息相关。

来到韩庙村驻村扶贫的一年时光,就这样在忙碌中匆匆过去。一年后的冯娟,对于扶贫工作,娴熟且自信。她知道每一个贫困户的情况,了解他们的需要,了解每一项适用政策。

"一年的驻村工作下来,让我对扶贫工作、对农村生活,有了很多前所未有的新认识。"交出一份出色的工作成绩单的同时,冯娟对扶贫有了很多思考。扶贫工作是一个复杂的体系,做精准精细至关重要,要解决这些问题,不是一朝一夕的事情。此外,在扶贫过程中,她还感觉到,对于贫困户来说,精神扶贫必不可少,"特别是在结对帮扶中,应该更多地从思想上鼓励贫困户坚强自立。"

"扶贫是阶段性的工作,想让每个村民真正致富,需要把乡村振兴这件事情真正落实。脱贫攻坚任重而道远,我们这些扶贫干部需要做的、能做的还有很多。"冯娟说。

四、普通一员

如果说在工作上,冯娟花了一些气力才慢慢找到节奏的话,几乎出乎所有人意料的是,这个在城市中长大的80后很轻松就融入了乡村生活。平常下班后,冯娟回到妇联帮她安排的住处——村民刘大哥家中二楼,一日三餐,也是在刘大哥家搭伙。每一天,勤劳的刘大嫂会把屋子收拾得干干净净,三餐饭也做得热乎可口,让冯娟真切感受到乡亲们无声的热情和善意。晚上看看书,乡村的夜比城市来得早,冯娟也入乡随俗,早早睡觉。早上天没亮,大公鸡嘹亮的嗓音叫醒村庄,冯娟也早早起床。这样简单的生活,对于很多城市里的人可能难以适应,冯娟却说,正好是她最喜欢的样子。

一个热爱工作、热爱生活的人,能够以最快速度找到自己的位置,找到自己的快乐。乡村的一草一木，一家一户，在不知不觉中走进了冯娟的生活，成了冯娟的牵挂。

今年是脱贫攻坚收官之年，冯娟说，在脱贫攻坚决胜阶段的关键时期，当下她和工作队最核心的工作，还是得稳定住、巩固好脱贫攻坚成果。"我们扶贫队的全体同志，做得最多的，是一起对贫困户档案资料和村级档案，逐一查漏补缺，继续细化完善一户一策精准扶贫措施。"在冯娟看来，接下来的工作重点，是保证贫困户的收入稳定。

在韩庙村，冯娟做了很多事，但是她觉得，自己的收获更多。

"我是扶贫战线中的普通一员，我在韩庙村扶贫队伍中度过了不普通的一年。驻村工作，锻炼提高了我的工作能力。更重要的是，能够参加这样一场全国性的、影响世界的行动，并且在其中做一些事情，贡献自己的力量，我觉得很有意义。"冯娟说驻村的收获会伴随她今后的工作和生活。"等我老了，回忆自己的人生大事，驻村扶贫工作肯定在其中。"

又是七月，又是盛夏。水稻一片一片连绵成绿色的锦缎，土地肥沃、阳光热烈，加上勤劳的乡亲，丰收理所当然会生长出来。挥手和冯娟作别，她真诚的笑容像一朵花绽放在韩庙的大地上，又温暖又阳光。

车子越来越远，冯娟纤细的身影已经完全融入到韩庙村的草木山川之中。放眼望去，这片充满希望的土地上，山清水秀，郁郁葱葱。

后 记

"文章合为时而著，歌诗合为事而作。"脱贫攻坚，决胜小康，正是当今中华大地最大的时代主题。脱贫攻坚作家不能缺位，《拥抱大地》报告文学集就是市作家协会组织的一次重大主题创作，是来自扶贫一线的真实报告。

20位作家对应20位"最美选派帮扶干部"，他们深入一线，实地采访，用心体验；他们饱蘸深情，萤窗伏案，呕心笔耕，以生动的事例、朴实的文字、清新的手法，创作了20篇有血有肉，分量十足的报告文学，将一个个脱贫故事变成一首首扶贫颂歌，多维度、立体化地展现了这些第一书记在脱贫攻坚一线奋战的卓然风采和心路历程。20位第一书记，虽然只是一个局部，但也是全市脱贫攻坚这一重大战役的窗口，通过他们的扶贫故事，我们可以看到所有扶贫干部的不懈努力和精神风貌。

讴歌时代精神，书写现实人生，是每个作家的责任与使命。著名作家阿来说：作家必须要有"上天入地"的功夫，知识经验是"天"，现实体验是"地"，这次集体创作就是一次"深入生活，扎根人民"的实践活动。作为时代的记录者，社会主义核心价值观的塑造者，文化自信的打造者，作家必须走出书斋，走向广阔的田野，参与到这一伟大社会实践中，为脱贫攻坚写下最真实最感人的文字，为伟大时代留下最动人最美丽的篇章。创作的过程，也是一个学习的过程，更是一次接受教育，提高认知能力的过程，正是在采访创作中，我们的心灵受到了洗礼，精神得到了升华。我们了解到，广大扶贫干部"舍小家为大家"，扎根一线，精准施策；他们招项目，抓落地，找市场；他们扶贫又扶智，视贫困户为亲人，真心实意地帮贫困户出主意想办法，落政策，送温暖；他们牺牲星期天、节假日，无私奉献，无怨无悔，他们咬定青山不放松的精神品格和生动实践，深深地感染着我们，让我们心生敬意。在采访中，我们还欣喜地看到，一个个乡村走出贫困，面貌一新，一个个贫困家庭，甩掉贫困户的帽子，生产生活条件得到极大改善，我们也看到了干部作风的转变和干群关系的水乳交融，我们为自己能够走进扶贫第一线采访创作感到自豪，更为自己没有缺席与贫困决战的伟大实践感到骄傲。

在这次的创作活动中，市扶贫办为我们提供了重要的基础性材料，并做了大量的协调工作，对我们完成创作任务，提供了有力的保障。相信，该书的出版将进一步激发全市广大干部群众的斗志，为全面建成小康社会谱写更加辉煌的篇章。

感谢市委宣传部、市扶贫办、市文联对该书编辑出版给予的大力支持，感谢广大扶贫干部和基层一线的村干部、贫困户的积极配合，且将这部作品作为一份厚礼献给你们。

李莉莉

2020 年 8 月

（作者系芜湖市作家协会主席）